Almost famous

Wie ich aus Versehen fast berühmt wurde

SILKE SCHELLHAMMER

# Almost FAMOUS

## Wie ich aus Versehen fast berühmt wurde

arsEdition

**Bibliografische Information der Deutschen Nationalbibliothek**
Die Deutsche Nationalbibliothek verzeichnet diese Publikation in der Deutschen Nationalbibliografie; detaillierte bibliografische Daten sind im Internet über http://dnb.d-nb.de abrufbar.


Die Autorin wurde vermittelt durch die Autoren- und Projektagentur Gerd F. Rumler, München

ISBN 978-3-8458-2006-4

www.arsedition.de

*Für meine Oma*

*Habt ihr euch schon mal gefragt, wann eure Geschichte begann? Klar, irgendwie mit der Geburt natürlich. Einfache Antwort. Und ich erspar euch mal meine ersten Jahre. Sie wirken, schätze ich, von außen betrachtet ziemlich langweilig.*

*Nein, ich meine tatsächlich die eigene Geschichte. Wenn man an einen Punkt kommt, an dem man nicht nur vom Kopf her weiß, sondern wirklich richtig kapiert, praktisch mit dem Herzen erfasst, dass das eigene Handeln Spuren bei anderen hinterlässt. Und man weiß es eben nicht, weil es auf einem Blatt des Buddha-atme-dir-die-Welt-schön-Kalenders steht. Sondern weil man es selbst erlebt hat.*

*Weil man diesen einen Moment des unendlichen Bedauerns hat, an dem man sich wünscht, Dinge ungeschehen zu machen. Und noch mal von vorne anfangen zu können. Ein Moment, wo das gegenwärtige Ich das vergangene Ich nicht mal mehr im Ansatz versteht und rückblickend auch ziemlich doof findet und hofft, das zukünftige Ich wird sich besser verhalten. Ehrlich gesagt, und genau darum geht es ja eigentlich, stelle ich es mir unglaublich toll vor, wenn alle drei Ichs zufrieden sind. Denn dann weiß man, wer man ist.*

*Ich wusste es irgendwie nicht. Probierte Seelenzustände wie Outfits. Trug nachdenkliche Trauer ohne besonderen Grund zur Schau. Vielleicht weil ich hoffte, von jemand aufgeheitert zu werden. Hüllte mich in grüblerisches Schweigen, wartete, wie lange es dauerte, bis es jemand bemerkte und versuchte mich zum Reden zu bringen. Gewöhnte mir irgendwelche Ticks an. Experimentierte mit meinen Launen. Manchmal zog ich mich in meine Fantasiewelt zurück, wo ich alles sein konnte. Und manchmal übertrieb ich es, wie zum Beispiel im letzten Herbst …*

# 1.

Meine Schwester Marlene behauptete immer, zwölf wäre ein Kackalter. Man wäre alt genug, um vernünftig zu sein, aber zu jung, um wirklich Spaß zu haben. Sie musste es ja wissen. Sie war sechzehn. Und bei dem Ärger, den sie mit Mama hatte, würde ich mal behaupten, sie hatte jede Menge Spaß.

Ich war zwölf und wahrscheinlich hatte Marlene recht. Mein Leben verlief lächerlich langweilig. Zumindest bis meine Eltern glaubten, es wäre eine tolle Idee umzuziehen. Also vom einen Ende der Stadt zum anderen. In das Haus meiner Oma. Warum sie dachten, dass ausgerechnet das ein grandioser Plan sein könnte? Keine Ahnung. Aber jetzt konnten sich meine Mutter und meine Oma von morgens bis abends auf die Nerven gehen. Und ich musste die Schule wechseln und war die Neue! Also genau genommen: DIE NEUE!

Und jeder, der schon mal der oder die Neue war, weiß, wie absolut bescheuert es sich anfühlt, nirgends dazuzugehören. Da konnte jetzt niemand speziell etwas dafür, außer vielleicht meine Eltern. Aber das machte es nicht unbedingt besser. Es war einfach so, dass sich alle kannten, bis auf eine: tadaaaa, Scheinwerfer an, mich, die Neue.

Dauerbeobachtung. Egal wohin du gehst, immer verfolgen dich irgendwelche verstohlenen Blicke! Und jeder kennt dich. Oder eben nicht. Aber jeder weiß, wie du aussiehst.

»Ach, die Neue, die mit den braunen Haaren?«

»Die, die aussieht, als hätte sie in die Steckdose gefasst?«

»Die mit den tausend Sommersprossen?«

»Mit dem Malen-nach-Zahlen-Gesicht?«

»Und der komischen Augenfarbe? Ob das Kontaktlinsen sind?«

Jep, genau die! Und seit zwei langen Wochen war ich das. Mit einer eher mittelmäßigen Begeisterung fürs Angestarrtwerden. Und nur fürs Protokoll: Meine Haare sind extrem unkooperativ, was Frisuren angeht, das Grün meiner Iris wirkt zwar irgendwie seltsam, ist aber tatsächlich echt, und ja, ich halte wahrscheinlich den internationalen Rekord für Sommersprossen pro Quadratzentimeter Gesichtshaut.

Aber es war einfach nervig, ständig und überall aufzufallen. Und dabei war es egal, ob mich die Lehrer besonders behandelten, um mir den Einstieg zu erleichtern. Oder ob ich andauernd umgesetzt wurde, damit ich möglichst viele meiner Mitschüler kennenlernte, um in den Pausen dann doch allein rumzustehen. Ich wollte einfach nur unauffällig mitschwimmen und nicht die Sardine mit dem Blinklicht auf dem Kopf sein. Besonders hasste ich die Momente, in denen ich mit meinem beladenen Tablett in der Cafeteria stand und nicht wusste, wohin ich mich setzen sollte. Da ließ ich das Mittagessen lieber ausfallen und verkroch mich in irgendeinen Winkel, wo mich keiner sah. Und da mich keiner kannte, wurde ich auch nicht vermisst. Keiner fragte: »Hat eigentlich jemand Zoe gesehen?« Niemand machte sich auf die Suche nach mir. Und ich redete mir ein, dass mich das überhaupt nicht störte.

Denn ich hatte ja meine Fluchtmöglichkeiten. Zumindest in Gedanken. Das war jetzt nichts, was ich jedem auf die Nase binden würde. Denn ich hatte keine Ahnung, ob andere es auch taten. Vielleicht war ich ja komplett verrückt. Oder aber auch total normal. Wer wusste das schon so genau von sich. Auf alle Fälle stellte ich mir die Dinge gerne etwas anders vor, als sie tatsächlich waren. Und das konnte ich ziemlich gut.

So war ich in den Pausen nicht allein, sondern in geheimer Mission unterwegs. Mein Auftrag war es, möglichst unentdeckt die fremde Spezies auf diesem unbekannten Planeten zu beobachten. Das half! Wirklich! Wenn ich zu Hause an meinem Schreibtisch über den Hausaufgaben brütete, tat ich, als würde ich einen internationalen Hedgefonds managen. Und ich konnte das, auch wenn ich nicht genau wusste, was das eigentlich war. Denn es ging nicht um die Tätigkeit an sich, sondern darum, jemand anderer zu sein. Jemand, der etwas extrem gut konnte. Der irgendwie besonders war oder Dinge erkannte, die sonst niemand sah.

Auf der Treppe im Haus meiner Oma zum Beispiel gab es eine knarrende Stufe. Und ich wusste als Einzige, dass darunter eine Mäusefamilie hauste. Malte mir aus, wie putzig ihre Wohnung aussah und wie lustig ihr Leben war. An meinem einen Nachmittag als Schriftstellerin begann ich sogar über sie zu schreiben. Und immer, wenn ich morgens die Treppe nach unten ging, ließ ich die Stufe aus, damit Margo und Fred, die Mäusekinder, noch ein bisschen schlafen konnten. Denn die Mäuseschule begann ja erst um zehn.

Das Haus meiner Oma war voller Winkel und Ecken, in denen wunderliche Dinge geschahen, und es war steinalt. Aber irgendwie nicht im guten Sinn, sondern eher so in der Art greisenhaft kauzig. Mein Ururur- – keine Ahnung, wie viele -ur da noch hingehören – -großvater hatte den Kasten, wahrscheinlich direkt nach dem Verlassen der Arche, vor Tausenden von Jahren gebaut. Und es dabei richtig krachen lassen. Von Türmchen, Freitreppe, Eingangshalle, Salons und unendlich vielen Zimmern, von denen ich nicht wusste, wie man sie jemals alle nutzen konnte, bis hin zu einem eigenen Dienstbotentrakt war alles am Start. Und bevor ihr jetzt sagt, diese Tussi wohnt in einem Palast und beschwert sich noch, denkt mehr Richtung grottiges Gruselschloss. Dann habt ihr ein Bild und könnt euch überlegen, ob es wirklich zickig war, sich in ein ganz normales Haus zurückzuwünschen.

Dort wäre es auf alle Fälle um einiges weniger unheimlich. Hier gab es knarzende Holzböden, klappernde Fenster, quietschende Türen, begleitet vom leisen Klimpern der kristallenen Kronleuchter und Rascheln der dicken, schweren Samtvorhänge, die vor den bodentiefen Fenstern hingen. Genau genommen waren es zu viele Geräusche, denn auch in Zimmern, in denen niemand war, knackte und knisterte es unentwegt. Als würden nicht nur Menschen dort wohnen. Und auch wenn ich noch keinen erwischt habe, war ich mir doch ziemlich sicher, dass es weitere Mitbewohner gab. Also keine menschlichen Mitbewohner. Und vielleicht auch keine tierischen Mitbewohner. Andere eben. Eventuell Gespenster oder so. Mich würde da rein gar nichts wundern.

Und da fragte man sich doch, was wir dort im Monsterhaus zu suchen hatten, oder? Ja, okay, es war das Elternhaus meines Vaters. Und wahrscheinlich fühlte sich Oma extrem einsam in dem riesigen Kasten. Und vermutlich wusste sie, dass es spukte, und wollte es einfach nur nicht zugeben. Denn sie war eine kleine, unerschrockene und sehr spezielle Dame, die sich auf keinen Fall aufregte, sondern höchstens echauffierte. Die ständig extrem seltsame Wörter benutzte, die ich nicht kannte. Außerdem stand sie auf Perlenketten, Opernchöre, Lederhandschuhe, mit Parfüm beträufelte Stofftaschentücher, das englische Königshaus und Anlässe, bei denen man ausladende Hüte mit und ohne Schleier tragen konnte. Eine etwas über siebzigjährige Lady, die sich in eine Zeitkapsel eingesponnen hatte und dort fröhlich ihr Dasein zelebrierte. Und wir, hurra, durften da jetzt auch irgendwie mitspielen.

• • •

»Wenn du deine Kisten nicht auspackst, wirst du dich nie heimisch fühlen«, erklärte meine Mutter bestimmt, als sie auf dem Rückweg vom Supermarkt an einer roten Ampel bremste. Ja, ich nutzte wirklich jede Gelegenheit, um aus diesem Haus zu entkommen. Aber ich war auch gern mit Mama allein. Sie arbeitete ziemlich viel. In einem Labor, wo sie manchmal tagelang Versuche betreuen musste. Und dann war da noch Marlene, die ihren Frust über den Umzug ziemlich auslebte. Und Oma, die vorsichtig formuliert eine echte Dramaqueen war. Also genoss ich die Zeit, wenn man mal nicht Gefahr lief, dass sich gleich etwas total Tragisches abspielte. Ach so, einen Vater hatte ich natürlich auch, aber das kommt erst später.

»Ja, genau, das ist das Problem«, murrte ich, von Mamas Vorschlag absolut begeistert. Wir kurvten durch das Wohngebiet zu meiner Oma. Also genau genommen nach Hause. Was sich für mich aber gar nicht so anfühlte. Sondern eher noch wie besuchen.

»Aber Zoe, das braucht sicher mehr als zwei Wochen, bis du dich da heimisch fühlst«, antwortete Mama und warf mir einen kurzen verständnisvollen Blick zu. Ja, da war ich mir allerdings auch sicher.

Hab ich eigentlich erwähnt, dass der alte Kasten auch noch auf einem Friedhof stand?! Okay, es war natürlich kein echter, also keiner mit Gräbern, Kränzen, Kerzen und sonstigem Trauergedöns, aber ganz, ganz nah dran. Die Gegend war bereits ähnlich tot. Die ganze Straße entlang standen in riesigen Gärten lauter leicht marode Villen. Und in jeder lebte meistens nur ein einziger Mensch, der auch nicht mehr der Frischeste war. Sie hausten dort wie in Gräbern, nur mit Briefkasten, elektrischen Rollläden und Bewegungsmeldern. Eine absolute Traumgegend. Genau dort, wo man unbedingt sein wollte.

Inzwischen hatten wir in der Auffahrt geparkt. Meine Mutter war schon hinten am Kofferraum. Ich folgte ihr.

»Kannst du bitte was mit ins Haus nehmen?«, fragte sie und sortierte flüchtige Dosen und eine Kekspackung, die während der Fahrt aus den Taschen gekullert waren, wieder zurück.

»Klar«, antwortete ich und schnappte mir zwei der Einkaufsnetze. Meine Mutter nahm die beiden Stofftaschen. Gemeinsam gingen wir über den breiten Gartenweg zum Haus.

Über den sogenannten Dienstboteneingang, der seitlich des weitaus pompöseren Haupteingangs lag, kamen wir direkt in die Küche. Meine Mutter begann Milch und Joghurt in den alten, brummenden Kühlschrank zu räumen. Ich sortierte Nudeln, Dosen und irgendwelchen Tuben- und Fläschchenkram in einen Schrank.

»STEPHANIE?!«, hörten wir meine Oma nach meiner Mutter rufen. Klang nach Alarmstufe Rot. Wieder mal! Ausufernde Nervenkrisen waren fester Bestandteil ihres Lebens. Konnte sein, dass der Duke von Edinburgh beim Nachmittagsausritt vom Pferd gefallen war. Oder jemand die Unverfrorenheit besessen hatte, Flieder in die Rosenvase zu stecken. Auch gut möglich, dass tatsächlich der Dachstuhl in Flammen stand. Wir hatten gelernt, auf jeden Fall nachzufragen, bevor wir alle in Panik verfielen, denn es gab soooooo viele Dramen im Leben meiner Oma und sie durchlebte sie alle mit der gleichen Intensität.

»Stephanie! So geht das nicht!«, rauschte meine Oma mit hochrotem Gesicht herein.

Doch bevor sich meine Mutter nach dem aktuellen Drama erkundigen konnte, kam Marlene ebenfalls in die Küche gestürmt.

»Mama, ich halt das auf keinen Fall aus! No way!« Na, da waren sich die zwei immerhin mal einig.

»Erhellt mich«, stöhnte meine Mutter, während sie Wasser in einen Topf laufen ließ.

»Diese Rocklänge ist vollkommen indiskutabel«, zeterte Oma sofort los. Irritiert musterte ich Marlene, die Jeans anhatte. Dann

Oma, deren Rock bis weit unter die Knie reichte. An was dachte sie? Mini? Oder mit Schleppe?

»Ich hab Oma in meinem Kleiderschrank erwischt«, polterte Marlene los. »Mit einem Maßband!« Noch war ich dabei, mir auszumalen, wie Marlene die Tür ihres echt kolossal großen Schranks öffnete und darin Oma entdeckte – mit einem Maßband! Das schien nicht nur für die Geschichte wichtig, sondern auch extrem verwerflich zu sein. Und trotz Marlenes Wut fand ich die Vorstellung eher witzig.

»Weißt du, wie wir früher zu jemand, der solche Röcke trug, gesagt haben?«, fuhr meine Oma Marlene an.

»Nein? Wie denn?«, fauchte meine Schwester zurück.

»Konkubine!«, flüsterte meine Oma. Mist, das würde ich jetzt wieder googeln müssen. Hoffentlich konnte ich mir das merken! Es musste ein echt tolles Wort sein. Etwas richtig Übles! Denn meine Mutter knallte das Messer, mit dem sie angefangen hatte, Tomaten zu schnippeln, wütend auf das Schneidebrett.

»Schluss jetzt!«, fauchte sie. Ich würde mal sagen, da war richtig Ärger im Anmarsch. Und es wäre echt hilfreich zu wissen, warum. Was hatte Oma da nur vom Stapel gelassen? Immer benutzte sie Wörter, die ich nicht verstand. Das war echt nervig.

»Okay! Jetzt beruhigen sich erst mal alle!«, ermahnte meine Mutter. Wohl auch sich selbst, denn sie schloss kurz die Augen und atmete tief durch.

»Was ist jetzt mit Marlenes Röcken?«, fragte sie gefährlich ruhig. Ich war mir nicht sicher, ob Oma die Anzeichen eines aufziehenden Mama-Orkans erkannte. Es wurde nämlich erst so richtig gefährlich, wenn sie plötzlich betont freundlich wurde.

Aber ganz offensichtlich fehlten Oma in dem Bereich ein paar Erfahrungen. Außerdem war sie sich irgendwie total sicher, einen riesigen Skandal aufgedeckt zu haben. Zumindest verhielt sie sich so. Sie reckte den Hals und kniff kurz die Lippen fest zusammen.

Schenkte meiner Mutter einen Wenn-du-nur-wüsstest-Blick, bevor sie tief Luft holte.

»Und dieses Mal ohne Beleidigung«, warf meine Mutter noch schnell ein, bevor Oma, mit einem Blick, als hätte sie die Sensation des Jahrtausends aufgedeckt, fragte: »Weißt du, dass die Röcke deiner Tochter 32 Zentimeter lang sind?« Sie rollte dabei so bedeutungsvoll die Augen, dass man tatsächlich Angst haben musste, sie würden ihr aus den Höhlen purzeln. Oh nein! Schande! Schande! 32 Zentimeter! Ich war mir nicht sicher, wohin sich mein Entsetzten konzentrieren sollte. War das jetzt zu lang oder zu kurz?

»Ich sehe Marlene in ihren Röcken! Täglich! Wo ist das Problem?« Meine Mutter. Immer noch *gaaaaanz* gelassen.

»32 Zentimeter! Das ist doch frivol!«, ereiferte sich Oma. Oh Mann, das ist doch nicht wahr! Frivol! Machte sie das mit Absicht? Ich hatte schon wieder keinen Plan.

Der Streit zog sich, obwohl uns allen, na ja, wahrscheinlich allen außer Oma, klar war, wie er ausgehen würde. Mama verfügte, dass Oma nichts in Marlenes Kleiderschrank zu suchen hätte, sich aber bei moralischen Bedenken jeder Art vertrauensvoll zuerst an sie, Mama, wenden sollte. Und nein, niemand in diesem Haushalt müsse wollene Strumpfhosen tragen, wenn er es nicht wollte. Ende der Diskussion.

Irgendwie schafften wir es dann auch noch, ein gemeinsames Abendessen hinter uns zu bringen. Obwohl Oma es als Zumutung empfand, in der Küche zu essen. Vor allem, weil es ein paar Zimmer weiter einen prächtigen Speisesaal gab. Irgendwie schien sie zu glauben, dass alle Familien auf diesem Planeten an gigantischen Esstischen in Salons, die so festlich wie Ballsäle waren, tafelten. Und wahrscheinlich Heerscharen von Bediensteten dafür sorgten, dass das mehrgängige Mahl auf seiner Reise von der Küche dorthin auch warm blieb. Nur wir saßen, wie der Pöbel, in der Küche und aßen Nudeln mit Tomatensoße. Ein weiteres Drama im Leben meiner Oma. Zumindest konnte man sich auf eines bei ihr verlassen: Sie fand überall dort Probleme, wo keiner von uns welche vermutet hätte.

• • •

Nach dem Abendessen ging ich einen Stock höher in mein Zimmer. Dort war es extrem warm. Geradezu tropisch. Die Heizung in diesem Haus führte ein sehr aufmüpfiges Eigenleben. Und der Knauf an dem Heizkörper in meinem Zimmer schien pure Zierde zu sein. Egal in welche Richtung man drehte, das Ding kannte nur eine Einstellung. Bullenhitze. Ich tastete mich im Dunkeln durchs Zimmer. Und es war wirklich stockduster. Es gab zwar eine Deckenbeleuchtung, sogar mit Schalter direkt an der Tür, doch auch sie war zu kapriziös, um benutzt zu werden. Ein Kronleuchter mit Glühbirnen in Kerzenform baumelte von der hohen Decke. Wenn man ihn anknipste, machte er außer zu leuchten noch jede Menge anderen Blödsinn. Zuerst begann er merkwürdig zu knistern. War man mutig genug, noch ein bisschen länger zu warten, setzte er einen penetranten Geruch nach Kabelbrand obendrauf. Ob er noch mehr konnte, als Rauch aus den kleinen Glühbirnenfassungen aufsteigen zu lassen, wussten wir nicht. Denn länger hatten wir uns noch nie getraut, ihn eingeschaltet zu lassen.

Offenbar gab es einen sehr mutigen Elektriker, der bereit war, sich das Monstrum mal anzuschauen. Das hatte er zumindest Mama am Telefon versprochen. Und solange er noch auf sich warten ließ, verzichtete ich großzügig auf Deckenlicht und tastete mich durch die Dunkelheit, um zuerst mal diese Sauna in den Griff zu kriegen. Auf meinem Weg zum Fenster stieß ich mir den Fuß am Schminktisch, der zwischen den zwei großen Fenstertüren stand. Auch der war alt, seine Spiegel halb blind. Was jetzt ein eher minderschweres Problem war, da ich zu diesem Thema nicht mehr als Lippenpflege zu bieten hatte. Das kleine rosa Döschen stand dort auch ganz verloren herum und hatte nur meine Haarbürste zur Gesellschaft.

Endlich fand ich den Griff und konnte die Tür öffnen. Oh, eine wirklich coole Sache; ich hatte einen eigenen kleinen Balkon. Nun weiter Richtung Bett. Oder sollte ich besser sagen: größte Matratze-Himmelbett-Kombination, die ich jemals gesehen hatte? Ich bin mir ziemlich sicher, dass es ähnlich große Schlafstätten nur noch in ein paar französischen Schlössern zu besichtigen gibt. Eigentlich dürfte der Rieseneumel in der Dunkelheit nicht so schwer zu finden sein. Er stand nur mit seinem Kopfende an einer Wand und ragte ansonsten mitten ins Zimmer. Damit die Träume, ich würde auf einem Fußballfeld nächtigen, aufhörten, hatte ich mir angewöhnt, am Kopfende quer zu schlafen. Und da schauten noch nicht mal meine Füße raus, selbst wenn ich mich ganz lang machte. Das Querschlafen hatte durchaus Vorteile. Ich kam mir nicht mehr so verloren vor und hatte neben mir unendlich viel Platz für all die wichtigen Dinge, die ich dringend brauchte.

Tuff! Angestoßen! Bett gefunden. Ich tastete mich zu meinem Nachttischchen vor und knipste das Lämpchen dort an. Das Licht fiel auf Bücher, Comichefte, eine Tasse, Zeichenblöcke, ein paar lose Blätter, Farbstifte, meine ganz persönliche Schatzkiste, eine Flasche Kleber, eine angebrochene Kekspackung, Lieblingssocken, eine Frotteejacke mit Loch am Ellbogen, hübsche Muscheln, ein paar besondere Steine, Notfall-Schokoriegel, oh, mein Mathebuch und ein Säckchen mit Murmeln, die sich auf dem unteren Teil der Matratze tummelten! Und nein, das war keine riesige Sauerei in meinem Bett, sondern alles lebensnotwendiger Kram!

Der Rest des Raumes blieb im Halbdunkel. Was auch besser war. Denn wie das ganze Haus, so sah auch mein Zimmer etwas mitgenommen aus.

Jeder von der Wand hängende Tapetenfetzen, Seide hin oder her, schrie extrem laut nach Leim oder noch besser nach jemand, der sich auf Generalsanierungen verstand. In dem monströsen Kleiderschrank, der neben der Tür stand, könnte man sicher total unbemerkt ein ganzes Rugby-Team unterbringen. Gegenüber dem Bett ragten Regale bis in schwindelerregende Höhen unter die Decke. Wir hatten die unteren sechs Fächer für meine Sachen freigeräumt. Viel höher würde ich ohne Leiter sowieso nicht kommen. Vor der riesigen Regalwand stand etwas verloren mein Schreibtisch von zu Hause. Zusammen mit dem roten Sitzsack an der Balkontür waren das meine einzigen eigenen Möbelstücke, die ich mitgebracht hatte. Sobald wir uns etwas eingelebt hätten, würden wir dieses Problem angehen, hatte mir Mama versprochen. Ich war mir nicht sicher, wann ich mich an all das gewöhnen würde und ob ich dann, vielleicht mit zwanzig, tatsächlich noch hier leben wollte.

Verzweifelt schaute ich mich um. Es lag wirklich nicht an den sechs Umzugskartons, die in dem großen Raum kaum auffielen, dass man sich hier nicht spontan heimisch fühlen konnte. Trotzdem machte ich mich daran, sie auszupacken. Ich öffnete die erste Schachtel. Oh, alle achtzehn Mitglieder meiner Kuscheltierfamilie waren versammelt. Die hatte ich ja noch gar nicht vermisst. Nun sortierte ich sie zu den anderen wichtigen Dingen aufs Bett.

»Hier spricht Jolanda Jäger, und ich bin live im Raumfahrtzentrum Spaca, wo sich Zoe Münterbach, die erste Forscherin, die den galaktischen Sternengürtel im hintersten Winkel unseres Alls erforscht hat, zu einem Interview bereit erklärt hat. Frau Professor Doktor Doktor Münterbach, Sie waren wochenlang allein in einer Raumkapsel unterwegs. Nun sind Sie wieder zurück auf der Erde, wie fühlen Sie sich?«, fragte die Reporterin, die ich aus dem Nichts auftauchen ließ.

»Danke, ganz gut, Frau Jäger, ein bisschen ungewohnt, nach den Monaten im All, ist es schon«, antwortete ich beherrscht, denn ich war eine Vollprofi-Wissenschaftlerin.

»Sie werden noch etwa einen Monat in der Quarantänestation leben müssen. Was werden Sie dort machen?«, hakte die Reporterin nach. Ich öffnete den nächsten Karton. Darin schlummerten die Unterlagen meiner bisherigen Schule.

»Zunächst einmal werde ich meine gesammelten Aufzeichnungen auswerten, bearbeiten und einen Bestseller schreiben«, zählte ich auf, während ich Bücher und Hefte ins Regal legte.

»Stimmt es, dass Sie weltweit Anfragen für Vorträge haben?«, wollte die Reporterin als Nächstes wissen.

»Es besteht ein gewisses internationales Interesse an meinen Forschungsergebnissen«, versuchte ich so vage wie möglich zu antworten und öffnete eine Kiste mit der Aufschrift *Krimskrams.* Die Presse musste ja nicht gleich erfahren, dass sich praktisch jede namhafte Universität dieser Welt um mich riss. Und ich deshalb jede Menge tolle Geschenke bekam. Da waren eine solarbetriebene Hula-Hula-Tänzerin, ein Schuhkarton voll Washi Tapes, ein kleiner Pokal *Dritter Platz beim Nikolaus-Handballturnier*, etwa hundert Tiersticker, mehrere Meter Lichterkette, das leere Nutellaglas mit Snoopy vorne drauf, in dem ich mein Geld aufbewahrte, und, wirklich mehr als lebensnotwendig, mein Haarreif mit den Micky-Maus-Ohren. Er war natürlich ein Unikat und es handelte sich selbstverständlich um die Originalohren. So machte Auspacken doch deutlich mehr Spaß.

»Ihr Leben soll verfilmt werden, und es wird gemunkelt, dass Sie sich selbst spielen werden?«, fragte die Reporterin, während ich versuchte, die Lichterkette möglichst dekorativ um das Metallgestell des Bettes zu drapieren.

»Das war zumindest der Wunsch des Regisseurs. Aber ich glaube nicht, dass ich dafür Zeit haben werde«, wehrte ich sofort ab.

»Werden Sie bei der Besetzung denn mitsprechen dürfen?«, wollte die Reporterin weiter wissen. Ja klar, mich soll doch nicht irgendwer spielen!

»Natürlich werde ich alle endgültigen Entscheidungen treffen«, informierte ich sie.

»Während Sie im Weltraum unterwegs waren, hat die Arbeitsgruppe um Wilhelmina Temming beachtliche Erfolge erzielt. Sind Sie neidisch?«, fragte die Reporterin als Nächstes.

Wil-hel-mi-na. Ich betonte die Silben gern einzeln, dann klang der Name noch monströser. Sie war in meiner neuen Klasse und leider angsteinflößend perfekt. Sah irgendwie nach *Glossy Lipstick Glamour Girl* aus. Verwendete wahrscheinlich Wörter wie *bitchy* und *OMG*. Und solche, die ich gar nicht kannte. Weil ich nicht so cool wie sie war. Und weil ich keine Ahnung von solchen Dingen hatte. Wir waren wie der Nord- und Südpol. Nur dass der Südpol echt gut aussah und offenbar alle dort sein wollten, während sich keiner zum schäbigen Nordpol verlief.

»ICH soll auf Wilhelmina Temming eifersüchtig sein?«, wiederholte ich etwas fassungslos und fragte, total neutral, zurück: »Wollen Sie etwa behaupten, sie wäre eine ernsthafte Forscherin?«

»Ist sie das denn nicht?« Die Reporterin wirkte etwas aus dem Konzept gebracht.

»Also, wenn Sie gefälschte Ergebnisse und veruntreute Forschungsgelder mit einer seriösen Wissenschaftlerin in Verbindung bringen wollen …«

»Ach, ist das so?«, vergewisserte sich Jolanda Jäger und blätterte nervös in ihren Unterlagen.

»Glauben Sie mir, Wilhemina Temming ist so sicher Wissenschaftlerin, wie ich ein Kaiserpinguin bin.«

»Ja, wenn Sie das sagen, dann wird das sicher stimmen.«

»Aber selbstverständlich, Jolanda! Oder habe ich Sie schon jemals angelogen?« Und damit war das Interview beendet und die Stimmung ein bisschen im Keller. Denn manchmal schlich sich selbst in die schillerndste Fantasie ein Gedanke, den man eigentlich lieber nicht denken wollte. Und dazu gehörte ganz sicher alles, was mit Wil-hel-mi-na zu tun hatte. Was wusste die schon von mir. Nichts. Und irgendwie glaubte ich nicht, dass sie sich für mich interessierte. Oder meine Erfolge im galaktischen Asteroidengürtel. Wahrscheinlich wohnte unter ihrer Treppe keine Mäusefamilie. Und ich sah sie auch nicht wirklich einen wilden Mustang zähmen. Okay, es war vielleicht nur mein Fahrrad. Trotzdem glaubte ich nicht, dass Wil-hel-mi-na irgendetwas davon verstehen würde. Sie wurde von einem kleinen Hofstaat umschwärmt, der sich dankbar in ihrem Glanz sonnte. Leider war ich so gar nicht der hofierende Gefolgetyp und verabscheute bedingungslose Bewunderung.

Als ich die Washi Tapes in die Schreibtischschublade räumte, fiel mir Omas Willkommensgeschenk in die Hände. Eigentlich total süß. Sie hatte für Marlene und mich zur Begrüßung in unserem neuen Zuhause Tagebücher gekauft. Solche mit kleinen Schlösschen, in die mikroskopisch kleine Schlüssel passten. Mein erster Gedanke? Hoffentlich kann man das Schloss knacken, denn diesen Schlüssel habe ich praktisch schon verloren. Betrachtete man das Größenverhältnis Schlüssel zu meinem Zimmer, wäre es, als würde man den Staat Argentinien auffordern, auf eine einzelne Kaffeebohne aufzupassen. Na ja oder so ähnlich. Bislang hatte ich noch nicht den dringenden Wunsch gehabt, Tagebuch zu schreiben. Was sollte ich denn aufschreiben? *Hab heute Morgen ein Eichhörnchen durch den Garten huschen gesehen.*

So was trieb mir wahrscheinlich auch in zwanzig Jahren nicht die Tränen der Rührung in die Augen. Oder: *Habe heute früh beim Zähneputzen beschlossen, eine Zeitmaschine zu erfinden.*

Ist doch echt enttäuschend, irgendwann festzustellen, dass man deutlich weniger genial geworden war als angenommen. Also, um es kurz zu sagen, war mir nicht so ganz klar, was ein Tagebuch konnte.

Und irgendwie hatte ich auch keine Lust, vor sich hin wabernde Texte zu verfassen. Ich war, glaube ich, mehr der Listentyp. Was mich gerade beschäftigte: Dinge, die ich gerne haben würde. Und eh ich mich's versah, kritzelte ich auf die erste Seite des Tagebuchs:

ein gemütliches Zimmer
einen echt einzigartigen Kleidungsstil
Alaska mit dem Hundeschlitten durchqueren
strahlend blaue Augen oder Kontaktlinsen
eine Hauptrolle in einer richtig coolen Hollywoodproduktion
mindestens fünf Fremdsprachen fließend sprechen
andere Haare
Freunde

Entnervt schlug ich das Buch wieder zu. Das war echt eine bescheuerte Idee! Denn nun dachte ich schon wieder an die Schule und meine neue Klasse. Und dass ich dort total überflüssig war. Warum sollten sie mich auch brauchen? Sie hatten ja sich und ihre Freundschaften. Was sollten sie da mit einer Fremden anfangen. Mit einer, über die sie nichts wussten. Die auch nichts zu bieten hatte. Da war gar nichts. Und da würde auch nie etwas sein, weil sie mich für total langweilig hielten. Weil ich eben nicht wie Wil-hel-mi-na war. Mann, freute ich mich vielleicht auf die Schule.

# 2.

Am nächsten Morgen stand ich total motiviert im überfüllten Bus. Yeah, neuer Schultag.

Ich döste, so gut das im Stehen ging, vor mich hin, bis ich mich plötzlich beobachtet fühlte. Aus den Augenwinkeln fiel mir ein Junge auf, der mich ziemlich direkt anschaute. Also jetzt kein unheimliches Angaffen. Eher so zufällig. Als würde er, selbst vollkommen in Gedanken versunken, einfach irgendwohin starren. Oder kannte ich ihn etwa? Ich versuchte verstohlen, einen Blick auf ihn zu werfen, indem ich mich nach links und rechts drehte, als wollte ich aus den Fenstern schauen. War sicher total unauffällig. Aber immerhin konnte ich ihn so genauer betrachten. Ganz spontan würde ich mal sagen, dass ich ihn noch nie gesehen hatte. Er war wahrscheinlich so alt wie ich, vielleicht auch ein bisschen älter. Schwer zu sagen. Außerdem trug er eine Mütze. Mit der er, nebenbei bemerkt, total bescheuert aussah. Es war diese Art Mütze, vor der man den Träger, würde man ihn besser kennen, warnen müsste. Ich musterte ihn heimlich, wie er sich den weinroten Strickrand etwas aus der Stirn schob. Was den Gesamteindruck nicht wirklich verbesserte. Als er meinen Blick bemerkte, nickte er mir leicht zu.

Okay, jetzt war ich echt verwirrt. Kannten wir uns etwa doch? Gingen wir sogar in dieselbe Klasse? Keine Ahnung. Mehr aus Reflex nickte ich zurück. Der Bus hielt. Ein paar Leute stiegen aus. Er nutzte den frei gewordenen Platz und rückte neben mich.

Eigentlich sah er ganz knuffig aus. Durfte man das sagen? *Knuffig?* Ich war mir da nicht so sicher, ob Jungs das cool fanden. Und irgendwie erinnerte er mich, so wie er mit seinen großen dunklen Kulleraugen unter dem Mützenrand hervorlinste, an ein Plüschtier, das sonst wo vergessen worden war. Etwas, das definitiv kein Junge hören wollte. Da war ich mir sicher.

»Du wohnst im Fichtenweg, im Eckhaus?«, erkundigte er sich plötzlich.

»Ähm, hmm!«, brummte ich überrascht. Woher kannte ich ihn nur?

»Du bist neu hier, oder?«, fragte er weiter und begann ganz ungeniert mit seinem Finger im Ohr zu bohren.

*Hallo?!*

Mehr als ein Nicken brachte ich nicht zustande. Und ich war mir sicher, dass ich ihn ziemlich entsetzt angestarrt haben musste, trotzdem drehte er weiter andächtig seinen kleinen Finger in seiner Ohrmuschel hin und her.

»Fichtenweg!«, wiederholte er traumverloren. »Ich wohne eine Querstraße weiter, Föhrenallee … 17!«, fügte er nach einer kleinen Pause noch hinzu.

»Na dann!«, erwiderte ich. Und weil ich ihm nicht weiter bei seiner ausgiebigen Ohrenschmalzsuche zuschauen wollte, starrte ich wieder aus dem Fenster.

»Ich bin übrigens Namik«, stellte er sich noch brav vor. Kurz hatte ich die Befürchtung, ich würde die Hand gereicht bekommen. Also die, deren kleiner Finger gerade noch mit Probebohrungen in seinem Ohr beschäftigt gewesen war. Aber nix dergleichen, Glück gehabt.

»Zoe«, antwortete ich automatisch. Und während ich noch überlegte, ob ich ihn fragen sollte, woher wir uns kannten, sagte er: »Du hast einen Hund.«

»Gehört meiner Oma«, stellte ich schnell richtig. Denn obwohl ich noch nicht wusste, was ich von ihm halten sollte, war es mir irgendwie wichtig, dass er den richtigen Eindruck von mir bekam. Und dazu gehörte definitiv kein fetter, asthmatisch keuchender Niederbeiner. Vielleicht eher ein Husky oder so was.

»Ja, okay!«, murmelte er nicht wirklich interessiert.

»Ich hab dich letzte Woche gesehen«, setzte er plötzlich nach.

»Aha!« Mehr fiel mir nicht ein. Sollte ich ihn fragen, ob er da auch diese bescheuerte Mütze aufhatte?

»Großer, schwarzer Mischling?«, versuchte Namik meine Erinnerung aufzufrischen. Was? Ach, der Hund! Nahm ich jetzt mal zumindest an. Doch selbst dieser Hinweis war vollkommen nutzlos. Mein Erinnerungsvermögen lag im komatösen Tiefschlaf.

»Oh, die nächste Haltestelle muss ich raus!«, fiel mir plötzlich auf. Und das war immerhin besser, als zu sagen, dass ich keinen Plan hatte, wer er war.

»Man sieht sich«, verabschiedete er sich. Der Bus bremste und mit lautem Zischen öffneten sich die Türen.

Ich nickte etwas irritiert, bevor ich aus dem Bus sprang. Denken wir mal nicht über das Wann und Wo nach. Vielleicht würden wir uns ja tatsächlich irgendwann und irgendwo zufällig begegnen. Ich könnte heute Nachmittag Omas Wursthund ums Karree ziehen und abwarten, was passierte.

Kaum war der Bus weitergefahren, fühlte ich mich total einsam. Wieder. Keiner zum Reden da. Niemand, der sich für mich interessierte. Der mich auch nur wahrnahm. Während andere in Grüppchen von der Bushaltestelle zur Schule gingen, trottete ich allein dahin. Und es war nicht das gute Allein. Das, bei dem man sich wie ein selbstständiger, freier Einzelkämpfer fühlte. Oder das, bei dem man sich selbst total genügte. Es war das verzweifelte Allein, das einsame, verlorene, isolierte. Bei dem man sich wie ein Geist vorkam. Unsichtbar für alle.

Ein Stück vor mir gingen drei Jungs. Die waren aus meiner neuen Klasse. Da war ich mir sicher. Und sie fanden es total lustig, sich gegenseitig in entgegenkommende Leute zu schubsen. Drei Köpfe, aber weit und breit kein Hirn in Sicht. Geistige Vollwaisen unter sich!

»Kennst du die da vorne?«, fragte auf einmal jemand neben mir. Namik?! Wo kam der denn so plötzlich her?

»Ja, die gehen in meine Klasse«, antwortete ich, als wäre es überhaupt kein Ding, dass er wie aus dem Nichts aufgetaucht war.

»Stört es dich, wenn ich dich noch ein Stück begleite?«

*Stören? Hatte er sie noch alle? Ich war total froh.* Fast wäre ich ihm vor Erleichterung um den Hals gefallen. Aber nur fast!

»Nö, ist okay«, antwortete ich stattdessen.

»Die waren vorhin, glaube ich, auch im Bus.«

»Ach ja?«, brummte ich, obwohl es mich eigentlich nicht die Bohne interessierte.

»Prinz Pomado mit der blauen Jacke mal ganz sicher.«

*Prinz Pomado! Haha! Das traf es ziemlich gut!*

»Ah, der! Ist heute wohl mit Extrahaargel unterwegs! «

»Ich sehe, ihr kennt euch schon.«

»Definitiv nicht!«, wehrte ich sofort ab. Was für ein schräger Gedanke.

»Und die anderen beiden?«, erfragte Namik unbeirrt weiter die mögliche Anwesenheit der drei Chaoten im Bus.

»Also der Blonde ganz sicher nicht. Das wüsste ich.« Tom! Er fiel auf!

»Wow! Der ist aber mal 'ne schmucke Hecke, oder?!«, bemerkte auch Namik sofort.

Pfiff er jetzt etwa auch noch anerkennend? Das war ja überhaupt nicht merkwürdig. Doch er hatte recht. Irgendwo *gaaaanz* tief in mir drin musste ich ehrlich zugeben, dass Tom wirklich nicht schlecht aussah. Sein halblanges helles Haar und die dunkelbraunen Augen waren zwar ein sehenswerter Kontrast, warfen allerdings auch die Frage auf, warum Deppen so oft von der Natur bevorzugt wurden. Oder vielleicht verhielten sie sich nur idiotisch, weil man Menschen, die gut aussahen, sowieso alles verzieh? Keine Ahnung. Ich konnte nur mit Sicherheit sagen, dass Tom, bezauberndes Lächeln hin oder her, ein echter Vollpfosten war.

»Dass er gut aussieht, muss man ihm nicht sagen!«, klärte ich Namik auf, während die Jungs vor uns im Schulhaus verschwanden. Ich hatte den Obermacho der Klasse bereits an meinem ersten Tag nach genau zehn Minuten ausfindig gemacht. Warum das so schnell ging? Vielleicht weil er mich mit den Worten »Aber hallo! Neue Schnecke am Start?« begrüßt hatte, während sich die anderen Schwachmaten um ihn herum halb totgelacht hatten.

»So, ich flitz dann mal los. Sonst komm ich noch zu spät«, verabschiedete sich Namik schnell. Offenbar ging er nicht in meine Schule.

• • •

Herr Wolff, unser Mathelehrer, war bereits im Klassenzimmer. Er lehnte lässig an der Kante des Pults und unterhielt sich mit den Leuten in der ersten Reihe.

»Zoe«, rief er freudig, kaum dass ich den Raum betreten hatte.

»Guten Morgen«, nickte ich höflich zurück. Und wenn er sich nicht umständlich Luft zufächelte, sollte seine Geste wohl bedeuten, dass ich zu ihm kommen sollte. Hurra! Genau die Aufmerksamkeit, die einem nur als Neue in der Klasse zuteilwurde.

»Alles in Ordnung?«, erkundigte sich Herr Wolff freundlich, als ich vor ihm stand.

»Ja, alles gut«, antwortete ich und war mir sicher, er wollte nichts anderes hören.

»Habt ihr in deiner alten Schule schon mal mit Termen gerechnet«, erkundigte er sich weiter.

»Ähm, Terme … ja, ich glaube schon.«

»Na prima«, er nickte mir aufmunternd zu, »dann setzt du dich mal am besten hier nach vorne zu … Wilhelmina.« Und wie zur rhythmischen Untermalung seiner Worte, klopfte er mit der flachen Hand auf einen Platz in der ersten Reihe.

*Oh nein, bitte nicht neben Wil-hel-mi-na.*

»Und ich?«, fuhr augenblicklich das blonde Mädchen, um dessen Platz es ging, alarmiert hoch.

»Du kannst dich hinten neben Yasmin setzen«, schlug Herr Wolff vor und ignorierte ganz gekonnt ihren giftigen Unterton. Sie murmelte irgendetwas von *die Höhe* und *Ungerechtigkeit* und packte dabei geräuschvoll ihre Sachen zusammen. So laut, dass einige Mitschüler neugierig nach vorne schauten. Gespräche verstummten. Ja, super, noch mehr Aufmerksamkeit. Ein Minidrama und ich mittendrin. Genau das, worauf ich eigentlich verzichten wollte.

»Viola? Haben wir ein Problem?«, erkundigte sich Herr Wolff mit scharfem Ton.

»NEIN«, schnauzte sie zurück. Unfassbar. Sie bemühte sich nicht mal, ihren Ärger zu verbergen. Ich meine, sie wurde ja nicht aus der Galaxie verbannt, sondern nur in eine andere Bank gesetzt. Wie tragisch war das denn? Offenbar hatte ich keine Ahnung! Denn warum sonst hätte sie noch zornig mit dem Fuß aufgestampft, bevor sie sich in eine der hinteren Bänke verzog? So ganz rund lief die irgendwie auch nicht.

Und Wilhelmina? Blätterte unbeteiligt in ihrem Mathebuch. Die himmelschreiende Ungerechtigkeit, die ihrer Freundin widerfahren war, ließ sie scheinbar kalt.

»Hallo«, grüßte ich unsicher, als ich mich neben sie setzte.

Sie nickte mir lediglich huldvoll zu.

*Wow! Das war jetzt mal sehr majestätisch und auch echt ein bisschen einschüchternd.*

Die Stunde begann. Das Thema kam mir tatsächlich nicht ganz unbekannt vor. Außerdem konnte Herr Wolff super erklären. Was vielleicht mit daran lag, dass ich mich voll auf den Unterricht konzentrierte. Was sonst hätte ich auch machen sollen? Sehr viel mehr an Unterhaltungsprogramm gab es, mit der schweigenden Eiskönigin an meiner Seite, einfach nicht.

Kaum hatte es zur Pause geläutet, schob sich Viola sofort zwischen Wilhelmina und mich. Sie musste über die Bänke gesprungen sein, um so schnell nach vorne zu kommen. Lässig lehnte sie sich an den Tisch und streckte mir dabei ihr Hinterteil entgegen.

*Danke! Tolle Aussicht!*

Ich rückte ein Stück zur Seite. Keine Minute zu früh, denn ihr folgte eine Große mit strubbeligem, kurzem Haar. Sie wischte einfach meine Hefte zur Seite und setzte sich, den Rücken zu mir gedreht, auf den Tisch.

»… und die Agentur deines Vaters organisiert das Event?«, hörte ich Viola aufgeregt fragen. Ich gab vor, mich voll auf das Ein- und Ausräumen meiner Schultasche konzentrieren zu müssen, während ich interessiert zuhörte.

»Ja«, antwortete Wilhelmina knapp. Könnte es sein, dass sie grundsätzlich nicht sehr gesprächig war?

»Voll der Burner, du wirst Cyclone backstage treffen«, jubelte Viola leise in der Art Heimlichkeit, mit der man sofort alle Aufmerksamkeit auf sich zog.

»Ich bin soooo neidisch. Meinst du, dein Vater lässt uns auch rein?«, fragte das große Mädchen mit den Strubbelhaaren.

»Oh ja, bitte, bitte, mit großen, flehenden Kulleraugen und Wimpern-klimper-klimper«, bettelte Viola sofort. Ganz offenbar hatte sie so gar keinen Stolz.

» Cyc und wir … allein … magisch, echt Bombe …« Das große Mädchen unterbrach sich selbst mit extrem hysterischem Gekicher. »Mann, das wäre … so unglaublich … wenn ich mir nur vorstelle …«, gluckste sie weiter vor sich hin.

»Jaaaa. Überleg mal. Vielleicht verliebt er sich in eine von uns«, raunte Viola den anderen zu. Natürlich! Das wird passieren! Auf jeden Fall! Und überleg mal weiter, wie schräg das wäre. Cyc und eine Zwölfjährige? Ich sehe es bereits vor mir! In Farbe!

»Hey, psssst«, ermahnte Wilhelmina die anderen und schaute sich vorsichtig nach Zuhörern um. Nach potenziell gefährlichen Zuhörern. Also nicht nach mir, sondern jemand, der das großartige Geheimnis hätte weitererzählen können. Doch da gab es niemand. Nur mich. Und ich traute tatsächlich kaum meinen Ohren. Cyclone! Tatsächlich! Also wenn das wirklich DER Cyclone wäre! Hammer! Den würde ich auch gern backstage treffen. Aber wer nicht?! Und es wäre wirklich unfassbar, wenn Wilhelmina tatsächlich diese Chance hätte. Ich konnte nicht anders, als im Schatten ihres Gefolges ebenfalls echt beeindruckt zu sein.

Der weitere Informationsfluss wurde durch das muntere Klatschen von Frau Brückner gestoppt, die damit den Beginn der Deutschstunde ankündigte. Wilhelminas Hofstaat zog sich auf seine Plätze zurück. Ich wagte einen kurzen Seitenblick. Sie saß total relaxed da. Wirkte nicht so, als würde sie bald einen Weltstar treffen. Na ja, ganz ehrlich. Ich wusste auch nicht, wie man da anders aussehen sollte. Strahlender als sie? Glücklicher? Aufgeregter? Vielleicht begegnete sie ständig irgendwelchen Berühmtheiten. Und fand es inzwischen eher lästig.

Im Klassenzimmer war inzwischen eine hitzige Diskussion ausgebrochen. Weitere Gedanken zu Wilhelminas Promistatus mussten leider warten. Offenbar stieß die diesjährige Lektüreauswahl auf extremen Widerstand. An der Tafel standen die Titel *Das Nibelungenlied* und *Parzival*. Das klang mal gar nicht so prickelnd. Und auch irgendwie ziemlich ehrgeizig.

»Warum können wir nicht mal ein Buch nehmen, wo der Autor

nicht schon tausend Jahre tot ist«, beschwerte sich ein Mädchen hinter mir. Zustimmendes Gemurmel erhob sich.

»Dessen Autor, Romy«, stöhnte Frau Brückner. »Es heißt dessen Autor.«

»Von mir aus«, gab Romy unbeeindruckt zurück.

»Zu diesem Zweck gibt es die Leseliste«, erinnerte Frau Brückner die Klasse. Dann fiel ihr Blick auf mich. Wahrscheinlich verstellten ihr die tausend Fragezeichen, die über meinem Kopf schwebten, die freie Sicht auf die Klasse.

»Hat dich schon jemand über die Leseliste informiert?«

»Nein.« Der Einwortsatz als Antwort erschien mir grammatikalisch am wenigsten riskant. Zusätzlich schüttelte ich noch bekräftigend den Kopf.

Frau Brückners Blick kreiste bereits auf der Suche, einen möglichst unaufmerksamen Schüler zu erwischen, durch die Klasse. Sie wirkte wie ein Adler auf Beutezug. Und zack, hieb sie ihre scharfen Krallen in ihr Opfer.

»Tom, hättest du vielleicht die Güte?«, erkundigte sie sich, während sie die gesamte letzte Bankreihe visuell beschoss.

»Was?«, kam prompt die etwas verdatterte Nachfrage von hinten.

»Du könntest zumindest den Versuch unternehmen, deine offensichtliche Unwissenheit mit einer korrekten Fragestellung zu kaschieren«, ermahnte ihn Frau Brückner. Aus der Frau sollte man schlau werden. Sie war nicht wirklich böse, aber irgendwie auch nicht richtig nett. In erster Linie wirkte sie einfach nur extrem gefährlich.

»Könnten Sie bitte die Frage noch einmal stellen? Ich war unaufmerksam«, leierte Tom herunter. Klang wie unfreiwillig auswendig gelernt und auf keinen Fall wirklich reumütig.

»Wir suchen jemand, der Zoe den Zweck der Leseliste erklärt«, wiederholte Frau Brückner deutlich verärgert.

»Wem?«

*Das hat er jetzt nicht gesagt.*

Spontan konnte ich mich nicht entscheiden, was ich demütigender fand. Seine ignorante Antwort oder das leise Raunen, das sich um ihn herum erhob. Denn das war nicht etwa schockiert, sondern eher bewundernd. Keine Ahnung, welcher Schalter sich auch immer in meinem Hirn auf einmal umlegte, aber plötzlich sah ich rot. Meine Vorstellung, unauffällig und nicht beachtet zu werden, wurde von einer riesigen Zorneswelle einfach weggespült. Wutschnaubend drehte ich mich um.

»Mir! Der neuen Schnecke am Start!«, giftete ich deutlich hörbar nach hinten. Tom, der eben noch selbstsicher lächelnd auf seinem Stuhl rumgefläzt hatte, schnellte wie eine Marionette, an deren Fäden gerissen wurde, in eine aufrechte Sitzposition und lief knallrot an. Neben mir hörte ich Wilhelmina leise kichern.

»Wir hören, Tom«, mischte sich nun Frau Brückner ein.

»Ähmm, ja, Leseliste …«, *räusper*, »… fürs Lesetagebuch …«, *hüstel, hüstel*, »jeder setzt Bücher drauf … also zum Lesen und so …« stotterte er, immer noch rot wie eine Tomate, vor sich hin. Selbst Prinz Pomado neben ihm konnte sich das Grinsen nicht verbeißen.

»Und das passiert, wenn die Hormone das Denken übernehmen«, unterbrach Frau Brückner Toms Gestammel.

»Wer kann es Zoe in verständlichen und zusammenhängenden Sätzen erklären?«, wurde die Frage von Frau Brückner noch einmal an die ganze Klasse gestellt. Da ich mich zurückgedreht hatte und vor mich auf meinen Tisch starrte, konnte ich nicht sehen, ob sich jemand meldete. Außerdem war ich zu sehr damit beschäftigt, die Systeme wieder runterzufahren. Ich schwitzte, mein Herz schlug irgendwo im Hals, wo es nicht hingehörte, und mir war schlecht. Mutig zu sein, vermittelte spontan eine deutlich weniger gute Stimmung, als man dachte. Fühlte sich eher nach Herzinfarkt an.

Eine Klara wurde aufgerufen, die in knappen Sätzen die überhaupt nicht geheimnisvollen Zusammenhänge zwischen Bücherliste und Lesetagebuch erklärte. Ich schaffte es sogar, mich zu ihr umzudrehen und ihr währenddessen interessiert zuzunicken.

»Sehr schön, Klara«, lobte auch Frau Brückner strahlend und fuhr im gleichen freundlichen Ton fort: »Und von dir, Tom, bekomme ich dann morgen vor Unterrichtsbeginn eine dreiseitige schriftliche Ausarbeitung über den respektvollen Umgang mit neuen Mitschülerinnen.« *Buuuummmm!* Den Rest der Stunde traute ich mich kaum zu atmen.

• • •

»Das war großartig, vorhin.«

Überrascht drehte ich mich um. »Was?«, fragte ich und erhöhte sofort auf ein »Wie bitte?«. Immerhin war Frau Brückner noch im Raum. Sie räumte am Pult ihre Unterlagen in eine riesige, giftgrüne Stofftasche und wirkte nicht, als wäre ihr persönlicher Feldzug gegen sprachliche Verfehlungen mit Unterrichtsschluss tatsächlich beendet.

»Ich glaube, ich habe Tom noch nie so von der Rolle gesehen«, grinste Wilhelmina. Überraschung! Sie war nett! Und sie hatte wirklich unfassbar blaue Augen.

»Ach, echt?!«, gab ich betont locker zurück. Vergessen waren Schweißausbrüche und Herzrasen. Jetzt war der Moment gekommen, in dem ich meinen Mut genießen konnte. Und versuchen sollte, mich nicht von Wilhelminas echt perfektem Äußeren einschüchtern zu lassen.

»Wo warst du vorher auf der Schule?«, wollte sie von mir wissen, während sie aufstand, um zur großen Pause in den Schulhof zu gehen.

»Gebrüder Grimm in der Südstadt«, antwortete ich, noch etwas von der plötzlichen Aufmerksamkeit irritiert, und erhob mich ebenfalls. Viola war bereits im Tiefflug angeschossen gekommen und heftete sich an Wilhelminas Seite. Sie musterte mich, als wäre ich ein verseuchter Straßenköter, den sie auf keinen Fall auch nur in ihrem entferntesten Umfeld dulden könnte. Das große Mädchen folgte ihr und quetschte sich zwischen Wilhelmina und mich. Außerdem gesellte sich Romy noch dazu.

»Oh, was hast du denn verbrochen, dass sie dich hierher in die Walachei verbannt haben?«, erkundigte sich Wilhelmina und schaffte es mit einer geschickten Drehung, wieder neben mir zu stehen.

»Nichts! Wir sind nur umgezogen«, erklärte ich etwas abgelenkt. Das Gefolge stand im Weg. Ich konnte mich kaum bewegen.

»Aus der Südstadt ins Gähn-und-Schnarch-Viertel? Das ist echt nicht fair«, lachte Wilhelmina. Selbst ihre Zähne waren beeindruckend. Strahlend weiß, perfekter Biss. Und ich weiß, wovon ich rede. Hab ich schon meine dreißig Meter laufenden Draht im Mund erwähnt?

»Es gibt Schlimmeres«, murmelte ich.

*Ach ja? Was redete ich denn da?* Nichts in meinem Leben war schlimmer als dieser Umzug! Daran hatte sich in den letzten paar Stunden ja wohl kaum etwas geändert, oder?

Mit einer kleinen Handbewegung scheuchte Wilhelmina ihren Hofstaat zur Seite, damit wir weitergehen konnten. Nebeneinander. Zwar klebte Viola weiterhin an ihrer rechten Seite und das große Mädchen ging mit Romy schräg hinter mir und trat mir bei jedem dritten Schritt in die Fersen, aber wir kamen voran.

»Das sind übrigens Viola, Romy und Berit«, stellte Wilhelmina mir lässig die anderen vor.

»Hallo«, grüßte ich freundlich in alle Richtungen. Allerdings war es nicht gerade eine Woge der Sympathie, die da zurückgeschwappt kam.

»Wo wohnst du?«, erkundigte sich Wilhelmina weiter und blieb stehen. Wir hatten inzwischen den Pausenhof erreicht. Sie war nett. Ein kleines Alarmglöckchen bimmelte unentwegt in meinem Kopf und ging mir gehörig auf den Geist. War sie etwa zu nett? Brauchte sie vielleicht für irgendeine unterirdische Gemeinheit ein echt gutgläubiges Opfer? Dann hatte sie es inzwischen wohl gefunden.

»Fichtenweg, an der Ecke«, antwortete ich knapp und versuchte der herumtanzenden Berit auszuweichen, die unbedingt neben Wilhelmina stehen wollte.

»Was? In dieser baufälligen Ruine?«, meldete sich Viola zu Wort und rollte, als hätte sie nur auf eine Gelegenheit gewartet, mir eins reinzuwürgen, abfällig mit den Augen.

»Es wird noch renoviert«, rechtfertigte ich mich sofort.

Aber warum eigentlich? Ich konnte sie nicht leiden. Und trotzdem, oder vielleicht auch gerade deswegen, wollte ich sie beeindrucken. Echt armselig! Vor allem, weil Viola sich standhaft weigerte, fasziniert zu sein …

»Renoviert? Das kostet doch Millionen! Und wenn dein Vater kein reicher Scheich oder so was ist, dann wirst du weiterhin in einer Bruchbude hausen«, höhnte sie mit schmalen Augen und wackelte dabei mit ihrem Kopf, als wäre sie ein körnerpickendes Huhn königlicher Abstammung.

»Darüber darf ich nicht sprechen!«, antwortete ich, schloss die Augen und hielt mein Gesicht scheinbar unbeteiligt in die Herbstsonne, um nicht länger Violas selbstgefälliges Grinsen sehen zu müssen.

»Was ist denn das für ein Schwachsinn?«, ereiferte sie sich und bohrte sofort weiter: »Wieso darfst du nicht sagen, was dein Vater ist?«

Schwang da etwa ein Hauch Panik in ihrer Stimme? Angst, ich könnte weniger im Epizentrum der Langeweile dahin vegetieren, als sie annahm? Es würde sie umbringen. Leider gab es objektiv betrachtet rein gar nichts Aufregendes in meinem Leben. Im Gegenteil, alles lief total normal, vielleicht bis auf die Tatsache, dass ich nicht bereit war, das zuzugeben.

»Geht halt nicht!«, murmelte ich deshalb nur.

»Als ob! Was soll denn das schon Geheimnisvolles sein«, stichelte Viola sofort.

»Okay, okay, ich sag's dir«, lenkte ich ein und beugte mich ein bisschen vor. Sofort steckten alle erwartungsvoll die Köpfe zusammen.

»Also«, begann ich leise. »Er ist KEIN Scheich! Und mehr werde ich euch nicht verraten!« Sie rückten mit genervtem Gegrummel wieder ein Stück ab.

»Ach komm! Das war gemein!«, beschwerte sich Romy.

»Seid ihr vielleicht in einer Sekte?«, mutmaßte Berit.

*Interessanter Gedanke.* Ich schüttelte stumm den Kopf. Die anderen musterten mich neugierig.

»Zeugenschutzprogramm?«, riet sie unbeirrt weiter.

Ist nicht dein Ernst!

»Er ist Spion!« Fantasie hatte sie, das musste ich neidlos anerkennen.

»Könntest du entführt werden? Ist er vielleicht ein Außerirdischer? Der letzte lebende Kannibale?«

*Klar doch!* Ich konnte es mir nicht verkneifen, »Wärmer!« in die Runde zu werfen.

»*Waaaas?* Dein Vater ist Kannibale?«, rief Romy entsetzt.

Ein paar Mitschüler, die nicht weit weg standen, hoben interessiert die Köpfe. *Vielleicht möchte uns ja bald mal jemand besuchen kommen?*

»Denk nach, du Sumpfhuhn! Sie verarscht uns doch komplett!«, fauchte Viola. Sie kochte vor Wut. Eigentlich wollte sie mich loswerden und nun drehte sich das Gespräch schon mehrere Minuten nur um mich. Na ja, hauptsächlich um meinen Vater.

»Jetzt sag schon!«, bedrängte mich nun auch Wilhelmina. Viola stand kurz vor dem Kollaps.

Ich zierte mich noch ein bisschen, bevor ich kaum hörbar flüsterte: »Er ist berühmt!«

»Echt jetzt?«

»Was macht er?«

»Ist er Deutscher?«

»Etwa international?«

»Wer?«

»Kennen wir ihn?«

Die anderen überschlugen sich fast. Nur Viola starrte mich fassungslos an. Und ich würde mal sagen, Zoe gegen das fiese Königshuhn: eins zu null.

# 3.

Kaum hatte ich nachmittags die Haustür aufgeschlossen, hörte ich Oma aus einem der Zimmer links von mir rufen: »Kindchen, wir sind hier, im grünen Salon.« Okay, der ist mir bis jetzt irgendwie entgangen. Gespannt durchquerte ich die Empfangshalle. Denn wo normale Menschen einen Flur hatten, gab es bei uns ein riesiges Foyer mit hochherrschaftlicher Freitreppe aus dunklem Holz, die in eine Galerie im ersten Stock überging. Die abgewetzten Teppiche, angelaufenen Gläser der Wandleuchten und das fast schwarze, stumpfe Holz der Treppe setzten den Einrichtungsstil Längst-verblichener-Prunk sehr effektvoll in Szene. Und nur für den Fall, dass irgendjemand das nicht schon deprimierend genug fand, starrten einen mit großen traurigen Augen und räudigem Fell die angestaubten Jagdtrophäen eines großwildernden Urururonkels von der Wand an.

Ich schmiss meine Jacke auf einen der Stühle, die erstaunlicherweise hier überall herumstanden, und rannte bei meiner Suche nach dem grünen Salon fast mein persönliches Highlight in diesem Haus um. Es war ein Tischchen, auf dem einzig ein Silbertablett stand, auf das man seine Visitenkarte legte, damit uns ein nicht vorhandenes Hausmädchen hochherrschaftlichen Besuch melden könnte. Meine Mutter warf dort immer ihre Schlüssel, Kaugummis, Kassenzettel, Rubbellose und sonstigen Kram, den sie in ihren Taschen fand, darauf. Sehr zum Leidwesen meiner Oma. Sie zeterte furchtbar herum – eine Müllhalde auf dem guten 925er-Sterlingsilber. Wie würde das denn aussehen, falls jemand seine Karte hinterlassen wollte? Was praktisch tagtäglich vorkam …

Inzwischen hatte ich den Salon erreicht. Und obwohl ich es jetzt besser wusste, erkannte ich ihn nur, weil Oma an einem niederen Tischchen vor einem – daher wohl der Name –, dunkelgrünen Sofa stand. Darauf saß Marlene und sah nicht wirklich amüsiert aus.

»Hallo, mein Schatz, gesell dich zu uns, du kommst gerade rechtzeitig«, begrüßte mich Oma fröhlich, während Marlene mir nur einen kurzen düsteren Blick zuwarf. Dann benötigte sie offenbar ihre volle Konzentration für den Unterteller in ihrer Hand, auf dem sie eine Tasse balancierte, in die Oma gerade Tee eingoss.

»Was spielt ihr?«, fragte ich grinsend, ignorierte Marlenes verzweifeltes Schnauben und setzte mich neben sie.

»Teestunde«, raunte sie mir zu, aber es klang, als handelte es sich dabei um so etwas wie Höchststrafe.

»Teestunde?«, vergewisserte ich mich irritiert, bekam aber statt einer Antwort von unserer Oberzeremonienmeisterin erst mal einen Unterteller mit einer Tasse darauf in die Hand gedrückt.

»*Tif* oder *mif*«, fragte sie mich dann. Grenzenloses Wundern. Mehr brachte ich nicht zustande. Ach so, doch, ungläubiges Anstarren hatte ich auch noch drauf.

»*Tif*, tea in first …«, erklärte meine Oma und hob dabei die größere Kanne in ihrer rechten Hand ein wenig an, »… oder *mif*, milk in first?« Nun wedelte sie leicht mit dem kleinen Kännchen in ihrer anderen Hand. Da hatte ich jetzt so gar keine Meinung dazu, und nachdem ich mich weiterhin nicht äußerte, goss sie mir einfach etwas Milch und anschließend Tee in meine Tasse. Aha, gut zu wissen, offenbar war ich ein *mif*-Typ.

Oma setzte sich auf das Sofa uns gegenüber, nahm einen Teller mit Brot und Keksen, der auf dem Tischchen zwischen uns stand, und hielt ihn Marlene und mir hin.

»Sandwich? Früchtebrot?« Dem Brot fehlte die Rinde. Wir nahmen uns artig jede einen schneeweißen Toast. Schmeckte gar nicht so schlecht!

»Hat eine von euch meine Etagere gesehen?«, fragte Oma. Meine was? Hatte sie auch nur annähernd eine Idee, wie weit unsere Welten auseinanderlagen?

»Was 'n das?«, mümmelte Marlene. Sie hatte ihre Tasse abgestellt und verdrückte beidhändig schon das dritte Sandwich.

»Meine Güte, ihr wisst nicht, was eine Etagere ist?« Unfassbar, und wir lebten sogar noch!

»Das ist ein Gestell mit Tellern auf drei Ebenen.« Also etwas, das man sicher jeden Tag brauchte.

»Früher nahmen die Damen den Tee in der Abgeschiedenheit ihres Boudoirs zu sich«, bemerkte Oma.

»Wo?«, fragte ich Marlene leise.

»Trink deinen Tee und lass es uns einfach hinter uns bringen«, raunte mir meine Schwester zu und machte sich über das Früchtebrot her.

*Okay, dann sterb ich halt dumm.*

»Und? Wie war euer Tag?«, zwitscherte Oma fröhlich weiter. Sie hielt die Unterhaltung wirklich eisern am Laufen.

»Gut«, antwortete ich. *Papa ist jetzt berühmt. Aber das vertiefen wir lieber mal nicht.* Marlene setzte ein »Ganz okay« dazu.

»Wisst ihr, früher haben die Countess von Devonshire, Lady Louise und ich jeden Nachmittag Teestunde gehalten«, erinnerte sich Oma lächelnd. Das englische Eliteinternat steckte tief verwurzelt in jeder ihrer Zellen.

»Ich will die Countess von Devonshire sein«, flüsterte Marlene mir zu. »Du kannst von mir aus Lady Louise spielen.« Und einfach so begann Oma Anekdoten aus ihrer Schulzeit zu erzählen. Überraschung! Sie war bei Weitem nicht so brav, wie ich angenommen hatte. In schillernden Farben beschrieb sie ausgelassene Landpartien, Streiche, die sie ihren ziemlich spaßbefreiten Lehrerinnen gespielt hatten, gemeinsame Picknicks und Krocket-Turniere. Besonders die Fuchsjagd bei Sir Leorik, dem Viscount von Brackley, hatte es ihr offensichtlich angetan. Ihre Begeisterung färbte ab. Gemeinsam tauchten wir in die fantastischen Geschichten des englischen Hochadels ein. Sie konnte echt toll erzählen.

Plötzlich schwenkte sie eine geschliffene Kristallflasche mit bernsteinfarbener Flüssigkeit.

»Möchte vielleicht eine von euch einen Sherry?«

»Oma, ich bin zwölf!«, erinnerte ich sie.

»Ah, ja! Eierlikör?«

»Ich glaube nicht, dass ich nachmittags Alkohol trinken darf.« Eigentlich war ich mir ziemlich sicher, dass ich zu keiner Zeit weder Sherry noch Eierlikör kippen durfte.

»Ach, papperlapapp, die Duchess of Lancester hat bereits mit fünf Jahren Portwein getrunken. Da wirst du wohl einen Eierlikör vertragen«, widersprach Oma.

Leider platzte genau zu dem Zeitpunkt Mama in unsere Teestunde und unterband kategorisch den Ausschank von alkoholischen Getränken an Minderjährige. Bei ihr zog auch Omas Argument der fünfjährigen adeligen Trinkerin nicht so richtig. Aber sie ließ sich von Oma eine Tasse Tee einschenken und zu einem Sherry überreden. An dem durfte ich dann nippen. Er schmeckte echt scheußlich. Ich verpasste also nicht wirklich was. Oma erzählte uns, wie es früher in diesem Haus war. Als es wirklich Personal gab, glanzvolle Abendgesellschaften ausgerichtet wurden und die Generalkonsule und Botschafter sich die Klinke in die Hand gegeben hatten. Es wurde richtig gemütlich bei uns im grünen Salon. Und Oma meinte, wir sollten alle Bridge spielen lernen. Das allerdings sah ich jetzt noch nicht so in meiner nahen Zukunft. Doch Teestunde fand ich irgendwie echt spaßig.

Danach ging ich freiwillig mit dem Wursthund Gassi. Und nein, Oma hatte ihn nicht wirklich so getauft. Offiziell hieß er Montgomery Preston of Weston-Mare. Sein zum Übergewicht neigender Körper auf den kurzen Beinchen wurde aber der Würde seines aristokratischen Namens überhaupt nicht gerecht. Deshalb durfte man ihn auch einfach Monty nennen. Oder Wursthund. Denn der wahrscheinlich verfressenste Hund des gesamten Universums hatte eine sehr ausgeprägte Frischluftallergie. Er war nur unter massivster Bestechung bereit, eine Pfote vors Haus zu setzen. Und während andere Bällchen, Wurfstäbe oder sonstiges Spielzeug mit nach draußen nahmen, hatten wir Massen an Hundeleckerli und Wurststückchen in unseren Taschen. Manchmal waren es auch nur Hustenbonbons. Monty war da nicht gerade wählerisch. Hauptsache, er hatte etwas zu kauen, während er die Füße bewegen musste. Draußen durfte man ihn aber auf keinen Fall von der Leine lassen, sonst trottete er stur nach Hause. Und wäre, selbst wenn man ihm eine Rinderhälfte zuwerfen würde, nicht bereit, wieder umzudrehen.

»Ist das ein Nachziehtier oder läuft es selbst?«, hörte ich Namik hinter mir lachen. Ein schwarzer Hund, so groß wie ein Pony, ging an seiner Seite.

»Hi!«, grüßte ich erfreut. Monty kläffte sich sofort seine Minderwertigkeitskomplexe von der Seele. Doch nachdem sich Namiks Hund kaum für ihn interessierte, gab er wieder Ruhe.

»Schönen Tag gehabt?«, erkundigte sich Namik freundlich. Und wieder hatte er diese bescheuerte Mütze auf dem Kopf.

»Ja, spitze, ich hab einen Vater erfunden.«

»Du hast was?«

»Einen Vater erfunden«, wiederholte ich. War doch nicht so schwer zu verstehen, oder?

»O-kay!? Und was ist mit deinem richtigen Vater?«, erkundigte er sich etwas verwirrt.

»Den gibt es auch.«

»Hier?«

»Nein, auf einer Bohrinsel im Golf von Mexiko.« Und das stimmte jetzt echt. Mein Vater war Geophysiker. Lebte für Wochen auf einer Plattform im Meer. Der einzige Kontakt, den wir dann hatten, waren Facetime-Anrufe. Leider durften wir nie länger als fünf bis höchstens zehn Minuten eine ihrer Leitungen blockieren. Bevor wir umgezogen waren, reichte die Zeit nie für das, was ich ihm alles erzählen wollte.

»Cool«, war alles, was Namik dazu einfiel. Wir ließen die Häuser hinter uns und bogen auf einen Feldweg ab. Er ließ das Riesenvieh, das neben ihm trottete, von der Leine und es preschte sofort davon.

»Vielleicht war es das früher, aber jetzt …«, begann ich und schwieg, weil ich eigentlich nicht wusste, was ich von jetzt halten sollte.

»Wann war früher?«, wollte Namik wissen. Ja, das würde mich auch interessieren. Früher … vielleicht als mein Vater noch die Namen meiner Freundinnen wusste. Meine Schule kannte und ich ein Zimmer hatte, das er zusammen mit mir gestrichen hatte?

»Als er noch ein Teil von allem war?«, überlegte ich unsicher.

»Und jetzt gehört er nicht mehr dazu?«

»Jetzt sind wir umgezogen, und nichts ist mehr, wie es einmal war«, brach es aus mir raus.

»Kann es sein, dass du dir gerade extrem leidtust?«

»Kann es sein, das du ziemlich direkt bist … dafür, dass wir uns nicht kennen?«

»Einer muss es ja sagen«, grinste er. Das konnte ich auch.

»Deine Mütze sieht kacke aus!«

»Danke«, antwortete er und zog die weinrote Augenbeleidigung vom Kopf. Eine unerwartete Fülle an Locken sprang darunter hervor. Plötzlich wirkte sein Schädel doppelt so groß.

»Wow, das sind mal Haare«, rutschte mir heraus. Entschuldigung! War nicht so gemeint. Er zuckte lediglich mit den Schultern. War offenbar hart im Nehmen.

»Ich weiß! Ich wollte sie schon lange abschneiden, ergibt sich irgendwie nur nicht«, erklärte er gutmütig und bückte sich, um ein abgebrochenes Aststück aufzuheben, das er weit ins Feld schleuderte. Sofort jagte sein Hund hinterher. Ein Blick auf meinen vierbeinigen Begleiter reichte. *Schmeiß, was immer du willst ... ICH hol's auf keinen Fall,* sagten die dunklen Knopfaugen.

»Wie heißt dein Hund?«, wollte ich wissen und war eigentlich ganz froh, damit das Vaterthema fallen zu lassen. Namik zog sich seine Mütze wieder auf den Kopf.

»Django«, antwortete er und warf den eben zurückgebrachten Ast erneut. Wir gingen schweigend nebeneinander, während Namik weiterhin Stöckchen warf. Insgeheim musste ich Monty recht geben. Es war ein total sinnloses Spiel.

»Was hat sich verändert?«, fragte Namik ganz unvermittelt.

»Hää?« Er hatte diese bescheuerte Mütze wieder auf. Wollte er das etwa hören?

»Du hast gesagt, dass nichts mehr ist, wie es mal war«, erinnerte er mich. »Und ich wollte wissen, was sich verändert hat.« Er war echt hartnäckig. Und er stellte unangenehme Fragen. Genau die Sorte, die ich gerne ignorierte. Ich wollte nicht darüber reden, dass es sich anfühlte, als würde mein Vater irgendwie wegrutschen. Als würde er zu einem fernen, gesichtslosen Gedanken werden. Und was das bedeutete? Ein echt schwieriger Punkt, um den ich in meinem Gehirn gerne großräumig herumschlich. Was auch echt prima funktioniert hatte. Zumindest bis jetzt. Bis mich diese Nervensäge mit der Deppenmütze und dem Ponyhund mehr oder weniger dazu zwang, mir genau darüber den Kopf zu zerbrechen.

»Er hat keinen Platz mehr«, antwortete ich leise nach einer Weile und erschrak selbst, als ich meine Worte hörte. Das klang echt gemein. Durfte man das überhaupt sagen? Falls Namik schockiert war, überspielte er das sehr gut.

»Warum?«, fragte er einfach nur weiter.

»Wir sind umgezogen«, antwortete ich langsam.

»Ja, und?«

»Er ist nicht mitgekommen.« Ergab das irgendeinen Sinn? Wahrscheinlich nicht. Es war aber das Erste, was mir einfiel. Und je länger ich darüber nachdachte, umso mehr hatte ich das Gefühl, dass es genau daran lag. Mein Vater war nicht da gewesen, als wir unser altes Zuhause verlassen hatten. Und in Omas kleinem Gruselschloss gab es ihn einfach nicht. Und ich meine jetzt nicht nur ihn als Person. Sondern auch seine Sachen. An der Garderobe fehlte seine Jacke, die nach ihm roch. Nirgends lagen seine sterbenslangweiligen Fachzeitschriften über Fossilien und andere Bodenschätze rum. Wo waren seine Bücher und die lustigen Skulpturen, die er selbst modelliert hatte? Gab es den Plattenspieler, mit dem er laut knisternd extrem schräge Musik hörte, noch?

»Haben deine Eltern sich getrennt?«, schaltete sich Namik leise in meine Gedanken.

»Was? Nein! Quatsch!«, fuhr ich auf. Er hob nur abwehrend die Hände.

»War nur so eine Idee!«, entschuldigte er sich sofort, als ich ihn böse anblitzte.

»Mein Vater kommt zurück. In genau zehn Tagen! Das ist ausgemacht«, murmelte ich. Und dann würde er zwei Wochen bleiben.

Doch bis dahin waren seine Anrufe der einzige Beweis seiner Existenz. Und bei denen quälten wir uns inzwischen wie Fremde durch so eine Art Gespräch. Er stellte unbedeutende Fragen und ich erfand nichtssagende Antworten. Schule? Ganz okay. Mit deinen Freundinnen? Alles super! Geht's dir gut? Ja klar.

Sollte ich ihm sagen, dass ich mich in der neuen Schule wie ein Fremdkörper fühlte, meine alten Freundinnen vermisste und ich mich gar nicht mal so bombig fühlte? Von da, wo er war, konnte er doch sowieso nichts machen. Wenn er, wie alle paar Wochen, nach Hause käme, würde es vielleicht besser werden. Dann fühlte es sich meistens an, als ob wir eine richtige Familie wären. Aber bis dahin konnte seinen Job wirklich jeder machen. Auch irgendeine noch nicht näher definierte Berühmtheit, die wahrscheinlich genauso weit weg war wie er.

»Und wie ist dein anderer Vater so?«, riss mich Namik aus meinen Gedanken.

»Berühmt!«

»Einfach nur berühmt? Nichts Genaueres?«, hakte er verwundert nach.

»Weiß ich noch nicht«, antwortete ich kleinlaut und erzählte ihm von Viola, wie sehr sie mich genervt hatte und dass ich sie einfach nur sprachlos sehen wollte.

»Und? Hat es funktioniert?«

»Und wie!«, lachte ich, und sofort regte sich dieses triumphierende Gefühl, es ihr gezeigt zu haben.

»Wie geht das jetzt weiter?«

»Gar nicht! Schon vergessen? Ich darf nicht darüber reden!«

»Das würde doch nur Sinn ergeben, wenn dein Vater tatsächlich Spion wäre … oder irgendetwas anderes Topgeheimes«, gab er zu bedenken. Wie glaubwürdig wäre es zu behaupten, mein Vater wäre James Bond? Nicht so? Schade!

»Warum das denn?«, hakte ich, unsicher ob ich es wirklich hören wollte, nach.

»Was haben eine geheime Berühmtheit und eine blaue Tomate gemeinsam?«, gluckste er plötzlich los. Ich musterte ihn mit einem Blick, der hoffentlich sagte: *Hör auf, wie der Chefastrologe des Großwesirs zu sprechen, du bist kein Orakel!* Vielleicht gab ihm auch mein anhaltendes Schweigen einen kleinen Hinweis darauf, dass ich kein Wort verstanden hatte.

»Es gibt sie nicht«, beantwortete er selbst sein Rätsel und konnte kaum aufhören zu lachen. Gut, wenn sich wenigstens einer hier amüsierte. Ich wartete. Und wartete. Es dauerte unverhältnismäßig lange, bis er sich wieder einkriegte, vor allem, wenn man die Qualität seines Witzes bedachte.

»Sag mir nur einen guten Grund, warum du nicht zugeben solltest, dass Liam Hemsworth dein Vater ist«, fragte er, nachdem er sich zumindest etwas beruhigt hatte.

»Vielleicht, weil er bei meiner Geburt höchstens vierzehn gewesen wäre?«

»Meine Güte, da gibt es doch noch einen anderen, einen älteren Bruder«, murrte er leicht genervt. *Hemsworth?! Wow! Eigentlich gar keine so schlechte Wahl.* Das wäre doch cool, oder? Bleibt die Frage, warum es keiner wissen sollte.

»Und wenn ich das Geheimnis bin? Die geheime Tochter?«, fiel mir plötzlich ein.

»Über die er warum gleich noch mal nicht redet?«, hakte Namik lauernd nach. Mann, ging der mir auf den Geist! Und noch mehr nervte mich, dass ich echt keinen Grund fand, mit dem ich und mein erfundener Vater hätten leben können.

»Ja, schon klar!«, lenkte ich kleinlaut ein. »Deshalb werde ich mich auch nicht weiter dazu äußern.« Also, alles gut!

# 4.

Dachte ich zumindest. Leider sahen das Romy und Berit anders.

»Gib uns zumindest einen Tipp«, bettelte Romy am nächsten Tag, als wir gemeinsam an einem Tisch in der Schulkantine saßen. Ja, gemeinsam. Nicht allein. Das erste Mal, seit ich auf dieser Schule war. Kein idiotisches Rumstehen mit Tablett in der Hand und verzweifeltem Blick auf die Sitzmöglichkeiten in der Cafeteria. Ich saß bei Romy, Berit, Wilhelmina und Viola. Unfassbar. Mein erfundener, berühmter Vater hatte mich praktisch über Nacht zu einer echt beliebten Person gemacht. Und auch wenn Viola weiterhin Gift und Galle spuckte, fand ich es grandios dazuzugehören. Wie allerdings sollte ich einen Tipp geben? Ich hatte doch selbst keine Ahnung, wer mein neuer Vater war. Also tat ich so, als ob es nichts Spannenderes gäbe, als die Nudeln auf meinem Teller herumzuschieben.

»Ist er Sänger?«, wollte Berit wissen. *Nein, ich glaube nicht. Obwohl! Warum eigentlich nicht?*

»Du könntest uns zumindest verraten, ob er aus Deutschland kommt«, versuchte Romy listig das Kandidatenfeld einzugrenzen. Sie wirkte deutlich schüchterner als Berit oder Viola, machte das aber durch eine gewisse Penetranz locker wieder wett.

Ehrlich, wenn ich wirklich einen berühmten Vater gehabt hätte, wäre ich schon lange unter dem Ansturm ihres Interesses zusammengebrochen. Aber so schüttelte ich einfach nur weiterhin stumm meinen Kopf.

»Soll das heißen, nein, er ist kein Deutscher?«, interpretierte Romy mein Kopfschütteln vollkommen falsch.

»Nein, es heißt, dass ich nichts sagen werde«, stellte ich lachend klar.

»Dann vielleicht blinzeln. Einmal für ja, zweimal nein«, schlug sie verzweifelt vor und unternahm einen neuen Vorstoß: »Ist er Musiker?«

»Hab ich doch schon gefragt!«, erinnerte Berit sie genervt. Es war nicht klar, ob Romy oder die Pilze in den Spaghetti, die sie pingelig aussortierte, sie mehr aufregten.

»Als ob! Du hast nach einem Sänger gefragt!«, verteidigte sich Romy sofort eingeschnappt.

»Und ist das etwa kein Musiker?«, brummte Berit. Und während sich die beiden noch ein bisschen über den speziellen Unterschied zwischen Sänger und Musiker kabbelten, mischte sich Viola ins Geschehen ein.

»Dann kennt Wilhelminas Vater ihn sicher. Ihm gehört nämlich eine der größten Konzertagenturen der Welt, stimmt's?« *Na dann wird er in diesem Fall mal ganz sicher kein Musiker sein!*

»Deutschlands«, verbesserte Wilhelmina sie beiläufig. Offenbar benötigte sie den Hauptteil ihrer Konzentration dafür, die Nudeln auf ihre Gabel zu drehen.

Aus ihr wurde ich irgendwie nicht schlau. Bereute sie inzwischen, mit mir überhaupt geredet zu haben? Oder war ihr das Getue um meinen erfundenen Vater zu viel? War sie vielleicht eifersüchtig? Stach ein berühmter Vater eine nationale Konzertagentur? Da hatte ich über den aktuellen Marktwert leider keine Ahnung. Vielleicht fand sie auch das Verhalten der anderen nur unfassbar peinlich? Sie war nicht offensiv hasserfüllt wie Viola. Aber auch nicht Feuer und Flamme wie Romy und Berit. Und sie war die Einzige, die sich tatsächlich keinen Fatz für meinen erfundenen Vater zu interessieren schien.

»Egal«, wischte Viola Wilhelminas Verbesserung weg. »Er kennt Lady Gaga, Justin Bieber und …« Ich weiß nicht, wie lang die Liste noch geworden wäre, wenn wir nicht alle von lautem Grölen aus der anderen Ecke der Cafeteria abgelenkt worden wären. Es kam von einem Tisch, an dem Tom, Prinz Pomado und zwei weitere Jungs saßen. Einer von ihnen, Julian, haute mit voller Wucht auf ein vor ihm auf dem Tisch aufgebautes Katapult aus Besteck. Kaum landete seine Faust mit lautem Knall auf dem Löffelstiel, schnellte eine Pilzscheibe nach oben bis zur Decke. Blieb sie dort neben den vielen anderen Pilzen, die sie schon hochgeschossen hatten, kleben, fielen die vier vor Lachen fast von den Stühlen. Schaffte sie es nicht, landete sie wieder auf dem Tisch oder, noch ekliger, auf ihnen selbst. Was die vier aber wenig zu stören schien.

»Was zum Geier läuft bei denen eigentlich schief?«, erkundigte ich mich bei den anderen. Gleichzeitiges Augenrollen und Kopfschütteln bei allen Befragten gab ersten Aufschluss. Halt! Nein! Nicht bei allen!

»Vielleicht das einzig Sinnvolle, was man mit Pilzen in Spaghetti anstellen kann«, murrte Berit, die inzwischen einen stattlichen Haufen an ihrem Tellerrand angesammelt hatte und so aussah, als ob sie ebenfalls bereit wäre, die Dinger an die Decke zu schießen.

Schwer abzuschätzen, ob sie und die Jungs mehr als nur ihre Abneigung gegen Pilze teilten.

Romy berichtete mir sofort bereitwillig, wie schlimm alle vier waren. Vollkommen bekloppt! Hatten wirklich nur Schwachsinn im Kopf! Okay, hörte ich da vielleicht ein klein bisschen Bewunderung heraus? Ich persönlich würde ja ein Pläuschchen mit einem Blutegel jeder Kontaktaufnahme mit Tom unbedingt vorziehen. Nicht dass da auch nur ansatzweise irgendwie Gefahr bestünde. Er hasste mich so offensichtlich wie ich ihn. Zumindest seit der Deutschstunde letzte Woche. Mehr als maximale gegenseitige Nichtbeachtung gab es zwischen uns nicht. Was jetzt nicht wirklich eine Strafe war. Auch Prinz Pomado, der übrigens Luka hieß, und die anderen zwei, Julian und Moritz, ignorierten mich nicht nur gekonnt, sondern ließen keine Gelegenheit aus, mir klarzumachen, dass ich mich nicht ansatzweise in ihren Dunstkreis zu bewegen hatte. Erst letzte Woche hatte sich Luka praktisch über den Tisch geschmissen, als ich einen Platz suchend mitten in der Cafeteria stand. Als ob ich mich zu ihnen setzen würde! Was für irre Ideen so durch ein Schwachmatengehirn geisterten! Ganz ehrlich, lieber hätte ich mein Mittagessen am Rand eines aktiven Vulkans eingenommen, als mich an den Oberchaoten-Macho-Schnösel-Tisch zu setzen.

Inzwischen hatte Romy zu erzählen begonnen, wie Tom und Luka letzten Winter einen Schneemann ins Klassenzimmer getragen hatten, ihn mit Mütze auf dem Kopf auf einen Stuhl gesetzt und Hefte vor ihn gelegt hatten.

»Aber das Beste daran war, dass es etwa zehn Minuten dauerte, bevor Frau Schwab-Kob den Schneemann in der letzten Reihe entdeckt hatte«, beendete Berit kichernd die Geschichte. Auch die anderen grinsten und wirkten gar nicht so, als wären die vier das Schlimmste, was einem so unterkommen konnte.

»Oder wisst ihr noch, das Konfetti?«, gluckste Romy plötzlich und die anderen lachten sofort los. Berit steigerte sich sogar in einen leicht hysterischen Lachanfall. Gemessen an ihrem Heiterkeitsausbruch, musste das wirklich der absolute Renner gewesen sein. Auf meinen fragenden Blick hin klärte Romy mich bereitwillig auf.

»Luka hatte zwei Eimer Konfetti dabei, und sobald jemand im Unterricht etwas Richtiges sagte, haben sie aus der letzten Bank Konfetti nach vorne geschmissen und *We are the Champions* über Bluetooth-Lautsprecher abgespielt!«

»Bei wem?«, fragte ich, nicht ganz unbeeindruckt. So was traute man sich nicht bei jedem Lehrer. Also ich sowieso eher bei keinem.

»Natürlich bei der Schwab-Kob, bei wem denn sonst!«
»Und was hat die gemacht?«
»Ist zum Rektor gerannt!«
»Und dann?«, hakte ich gespannt nach.
»Gab's Ärger, wie immer, aber das ist denen total egal!« Ja, das war auch eine Einstellung.
Kurze Zeit später tauchte einer vom Cafeteriapersonal auf und warf die vier raus. Und damit war die Ablenkung vom Hauptthema offenbar beendet. Berit und Romy setzten die Fahndung nach meinem Vater fort. Und ich begann mich zu fragen, wie lange sie diese unerquickliche Herumraterei noch amüsant finden würden. Vielleicht sollte ich ihnen doch ein bisschen mehr bieten.

• • •

Nachmittags, als ich in meinem Zimmer auf meinem Sitzsack in den milchigen Strahlen der Herbstsonne herumlümmelte, war ich von der Idee nur noch so mittelmäßig begeistert. Woher sollte ich jetzt einen beeindruckend berühmten Vater zaubern. Und vor allem, weshalb war er berühmt? Musiker schieden auf alle Fälle schon mal aus. Wilhelminas Vater hatte Rihanna wahrscheinlich auf Kurzwahl. Also konzentrierte ich mich auf Schauspieler. Gelangweilt klickte ich durch die Besetzungslisten der Blockbuster und hatte überhaupt keine Lust, dieses Problem allein zu lösen. Wie jede Berühmtheit hatte mein neuer Daddy doch sicher einen Assistenten. Vielleicht einen, der mir helfen könnte.
»Echt jetzt? Du schaffst es nicht einmal, dir allein einen Vater zu suchen?«, tönte plötzlich eine Stimme vom Bett her.
Überrascht drehte ich mich um. Auf meinem Bett saß er. Scott. Ohne Nachnamen. Fiel mir gerade keiner ein. Sein Aussehen erinnerte extrem an Cyc: Föhnfrisur. Schmollmund. Babyface.
»Vielleicht wäre es zu zweit spaßiger«, entgegnete ich ihm.

»Wahrscheinlich! Aber muss ich dazu wirklich wie dieser Penner Cyclone aussehen«, nörgelte er und fuhr sich etwas angeekelt durch die Tolle.

»Starallüren? Echt jetzt? Du bist der Assistent!«

»Und kann trotzdem umwerfend aussehen, oder?!«

Ich verpasste ihm kürzeres, blondes Haar, etwas markantere Gesichtszüge. Das musste genügen.

»Drei-Tage-Bart?«

»Klar, wenn du willst. Du siehst jetzt aber eher wie ein Model aus.«

»Geht schon klar«, brummte er, stand vom Bett auf, reckte sich und ging durchs Zimmer, um sich neben meinem Sitzsack niederzulassen.

»Und? Wie weit sind wir denn mit der Vatersuche?« Ich drehte meinen Laptop ein Stück zu ihm.

»Oh nein, Robert De Niro? Doch so verzweifelt?«, zog er mich auf.

Wir schauten weiter gemeinsam unendlich viele Red-Carpet-Bilder an. Ich wollte ja nicht irgendeinen C-Promi. Außerdem sollte er zumindest theoretisch Deutsch sprechen können. Meine Englischkenntnisse ermöglichten nämlich keine tiefschürfenden Gespräche, und ich weiß nicht, wie sich eine Vater-Tochter Beziehung entwickelt, wenn man sich gerade mal so über den Weg zum Bahnhof unterhalten kann.

»Der ist es!«, pickte Scott plötzlich auf den Bildschirm.

»Wer? Alex Vingar?«, hakte ich entsetzt nach. Also um berühmt musste ich mir da die wenigsten Sorgen machen. Den kannte wirklich jeder.

»Ist der nicht eine Nummer zu groß?«, fragte ich unsicher.

»Je berühmter, desto geringer die Chance, dass ihn jemand persönlich kennt«, beruhigte mich Scott. Ich fand das nicht sehr überzeugend.

»Er hat das richtige Alter, ist Engländer mit deutscher Mutter. Wow, er wird vielleicht *Plutronic* in der neuen PD-Verfilmung spielen? Das wäre ja der Oberhammer. Der ist cool. Für ihn möchte ich arbeiten.« Scott wirkte sehr zufrieden. Es interessierte ihn auch nicht, dass mir weder *Plutronic* noch eine PD-Verfilmung irgendetwas sagten. Er flitzte gleich mal los, um … na ja, ich nahm an, um das zu erledigen, was Assistenten so machten.

Ich las solange alles, was es über Alex Vingar zu finden gab. Er wäre wirklich eine gute Wahl, denn es war praktisch kaum ein Wort über sein Privatleben zu finden. Wenn, dann konnte man ihm höchstens in einem Interview eine persönliche Information entlocken, und das war schon richtig anstrengend. Beziehungsstatus unbekannt. Es gab mehrere extrem unscharfe Bilder von ihm und einer braunhaarigen Frau, die jede sein konnte. Julia Roberts, Victoria Beckham oder meine Mutter. Das war perfekt. Auch zu seinem neuen Filmprojekt äußerte er sich eher verhalten. Immerhin bekam ich raus, dass es sich bei *Plutronic* um einen Comichelden des PD-Verlags handelte. Die Verfilmung wurde schon jetzt entsprechend gehypt. Damit würde mein Vater also in den Olymp der Superhelden aufsteigen und in einem Atemzug mit *Superman* und *Batman* genannt werden. Gar nicht mal so schlecht.

»Hast du Lust, heute Abend auf das Cyclone-Konzert zu gehen?«, tauchte Scott plötzlich wieder auf.

»Heute Abend?!«, fragte ich etwas abgelenkt zurück. Ich hatte so lange auf die vierzig Pixel der Begleitung gestarrt, dass ich jetzt ziemlich sicher war, Frau Brückner erkannt zu haben.

»Ja, in Hamburg. Alex schickt dir einen Helikopter. Er ist echt super!«, freute sich Scott und verschwand sofort wieder.

Kaum war er weg, googelte ich natürlich sofort Cyclones Konzertdaten. Tatsächlich: Er war heute Abend in Hamburg und ich könnte dabei sein. Zur Einstimmung suchte ich etwas von Cyclone auf meiner Playlist. Das erste Lied war noch nicht zu Ende, als ich plötzlich den Rotor eines Hubschraubers hörte.

»Na komm schon, die warten nicht ewig auf dich«, stürmte Scott wieder ins Zimmer.

»Wie, die warten?«, sprang ich überrascht auf und schaute entsetzt an mir runter. Ich würde auf keinen Fall im Krümelmonster-Onesie zum Konzert gehen können. Scott schien genau zu verstehen, was ich dachte.

»Alex hat das Problem wohl schon kommen sehen. Er hat mich angewiesen, ein paar Outfits vorbeizubringen«, erklärte er mir mit einem vernichtenden Blick auf meinen blauen Plüschoverall und warf einen Arm voller Klamotten auf mein Bett. Oh, Wahnsinn! Genau das schwarze T-Shirt, das mir meine Mutter nicht kaufen wollte, zusammen mit dem Rock. Super, auch Leggins waren dabei. Ebenfalls die Jacke, die ich mir schon so lange gewünscht hatte. Und die Stiefel, von denen ich dachte, dass ich sie nie bekommen würde. Ich konnte mein Glück kaum fassen, während ich mich umzog. Scott wartete solange vor dem Hubschrauber auf mich. Er hatte ein bisschen Schiss, dass der Rotor den Rosenbüschen meiner Oma einen Kahlschlag versetzen könnte. Als ich fertig war – Scott hatte sogar an Make-up gedacht und ich war so toll geschminkt … ähm, halt, zurück. Scott hatte nicht nur ein unfassbar gutes Händchen, was die Auswahl meines Outfits betraf. Nein, er hatte sogar daran gedacht, eine Maskenbildnerin mitzubringen. Eine richtig professionelle sogar. Ach ja, genau, sie schminkte sonst meinen Vater am Set. Natürlich! Wen sonst. Und erstaunlicherweise schaffte sie es mit ein bisschen Concealer und Wimpertusche, dass ich – Überraschung! – wie Selena Gomez aussah.

Nachdem ich fertig war, hüpfte ich schnell in den Garten. Scott half mir beim Einsteigen. Er zeigte mir, wie ich mich anschnallen musste, und überreichte mir die Kopfhörer mit dem kleinen Mikro vorne dran. Während ich sie aufsetzte, schwang er sich hinter den Steuerknüppel.

»Du fliegst selbst?«, fragte ich mit einem leichten Anflug von Panik. Er war vielleicht super im Zusammenstellen von Outfits und so, aber fliegen … konnte man das als pupsiger Assistent?

»Hey, ich bin nicht pupsig«, motzte Scott sofort. »Und natürlich kann ich das!«, versicherte er mir überlegen, während der Helikopter sich aus dem Garten meiner Oma erhob. Er stieg bis weit über die Stadt, bevor wir losflogen. Es war unglaublich. Die Sonne sank in sattem Orange unter den Horizont. Im Nachtblau des Himmels flackerten die ersten Sterne. Je höher wir stiegen, umso mehr verschwanden die Einzelheiten der Landschaft. Sie wurde zu einem schwarzen Teppich, in den die Lichtflecken der Städte unter uns eingewoben waren.

»Alles klar?«, hörte ich Scotts Stimme über die Kopfhörer. Ich nickte begeistert. Viel zu schnell war unser Flug beendet. Wir landeten auf dem Gelände der Arena in Hamburg.

Scott schaltete den Rotor aus und drückte noch ein paar andere Knöpfe, bevor wir aussteigen konnten.

»Darfst du den Helikopter einfach hier stehen lassen?«, wunderte ich mich, als wir uns auf den Weg zur Arena machten.

»Klar! Wir müssen ja irgendwie auch wieder zurückkommen«, lachte Scott. Wie spießig war ich eigentlich, dass ich sogar in meiner Fantasie über mögliches Falschparken mit einem Helikopter nachdachte? Das war doch nicht auszuhalten!

Egal! Über den Backstage-Eingang kamen wir direkt in den VIP-Bereich der Konzerthalle. Ohne Schlangestehen, Taschenkontrolle oder sonstige Wartezeiten. Einfach nur *schwups* rein. In der Loge hoch über der Halle wimmelte es nur so von Promis. Ich entdeckte ihn aber trotzdem sofort. Er stand an einem der Fenster und beobachtete das Treiben unten in der Arena.

»Alex?«, fragte Scott, als wir direkt hinter ihm waren. »Schau, wen ich hier habe.« Alex Vingar drehte sich um. Er wirkte größer als auf den Bildern und irgendwie viel, viel strahlender.

»Zoe, endlich bist du da!«, freute er sich und umarmte mich.

»Geht es dir gut?«, wollte er wissen. Ich konnte nur nicken, so abgelenkt war ich von den ganzen Leuten um mich herum. Und irgendwie kannten mich alle. Und wussten jede Menge von mir. Daniel Radcliffe fragte mich, ob ich wirklich erst acht gewesen wäre, als ich *Harry Potter* zum ersten Mal gelesen hatte. Mein Vater hatte es ihm total stolz erzählt. Und ich könnte wetten, es war Hilary Duff, die mein Outfit bewunderte und vorschlug, mal zusammen shoppen zu gehen. Während mein Vater David Beckham von meinen Handballkünsten vorschwärmte, brachte mir sein Sohn – ich weiß nicht genau, welcher, aber er sah total süß aus – etwas zu trinken. Liam Hemsworth war auch da. Ich habe ihm aber nicht verraten, dass Namik ihn als meinen Vater vorgeschlagen hatte.

Unten in der Halle wurde der Countdown für den Konzertbeginn gestartet.

»Leider kann ich nicht mit runter«, erklärte Alex mir ein bisschen wehmütig. Schon doof, wenn man überall, wo man auftauchte, sofort eine Massenhysterie auslöste. »Aber Scott begleitet dich. Das solltest du dir auf keinen Fall entgehen lassen.«

Wir mussten uns natürlich nicht durch die Menge kämpfen, um nach vorne zur Bühne zu kommen. Scott und ich durften jeden Geheimgang benutzen, den es gab. Die Sicherheitsleute grüßten uns freundlich, als wir an ihnen vorbeigingen.

Das Konzert war großartig. Wir sangen aus vollem Hals mit. Cyclone bot eine fantastische Bühnenshow. Licht, Nebel, Tanzeinlagen, Musik, einfach das Beste, was ich jemals erlebt hatte! Unglaublich.

Dann entdecke er mich plötzlich im Publikum und winkte. Kaum grüßte ich zurück, kündigte er an, dass er seinen größten

Hit heute im Duett mit einer sehr, sehr guten Freundin singen wollte. Er sprang zu den ersten Tönen von *Make a wish* von der Bühne und kam direkt auf mich zu! Meinte er etwa mich? Fassungslose Begeisterung in Höchstform! Cyclone nahm mich bei der Hand und führte mich hoch auf die Bühne ins Rampenlicht.

»Ladys and gentlemen, the wonderful Zoe Münterbach!«, kündigte er mich strahlend an und hob dabei meine Hand, die er immer noch hielt, hoch. Die Menge tobte. Als er die ersten Zeilen sang, legte er seinen Arm um meine Schultern. Wir waren ein echt tolles Paar. Ziemlich attraktiv! Vor allem weil ich ja wie Selena Gomez aussah. Ich konzentrierte mich auf meinen Einsatz. Es war nicht in Worte zu fassen. Unsere Stimmen harmonierten perfekt. Wir sangen das traumhaft schöne Duett. Der Saal lag uns zu Füßen. Mein Vater winkte oben aus der Loge, alle Promis standen hinter ihm und hörten gebannt zu. Selbst auf die Entfernung war zu erkennen, wie sehr sie mich bewunderten.

»ZOE!«, brüllte plötzlich jemand. Irritiert schaute ich mich um. Cyc verschwand, die Halle, das Publikum, die Musik, alles löste sich in Sekundenschnelle in Luft auf.

»Was machst du da?«, wollte Marlene wissen, die grinsend im Türrahmen meines Zimmers lehnte. Ich antwortete das einzig Sinnvolle, das es gab, wenn man erwischt wurde, wie man vor dem Spiegel herumtanzte und *Make a wish* in seine Haarbürste sang: »Nichts!«

»Alles klar! Ich soll dich holen. Abendbrot ist fertig!«

# 5.

»Tut mir leid, dass du mitmusst«, entschuldigte ich mich bei Marlene. Wir waren auf dem Weg zur Sporthalle, die etwa fünf Kilometer vom Haus meiner Oma entfernt war. Und nicht genug, dass ich total aufgeregt war, weil ich mich gleich einer kompletten Handballmannschaft stellen müsste, bei der ich wieder mal die Neue war. Schon der Weg dorthin war nicht einfach. Meine Mutter hatte darauf bestanden, dass Marlene mich begleiten sollte. Unbekannter Weg, fremder Trainer, neue Mannschaft, das traute sie mir irgendwie nicht zu. Marlene freute sich selbstverständlich wie ein Schnitzel, den Babysitter für ihre kleine Schwester zu spielen.

Nachdem wir bereits seit Minuten schweigend nebeneinander herradelten, dachte ich, es könnte die Situation vielleicht retten, wenn ich ihr signalisieren würde, dass ich die ganze Aktion mindestens für genauso schwachsinnig hielt wie sie.

»Hmmm«, brummte Marlene ziemlich unversöhnlich. Was sollte ich noch machen. Natürlich hätte ich den Weg auch selbst gefunden. Vor allem weil Marlenes Orientierungssinn nicht wirklich rekordverdächtig war. Wenn ich ihr blind gefolgt wäre, hätte es gut sein können, dass wir bereits mit unseren Fahrrädern auf dem Autobahnzubringer unterwegs gewesen wären.

Eigentlich hatten wir ein ganz normales Verhältnis. Glaube ich zumindest. Vorausgesetzt, es war normal, dass alle älteren Geschwister ihre jüngeren wie Vorboten der Pest behandelten. Okay, es war vielleicht nicht ganz so schlimm. Doch irgendwie wurde ich manchmal den Verdacht nicht los, dass Marlene mich primär vor allem lästig fand. Außerdem ließ sie kaum eine Gelegenheit aus, mein Leben oder zumindest das, was sie davon mitbekam, zu kommentieren. Und was soll ich sagen? Natürlich machte ich in ihren Augen alles falsch. Und dabei wusste sie von den wirklichen Highlights, wie zum Beispiel der Umbesetzung der Vaterrolle, noch gar nichts.

»Du musst nur heute mit, ehrlich, ich werde Mama sagen, dass ich das allein schaffe«, bot ich ihr an.

»Das hoffe ich mal schwer. Glaubst du, ich hab jeden Mittwochnachmittag nichts Besseres zu tun, als deinen Babysitter zu spielen?« Wow, sie war wirklich schlecht drauf! Vielleicht tat ihr das frühe Aufstehen nicht gut. Im Gegensatz zu mir durfte Marlene nämlich auf ihrer alten Schule bleiben. Wie sie meine Eltern davon überzeugt hatte, dass ein Wechsel so kurz vor dem Abitur sich schlecht auf ihre Leistungen auswirken würde, war mir unklar. Ihre Leistungen waren unterirdisch. Sie schaffte es zwar immer, die ganze Misere nach einem Masterplan aussehen zu lassen, doch ganz ehrlich, Marlene und Schule waren kein Traumpaar. Sie war unfassbar kreativ, konnte super zeichnen und nähte seit Jahren ihre eigenen Klamotten, doch das waren alles Fähigkeiten, die in der Schule nicht wirklich zu gebrauchen waren. Und so kämpfte sie mit Mathe, Englisch, Französisch, Geografie, Deutsch und konnte mit ihrer Eins in Kunst auch nichts wirklich dagegensetzen. Auf alle Fälle musste sie ziemlich früh aufstehen, um nach einer Stunde Fahrt mit öffentlichen Verkehrsmitteln endlich in ihrer Schule zu landen. Dementsprechend groß war dann auch ihre Begeisterung, wenn sie endlich nachmittags wieder zu Hause war, mich zu meinem Handballtraining zu bringen. Aber meine Mutter war tatsächlich stur geblieben. Auch Marlenes Andeutung, ihre Hausaufgaben seien so umfassend, dass die Übersetzung der Bibel dagegen ein Klacks wäre, konnte meine Mutter nicht erweichen. Sie bestimmte heute Morgen, dass ich auf keinen Fall allein fahren durfte, und damit basta!

Nachdem ich Marlene noch von drei weiteren falschen Routen abbringen konnte, landeten wir endlich vor der Sportanlage. Wir schlossen unsere Fahrräder ab und gingen hinein. Und während ich mich noch fragte, warum es in allen Sporthallen gleich roch, studierte Marlene schon mal den Belegungsplan der einzelnen Hallen.

»Kann ich euch helfen?«, fragte plötzlich jemand hinter uns. Marlene und ich drehten uns gleichzeitig um. *Wow, da stand Zac Efron. Hier im Niemandsland, in einer muffigen Turnhalle. Einfach so.* Das Leben war doch voller Überraschungen. Bei genauerer Betrachtung erkannte ich dann jedoch, dass es nur jemand war, der ihm echt unglaublich ähnlich sah.

»Wir suchen das Handballtraining für Mädchen«, antwortete Marlene und begann, kaum dass sie ihn erblickt hatte, nervös in ihrem Haar zu nesteln.

»A-Jugend?«, fragte das Double von Zac Efron zurück. Ohne den Blick von ihm zu lösen, knuffte mich Marlene in die Seite.

»Welche Jugend spielst du?«, zischte sie, um anschließend hysterisch loszukichern. So, oder zumindest so ähnlich, stellte ich mir das Gespräch zwischen Berit und Cyclone vor. Mit viel Stottern, Haarewerfen, Rotanlaufen und unangebrachtem Kichern.

»C« antwortete ich und sofort wanderten Zacs blaue Augen zu mir.

»Ah, du spielst! Na, dann komm mal mit, du trainierst bei mir.« Er nickte Marlene kurz zu, bevor er sich zum Gehen umwandte. »Ich heiße übrigens Felix!«, stellte er sich vor.

»Kann ich zuschauen?«, rief meine Schwester noch schnell hinterher. Woher nur das plötzliche Interesse?

»Halle 4. Großer Gang, ganz hinten«, antwortete Felix und zeigte in eine Richtung.

Es war überhaupt nicht schlimm, die Neue zu sein. Felix pappte allen Spielerinnen auf Klebeband geschriebene Namen ans T-Shirt, damit ich jede rufen und anspielen konnte. Das Training lief total gut. Es machte richtig Spaß. Ich fand es echt schade, dass es so schnell vorbei war, und freute mich schon auf nächste Woche.

Marlene wartete vor der Halle bei den Fahrrädern auf mich.

»Felix meinte, du wärst echt gut«, begrüßte sie mich und zog ihr Fahrrad aus dem Ständer. Sie bemühte sich nicht mal, ihre Überraschung über mein scheinbares Können zu verbergen.

»Ach, hattest du einen Termin für die Sprechstunde oder war es eher ein spontanes Gespräch?«, zog ich sie auf und schnappte mir mein Fahrrad. Sie wurde tatsächlich rot.

»Ich wollte nur wissen, ob du nächstes Mal wiederkommen darfst«, rechtfertigte sie sich, schwang sich auf ihr Rad und fuhr los. Marlene hasste Sport. Jeden! Roter Kopf, schweißnasses Gesicht, am Körper klebende Klamotten waren einfach nicht ihr Style.

»Und? Hast du jetzt deine große Leidenschaft für Handball entdeckt?«, fragte ich sie grinsend, als ich sie eingeholt hatte und neben ihr fuhr.

Ui, Mörderblick, mit jeder weiteren Frage spielte ich praktisch mit meinem Leben. Und da ich doch irgendwie an meinem jungen, wenn auch aktuell nicht ganz befriedigenden Dasein hing, radelten wir nur noch schweigend nebeneinander her.

Ich versuchte mir die Gegend einzuprägen, damit ich den Weg nächste Woche finden würde, als ich plötzlich auf der gegenüberliegenden Straßenseite Wilhelmina entdeckte. Mit einem Jungen im Schlepptau. Nein, nichts Romantisches oder Gerüchtetaugliches. Es war ein kleiner Pimpf. Kategorie Frösche fangender Sandkastenbuddler. Nicht wirklich spannend. Aber doch verwunderlich. Hatte sie irgendwann etwas von einem kleinen Bruder erzählt?

Also nicht, dass wir inzwischen so was wie beste Freundinnen waren. Aber selbst Viola ließ keine zehn Minuten verstreichen, ohne eine sterbenslangweilige Geschichte von ihrem älteren, fantastisch aussehenden und umwerfend genialen Bruder Paul zum Besten zu geben. Den konnte ich jetzt schon nicht leiden. Berit hatte zwei kleinere Schwestern, die sie sofort gegen ein Wurstbrot eintauschen würde. Romys kleinen Bruder bekäme man sogar gratis, mit seinen Ninja-Hamstern Donatello und Raffael als Dreingabe. Doch Wilhelmina hatte noch nie Geschwister erwähnt. Bevor ich sie rufen konnte, waren wir schon vorbeigefahren. Ich drehte mich noch mal um. Doch, es war sicher Wilhelmina.

»He, pass auf!«, schnauzte Marlene plötzlich los, als ich ihr fast ins Fahrrad gerauscht wäre. Mit einem schnellen Schlenker zog ich meinen Vorderreifen von ihrem Hinterrad weg.

»'schuldigung«, nuschelte ich sogar noch bei meinem Versuch, nicht vom Rad zu fallen. Als wir wieder nebeneinanderfuhren, warf ich noch mal einen Blick über meine Schulter. Wilhelmina und der Junge waren nicht mehr zu sehen.

»Was ist denn da hinten so Spannendes«, wollte Marlene wissen.

»Nichts! Ich dachte nur, ich hätte eine von meiner Schule gesehen.«

»Willst du umdrehen?«, bot meine Schwester großzügig an. Wow! Felix war scheinbar ein echter Stimmungsaufheller! Ich war allerdings nicht scharf darauf, Wilhelmina meiner Schwester vorzustellen. Vielleicht würde sie auf die Idee kommen, Marlene nach meinem Vater zu fragen.

»Nö, ich seh sie ja morgen!«, antwortete ich schnell und trat hastig in die Pedale, um mein Nein zu unterstreichen.

• • •

Es dämmerte bereits, als wir wieder zu Hause ankamen. Mamas Auto stand in der Auffahrt. Wir fanden sie in der Küche. Mit Oma und, nach ihrem Gesichtsausdruck zu schließen, einem adeligen Skandal epischen Ausmaßes. Zumindest wirkte meine Mutter *not a bit amused*!

»NEIN, ich glaube nicht, dass unsere Situation auch nur im Entferntesten mit der der armen Duchess of Rosebury vergleichbar ist oder …«, ereiferte sie sich gerade, verstummte aber sofort, als Marlene und ich die Küche betraten. Und auch Oma schwieg. Warum so geheimnisvoll? Sonst nötigte sie uns doch auch ständig, irgendwelche Skandale des englischen Hochadels zu kommentieren. Doch jetzt breitete sich eine unangenehme Stille aus. Irgendwas stimmte hier nicht. Und ziemlich sicher hatte es nichts mit der armen Duchess of Rosebury zu tun. Ich war auch nicht die Einzige, deren Katastrophenradar anschlug.

»Was ist los?«, fragte meine Schwester alarmiert.

»Setzt euch«, forderte meine Mutter uns auf. Oh Backe, das klang gar nicht gut. Vor allem, da meine Oma inzwischen ein Gesicht machte, als wären wir nur noch Sekunden vom Weltuntergang entfernt.

»Papa hat angerufen. Er kommt nächsten Freitag nicht.«

»Was soll der Kack?«, motzte Marlene sofort los. Ich schaffte es lediglich, zustimmend zu nicken. Meine Mutter erzählte irgendwas von einem Flansch, Kalibrierung und Sicherheitsrisiko auf der Plattform. Offenbar hatte mein Gehirn eine Art Ruhemodus beschlossen. Denn statt ihrer Erklärung zuzuhören, amüsierte es sich großartig mit dem Wort *Flansch*. Ohne genau zu wissen, was es war, hallte das Wort dauerhaft durch meinen Kopf. Irgendwie war mir die Begründung, warum mein Vater nicht kommen konnte, tatsächlich egal. Ich verstand es sowieso nicht. Und selbst wenn, ich wollte es gar nicht verstehen. Er hatte hier zu sein. Nächsten Freitag. Das war der Plan. Damit arbeitete ich seit Wochen. Alles andere interessierte mich nicht. Aber gut, offenbar war für ihn dort zu sein ja so viel wichtiger, als heimzukommen. *Dann soll er doch auf seiner bescheuerten Bohrinsel bleiben. Zu blöd, dass keiner von uns einen Flansch hat, der nicht richtig funktioniert. Sonst würde er sich vielleicht auch mal um uns so sehr sorgen wie um diesen blöden Stahlkoloss. Der hatte doch immer irgendwas!*

Keine Sekunde länger wollte ich hier sitzen und meiner Mutter zuhören, wie sie Papa verteidigte. Auch Omas Vergleiche mit Männern, die im Krieg Monate, wenn nicht sogar jahrelang von zu Hause weg gewesen waren, halfen wenig. Und der Hinweis, dass man häufig nicht wusste, ob sie überhaupt noch lebten, hatte so gar nichts Tröstliches. Ich hielt es nicht länger aus.

Das Gefühl, gleich laut losschreien zu wollen, wurde immer mächtiger. Ohne auf irgendjemand zu achten, stürmte ich aus der Küche. Rannte die Treppen nach oben in mein Zimmer und warf mich auf mein Bett. Unsicher, ob ich schreien oder weinen wollte, vergrub ich meinen Kopf unter meinem Kissen. Ich hatte mich so auf diesen Freitag gefreut. Irgendwie dachte ich, dass dann alles gut werden würde. Wobei ich nicht genau sagen konnte, was ich unter *alles* verstand.

Nach einer Weile hörte ich, wie sich jemand abmühte, meine Tür leise zu öffnen. Ein Ding der Unmöglichkeit. Man konnte eine Zugbrücke leiser runterlassen. Neugierig linste ich unter meinem Kissen hervor. Meine Mutter kam ins Zimmer.

»Zoe, er kommt doch an Weihnachten«, versuchte sie mich zu trösten. *An Weihnachten!* Sollte das ein Witz sein? Das waren noch mehr als drei Monate!

»Wer weiß, was bis dahin mit dem doofen Ding ist«, schluchzte ich, während ich mir das Kissen vom Kopf zog und mich aufrichtete. Meine Mutter setzte sich an die Bettkante und strich mir eine Haarsträhne aus dem Gesicht.

»Das ist egal, er wird da sein«, behauptete sie mit Nachdruck. Wie konnte sie sich nur so sicher sein?

»Ich weiß, das kommt dir ungerecht vor, aber glaub mir, an Weihnachten ist er da!« Klang fast so, als müsste sie sich selbst davon überzeugen. Ich nickte nur stumm. Was sollte ich denn sagen? Dass ich eine Scheißwut auf meinen Vater hatte? Wo er doch wahrscheinlich das Leben von Tausenden rettete, weil er den blöden Flansch ... flanschte. Deshalb sauer auf ihn zu sein, war sicher total böse. Und machte mich ziemlich sicher zum Miesfiesling des Jahres.

»Zoe? Ist jetzt alles wieder gut?«, wollte meine Mutter wissen. Nein! Warum sollte es denn jetzt plötzlich gut sein? Weihnachten war doch immer noch erst in drei Monaten. Mein Vater hatte entschieden, ein weiteres Vierteljahr allein zu verbringen. Ohne uns! Ohne mich! Es fiel mir weiterhin unglaublich schwer, etwas Positives darin zu erkennen. Doch ihr Lächeln hatte etwas Bittendes. *Bitte mach es nicht unnötig schwer. Bitte wirf mir nicht Dinge vor, die ich nicht ändern kann. Bitte tu so, als ob alles in Ordnung wäre.*

Trotzig zog ich die Nase hoch. Von mir aus, dann tat ich ihr eben den Gefallen.

»Jaja, alles okay«, brummte ich. Sie blieb noch ein bisschen bei mir sitzen und versprach mir lauter tolle Sachen, die wir dann an Weihnachten alle zusammen unternehmen würden. Offenbar hatte ich meine Mutter bisher echt total unterschätzt. Sie schien beste Beziehungen zur allerhöchsten Stelle des Universums zu unterhalten. Oder woher sonst sollten wir die Tonnen Schnee, sternklare Nächte, zugefrorene Seen und ziemlich viele leise rieselnde Flöckchen bekommen? Die würden wir nämlich dringend brauchen, während wir Schneemänner bauten, am offenen Kamin Bratäpfel brieten, Schlittschuh liefen und mit Fackeln auf Schlitten durch die Nacht fuhren. Klang wie aus lauter kitschigen Filmen zusammengeschnittene Szenen, die ihr da durch den Kopf geisterten. Ich sah es auch vor mir. Leider fehlte auf all den wunderschönen Bildern mein Vater.

• • •

»Hey, Darling, was ist los? Warum so traurig?«, warf sich Scott, nachdem meine Mutter das Zimmer verlassen hatte, zu mir aufs Bett.

»Mein Vater hat abgesagt«, murmelte ich, schmiss mich zurück auf mein Kissen und starrte deprimiert zur Decke.

»Alex? Warum weiß ich nichts davon?«, fuhr Scott überrascht auf.

»Nicht Alex. Philip. Mein anderer Vater«, antwortete ich. Beruhigt sank er zurück, drehte sich dabei zu mir rüber und schaute mir, während er seinen Kopf auf der Hand seines angewinkelten Arms abstützte, direkt in die Augen. Komisch, es fühlte sich überhaupt nicht merkwürdig an. Im Gegenteil, das Gefühl, in einen Schraubstock eingequetscht zu sein und keine Luft mehr zu bekommen, wurde schwächer, je intensiver er mich musterte.

»Sollen wir zwei den Jet nehmen und hinfliegen?«, schlug er plötzlich vor und zwinkerte mir dabei aufmunternd zu. Meinte er das wirklich ernst? Ich versuchte mir auszumalen, wie wir mit Alex' Jet auf einer Bohrinsel landeten. Doch selbst meine Fantasie streikte bei dieser Vorstellung. Es gab also tatsächlich auch etwas, dass sogar für mich zu abgedreht war.

»Lieber nicht. Es würde ja auch nichts ändern.« Irritiert legte er seine Stirn in Falten. Süß, damit sah er wie ein trauriger Hundewelpe aus. Ganz unvermittelt lächelte er, beugte sich ein Stück weiter zu mir vor und flüsterte leise in mein Ohr: »Dir ist schon klar, dass ich hören kann, was du denkst, oder?«

»Wuff!«, antwortete ich kichernd. Er knuffte mich in die Seite. Überrascht zuckte ich weg. Der nächsten Attacke wich ich geschickt aus, ging aber sofort zum Gegenangriff über. Oh, super, er war richtig kitzelig. Man musste ihn eigentlich nur anschauen, dann quiekte er schon wie ein kleines Mädchen. Irgendwann lagen wir erschöpft nebeneinander. Und prompt machte sich das einschnürende Gefühl wieder bemerkbar. Ich konnte nicht richtig atmen und Scott schien es sofort zu merken.

»Komm her«, flüsterte er und zog mich fest in seine Arme.

»Das wird schon wieder«, tröstete er mich, und ich bildete mir ein zu spüren, wie er mir über meinen Kopf strich, bis ich wieder Luft bekam.

# 6.

Die Schlechte-Laune-Wolke, die seit Papas Absage über uns hing, wollte sich irgendwie nicht verziehen. Meine Mutter appellierte andauernd an Marlenes und meine Vernunft. *Pfff.* Welche Vernunft denn? Wir hatten jedes Recht, stinkig zu sein. Jawohl, stinkig und auch mies gelaunt, enttäuscht, traurig, wütend … das ganze Programm, 24/7! Und nein, ich wollte mir nicht vorstellen, wie es dem armen Papa auf seiner Kack-Bohrinsel ging. Und der Dezember rückte auch nicht spontan näher, weil meine Mutter so tat, als wäre übermorgen schon Weihnachten. Omas Horrorversionen von echt dramatischen Familiensituationen bewirkten ebenfalls rein gar nichts. Schlimmer geht immer war definitiv kein tragfähiges Trostkonzept.

Natürlich war es ungerecht. Waren wir ungerecht. Papa konnte ja nichts dafür. Wahrscheinlich. Vielleicht. Trotzdem fühlte es sich an, als ob wir ihm egal wären. Unendlich sauer auf ihn zu sein, hielt mich allerdings auch nicht davon ab, ihn gleichzeitig wie verrückt zu vermissen. Es funktionierte ebenfalls nur mittelgut, ihn gefühlsmäßig ins Abseits zu stellen. Die Angst, er könnte noch mal absagen, saß mir trotzdem im Nacken. Ach, es war so was von kompliziert. Totale Gefühlsachterbahn.

Gut, dass ich noch meinen anderen Vater hatte. Der war einfach perfekt. Wenn er keine Zeit hatte, schickte er Scott vorbei. Dann wusste ich, wie leid es ihm tat, mich nicht sehen zu können.

Bei meinen Freundinnen war er immer noch der geheime Dad.

Freundinnen. Konnte ich das wirklich so sagen? Wir verbrachten im Prinzip jede Pause zusammen. Mehr aber auch nicht. Immerhin war ich in der Schule nicht mehr allein. Vorbei die Zeiten, in denen ich hoffte, unsichtbar zu sein. Um nur kein Mitleid zu erregen. Oberflächlich betrachtet wirkte es wahrscheinlich tatsächlich so, als ob wir uns anfreunden würden. Viola allerdings ließ weiterhin keine Gelegenheit aus, mich anzugiften. Wilhelmina schwieg meistens, während Berit und Romy vor allem versuchten herauszukriegen, wer mein Vater war. Also nicht ganz die Idealvorstellung einer beginnenden Freundschaft. Aber vielleicht doch so etwas wie ein Anfang.

Warum ich die Identität von Dad-Alex weiterhin verschwieg? Themenwechsel. Ich hatte immer noch keinen wirklich einleuchtenden Grund gefunden. Doch die anderen schien das gar nicht zu stören. Sie lieferten alle möglichen Erklärungen selbst, anstatt sie von mir hören zu wollen. Romy zum Beispiel war inzwischen überzeugt davon, dass er ein Doppelleben mit zwei Familien führte. Sie dachte so viel kreativer als ich. Und vielleicht auch ein bisschen unlogischer. Aber mein geheimer Dad entwickelte sich zum totalen Selbstläufer. Durch ihn interessierten sie sich für mich. Na ja, eigentlich mehr für ihn. Aber ich war seine Tochter, also blieb es irgendwie doch in der Familie.

Tagelang hatten sie alle möglichen verheirateten Hollywoodstars umkreist. Ja, ich hatte verraten, dass er Schauspieler war. Irgendetwas musste ich ihnen doch sagen. Aktuell konnte ich zwischen einem ehemaligen Elbenprinzen und Urvampier wählen. Oder ihren Darstellern in den jeweiligen Filmen sowie einem anderen Engländer, von dem ich noch nie etwas gehört hatte. Sogar Lord Voldemort wurde mir als möglicher Vater angeboten. Also der Schauspieler der Rolle und nicht der echte. Das wäre dann selbst mir zu schräg. Dass sie sich auf Briten spezialisiert hatten, könnte unter Umständen daran liegen, dass ich aus Versehen durchsickern ließ, mein Vater sei von der Insel. Es ging manchmal einfach mit mir durch. Immerhin wusste ich ja, wer mein erfundener Vater war. Ich könnte so viel über ihn erzählen. Geburtstag? Im August. Lieblingsautor? Irgendwas mit -rov am Ende. Studium? Physik, sogar abgeschlossen. Geschwister? Jep, ich hatte noch drei Onkel und zwei Tanten! Einer davon Drehbuchautor! Auch nicht ganz unbekannt. Schuhgröße? Zum Waldbrandaustreten geeignet. Angst vor Schlangen? Und wie, obwohl er schon mit einer gedreht hatte. Name seiner Mutter? Waldtraud, aber inzwischen Granny Trudi! Seine Stimme würde ich unter Hunderten raushören, so viele Interviews hatte ich angeschaut. Es war echt erstaunlich, was sich im Netz so alles finden ließ. Dabei war Alex Vingar tatsächlich einer von den eher verschwiegenen Exemplaren. Und trotzdem konnte jeder, der sich nur ein bisschen anstrengte, rauskriegen, dass er in der vierten Klasse unsterblich in eine Mitschülerin verliebt gewesen war.

Inzwischen war er ein so fester Bestandteil meines Lebens, dass ich echt Schiss hatte, mich zu verplappern. Außerdem war es gefährlich, denn Romy und Berit verbrachten offenbar ihre Nachmittage ebenfalls im Netz auf der Suche nach meinem Dad. Woher sonst wussten sie Geburtsjahr und Nationalität von nahezu jedem männlichen Schauspieler der westlichen Hemisphäre? In einem Anflug von Panik hatte ich diverse Kombinationen aus *deutsch-britisch, Schauspieler* und *Tochter* gegoogelt. Zu meiner Erleichterung fand man da aber überhaupt nichts Brauchbares.

• • •

»Es ist Benedict Cumberbatch, oder?«, fragte Romy, als wir vor dem Biosaal standen und auf Herrn Eckelstroot, unseren Lehrer, warteten.

»Quatsch«, antwortete ich nur. Sie gaben einfach nicht auf!

»Ach, wie heißt der mit den vielen Kindern von verschiedenen Frauen?«, schnippte Romy auf einmal hektisch mit dem Finger und Berit stieg sofort darauf ein. »Ja, genau. Irgendwie sieben Stück oder so. Und drei Frauen. Und mit keiner lebt er zusammen.« Was dachten die denn von meinem Vater!

»Nein, ganz sicher nicht!«, wehrte ich verzweifelt ab. Bei meinem erfundenen Dad war ich Einzelkind, damit das mal klar war.

»Sie werden erst lockerlassen, wenn du ihnen einen Namen nennst«, mischte sich vollkommen unerwartet Wilhelmina ins Gespräch ein.

»Dazu müsste es ihn erst mal geben«, ätzte Viola sofort. Wütend drehte ich mich zu ihr um.

»Natürlich gibt es ihn«, fuhr ich sie an.

»Ach wirklich«, entgegnete sie alles andere als überzeugt. »Und warum kannst du uns dann nicht sagen, wer er ist?« Mist!

»Ich hab's meiner Mutter versprochen«, fiel mir plötzlich ein.

»Keiner von uns würde es irgendjemand erzählen. Ehrenwort!«, versprach Romy treuherzig. *Ja, genau, das glaub ich euch sofort.*

»Vergiss es, den Typ gibt es nicht! Sie verarscht uns doch nur«, fauchte Viola. Romy und Berit musterten mich zweifelnd. Fragten sie sich etwa gerade, ob Viola recht hatte? Selbst Wilhelminas Desinteresse schien sich zu verziehen. Ich schloss die Augen. Was sollte schon groß passieren. Sie würden ja wohl keinen Vaterschaftstest verlangen.

»Aber nur, wenn ihr mir wirklich versprecht, dass ihr es absolut niemandem erzählt. Keiner Sterbensseele. Nicht mal einer Topfpflanze«, flüsterte ich.

*Nein! In mir schrillten diverse Alarmglocken.* Das sollte ich vielleicht jetzt echt lieber lassen.

»Es ist Alex Vingar«, zischte ich aufgeregt.

»Oh mein Gott! Alex Vingar«, flüsterte Romy einer Ohnmacht nah.

»NEIN«, war alles, was Berit zustande brachte.

»Das glaub ich nicht«, zischte Viola mit schmalen Augen.

»Was willst du?«, fragte ich lässig. Worauf ich echt stolz war, denn innerlich kämpfte ich gerade eine gigantische Panikattacke nieder. »Geburtsurkunde? Kinderbilder? Eidesstattliche Erklärung?«, bot ich großzügig an.

»Ja. Eines davon wäre schon nett«, hakte Viola sofort ein. Sie hielt sich auch so gar nicht an die ungeschriebene Gesprächsordnung. Normalerweise sagte man da doch so etwas wie *Quatsch, natürlich nicht* oder *Tut mir leid, dass ich dir nicht geglaubt habe.* Aber nein, Miss Trauisch wollte jetzt auch noch Beweise. Was für ein Schlamassel. Riesiger Riesenfehler!

Und wer hätte gedacht, dass ich mich freuen würde, Herrn Eckelstroot den Gang entlangkommen zu sehen? Weniger glücklich war ich allerdings über den Eimer Fische, den er mit sich trug. Mir war eigentlich schon schlecht. In was hatte ich mich da nur reinmanövriert?

Ich folgte den anderen in den Biologiesaal und setzte mich auf den erstbesten Platz. Versuchte mir einzureden, dass sich nichts geändert hatte. Ob sie nun einen Namen wussten oder nicht. Es war doch eigentlich egal. Langsam beruhigte ich mich wieder ein bisschen.

Herr Eckelstroot stellte den Eimer vorne auf die lange Theke, die im Biologiesaal das Pult ersetzte. Er zog einen Zettel aus seiner Hosentasche.

»So, alle mal Ruhe«, bellte er los. »Fische sezieren – unser heutiges Thema. Ich teile die Arbeitsgruppen ein.« Verhaltenes Murren erhob sich. Mehr traute man sich bei ihm nicht. Trotzdem wollte jeder, wenn man schon am toten Tier herumsäbeln musste, zumindest mit seinen Freunden zusammenglucken und sich nebenher ein bisschen unterhalten. Ich persönlich war eigentlich ganz froh, vorerst mal kein weiteres Gespräch durchstehen zu müssen.

»Leute, wäre das hier ein Kaffeeklatsch, hätte ich Kuchen dabei«, polterte Herr Eckelstroot und augenblicklich wurde es still. Er war ein kleiner, ruppiger, angsteinflößender Mann, der Schüler für grundsätzlich faul und begriffsstutzig hielt und höchstens diejenigen mochte, die gut in Biologie waren. Außerdem hagelte es bei ihm nur so Verwarnungen und Strafarbeiten.

»Bomhoff, Rizzo, Nakamura und Memis – Tisch eins!«, kommandierte er und warf einen beachtlich großen Fisch auf die erste Bank. Ach ja, ich vergaß, er brüllte immer nur Nachnamen. Als wären wir beim Militär.

»Niemann, Fleer, Schaller, Temming – Tisch zwei!« Neben mir erhoben sich stöhnend Berit und drei Plätze weiter Wilhelmina. Sie waren mit Julian und Alexander in einem Team, die Armen.

»Münterbach, Fichtner, Avenbeck, Pamuk – Tisch drei!« Ah, das war mein Einsatz. Die Nachnamen der anderen? Schall und Rauch. Ehrlich gesagt war ich froh, alle Vornamen zu kennen. Deshalb schaute ich mich, während ich aufstand, schnell um, wer sich sonst noch so bewegte. Nein. Nicht wirklich! Das sollte wohl ein Scherz sein. Aus der letzten Reihe rappelte sich Tom vom Stuhl hoch. Heute war echt mein Glückstag. Als wäre es nicht schon schlimm genug, in den Eingeweiden eines toten Tieres wühlen zu müssen. Nun hatte ich auch noch diesen Deppen an der Backe. Unser Dream-Team wurde durch Simon, den absoluten Oberstreber, und Hala, die noch keine drei Worte gesagt hatte, seit ich in dieser Klasse war, vervollständigt.

»Alsante, Ohlrich, Loomis, Reimann – Tisch vier«, bestimmte der Oberbefehlshaber der toten Fische, während er uns ein Anschauungsobjekt auf den Tisch klatschte. Erschrocken zuckte ich zurück.

»Reg dich ab, der ist schon tot«, brummte Tom und pickte wie zum Beweis dem Fisch mit seinem Finger in den Bauch.

»Ach wirklich«, fauchte ich ziemlich unkreativ zurück. Dann

wurden die Materialboxen mit den Arbeitsaufträgen ausgeteilt. Simon stürzte sich sofort auf das eng bedruckte Blatt. Er war genau der Typ, dessen Welt durch Listen, Nummerierungen und klar formulierte Aufgaben schöner wurde. Mir war vollkommen egal, wodurch ich vom Vaterthema abgelenkt wurde.

»Arbeitsgruppe 3, Punkt eins: Untersuchung der Bauchhöhle«, las Simon begeistert vor. Während er die Liste unseres Arbeitsmaterials laut durcharbeitete, hob Hala brav jeden Gegenstand aus der Box, zeigte ihn wie eine Showassistentin in die Runde, um anschließend alles fein säuberlich auf dem Tisch aufzureihen.

»Oh ja, super, zeig uns die bescheuerte Schere! Erkennt sonst sicher keiner«, ätzte Tom und begann an einem Fischauge rumzupopeln.

»Wir sollen aber die Bauchhöhle untersuchen«, fuhr Simon alarmiert auf und schob sich aufgeregt seine ständig rutschende Brille auf dem Nasenrücken nach oben.

»Jooh, Mann! Frauen, Kinder und Simons zuerst in die Rettungsboote«, antwortete Tom von dem kleinen Anfall gänzlich unbeeindruckt und schnappte sich für seine Operation am offenen Auge noch eine Pinzette.

»Schneide wie in der folgenden Abbildung eingezeichnet ein Fenster in die Bauchwand«, arbeitete sich Simon mit leicht schriller Stimme durch unseren Arbeitsauftrag. Abweichungen vom Plan waren ganz offensichtlich nicht so sein Ding.

»Sollten wir den Fisch vielleicht nicht erst mal in die Box legen, bevor wir ihm den Bauch aufschneiden?«, schlug ich vor, während ich angeekelt beobachtete, wie Tom tatsächlich das Fischauge aus der Höhle herausoperierte. Kaum hatte er es zwischen zwei Fingern, reckte er den Arm in die Luft und rief:« He, Luka, Alter, ich seh dich!«

»Avenbeck, erste Verwarnung!«, mischte sich Herr Eckelstroot sofort ein. Währenddessen verfrachtete ich den Fisch in die Box, und Hala mühte sich ab, ihm ein hübsches Bauchfenster zu verpassen. Simon las ihr Schritt für Schritt von seinem tollen Arbeitsblatt vor. Derweil versuchte ich, nicht in die Box zu reihern und Tom zu ignorieren, der tatsächlich probierte, sich das Fischauge in die Nase zu stecken. Boah, ehrlich, wie eklig konnte man eigentlich sein?

»Du weißt, dass das, was du da machst, sehr abstoßend wirkt?«, bemerkte Hala plötzlich und hörte auf, am Fisch herumzuschnippeln. *Wow, elf Worte.* Das hob den Wochendurchschnitt um ein Vielfaches. Außerdem wirkte sie ziemlich souverän. Sie wich Toms herausforderndem Blick nicht aus und verzog keine Miene, als er das Auge tatsächlich die Nase hochzog.

»Das kannst du doch nicht machen«, entrüstete sich dafür Simon.

»Warum? Schau mal unter Punkt acht, da steht sicher: *Zieh dir das Auge rein,* oder?«, entgegnete Tom und drehte den Kopf hin und her, als wollte er mit dem Auge, das in seiner Nase steckte, Simon anschauen.

Der wurde knallrot. Sein Blick jagte hektisch über das Blatt. Er suchte doch hoffentlich nicht wirklich nach Arbeitsauftrag acht?

Auf einmal war von Tom ein grunzendes Geräusch zu hören. Erstickte er jetzt, oder was? Und als hätte er darauf gewartet, dass wir ihn alle anstarrten, öffnete er den Mund. Das glaubte ich jetzt nicht! *Wääääääh!* Auf seiner Zunge lag tatsächlich das Fischauge.

»And jezz chaud es dich auch meinen Mung rauch aaaan!«, nuschelte Tom leicht unverständlich, aber, Respekt, das Auge bewegte sich dabei kaum.

Nach einer Millisekunde Schockstarre fuhr Simons Finger in die Höhe.« Herr Eckelstroot, Herr Eckelstroot, Tom hat ein Fischauge im Mund!«

Gelächter, ungläubige Blicke, würgende Geräusche, wildes Getuschel wurden laut. Spontan stand unser Tisch im Mittelpunkt des Interesses.

»Hey, voll krass, Bro!«, schrie Luka von der anderen Seite des Raumes.

»Avenbeck, du Idiot, nimm sofort das Auge aus dem Mund! Zweite Verwarnung! Ohlrich, erste Verwarnung!«, schnauzte Herr Eckelstroot und rauschte mit wutverzerrtem Gesicht an unseren Tisch. Tom schloss den Mund. Und dann sah ich, wie sich sein Kehlkopf bewegte. Ich saß ja direkt neben ihm. Sozusagen mit einem Logenblick aufs Grauen. Unglaublich, der schluckte das Ding tatsächlich runter. Ehrlich. Mein Magen begann gefährlich zu rumoren.

»Avenbeck! Dritte Verwarnung! Freitagnachmittag antreten, zwei Stunden Reagenzgläser putzen«, brüllte Herr Eckelstroot außer sich.

»Oh, ich glaub, mein Frühstück klopft an«, stöhnte ich währenddessen leise und hielt mir die Hand vor den Mund. Ohne Herrn Eckelstroot aus den Augen zu lassen, schob Tom mir einfach die Box hin, in der unser halb eröffneter Fisch lag. Sollte es das besser machen?

»Hast du eigentlich nur Grütze im Hirn?«, schrie Herr Eckelstroot. »Schau mal, die arme Münterbach ist schon ganz grün im Gesicht!«

»Die arme Münterbach soll sich wieder einkriegen«, brummte Tom, den Blick immer noch fest auf den ausflippenden Biolehrer geheftet. »Die Inuitkinder lutschen Fischaugen wie Bonbons. Und in China sind sie eine Delikatesse«, antwortete er seelenruhig. Keine hektischen Flecken. Kein Schweißausbruch. Da schlug nicht mal der Puls höher.

»Avenbeck! Erste Verwarnung!«, war alles, was Herrn Eckelstroot dazu einfiel, bevor er sich umdrehte und die Betreuung der weniger aufmüpfigen Tische aufnahm.

»Bei dir hat doch einer vergessen, die Käfigtür zuzumachen«, zischte ich, bevor ich mich zu den anderen drehte.

Simon hatte, kaum dass Herr Eckelstroot unseren Tisch verlassen hatte, die Box sofort wieder von mir weggezogen. Klar, wäre ja der Weltuntergang, wenn ich auf unser Anschauungsmaterial reihern würde.

»Geht's wieder?«, erkundigte sich Hala und musterte mich prüfend.

»Jaja«, nickte ich unsicher. Ein paar tiefe Atemzüge durch den Mund, damit der Fischgeruch verschwand, dann ging es tatsächlich wieder.

»Und, war's lecker?«, erkundigte sie sich grinsend bei Tom. Eigentlich war sie total cool.

»Hast du Gehirnschwubbel? Ich hab's doch nicht gekaut, sondern nur geschluckt!«, gab der sofort bereitwillig zu.

»Noch Interesse an anderen Teilen?«, erkundigte sich Hala total freundlich, mit einer einladenden Geste über der Box. *Wahrscheinlich wird er die Leber gemampft haben, bevor wir sie fotografiert hatten. Weil die auch ganz sicher irgendwo auf der Welt als Spezialität gilt.* Aber, Überraschung, er lehnte dankend ab. Wirkte plötzlich irgendwie total zahm.

»Könnten wir uns dann wieder auf den Arbeitsauftrag konzentrieren?«, fragte Hala in die Runde und schnappte sich ihre Schere. Davon könnte sich Simon mal ein Scheibchen abschneiden. Ganz ohne Strebergeplärre, echt lässig. Und ganz ehrlich, ich hätte gern mehrere Kilo dieser Coolness!

• • •

»Ich find's nicht ganz so eklig, wie du tust«, meinte Namik, als ich ihm die Geschichte nachmittags im Bus erzählte. Er wartete fast jeden Tag an der Haltestelle auf mich, damit wir zusammen heimfahren konnten. Inzwischen schaffte ich es sogar, seine Deppenmütze, die er auch im Bus nicht runternahm, zu ignorieren.

»Also, mir ist immer noch schlecht«, jammerte ich, und schon bei der Erinnerung an das Fischauge auf der Zunge zog sich mein Magen wieder zusammen.

»Ach, echt? Ich könnte eher wegen solchen Typen kotzen«, brummte Namik und starrte dabei aus dem Busfenster. So als wäre er ganz allein unterwegs und wir nicht mitten in einer Unterhaltung.

»Aber schwallartig!«, setzte er plötzlich noch dazu. Und während er das sagte, drehte er sich ruckartig zu mir um und musterte mich ziemlich wütend. Dann schaute er wieder aus dem Fenster.

»Warum denn?«, erkundigte ich mich, nachdem klar wurde, dass da nichts mehr kommen würde.

»Dem ist doch alles scheißegal, was nicht direkt mit ihm zu tun hat«, murmelte er kaum hörbar. Als würde er mehr mit sich selbst als mit mir sprechen.

»Meinst du?«, bezweifelte ich unsicher. Ja klar, gäbe es einen Nobelpreis für Spinner, Tom wäre ganz vorne mit dabei. Aber er war zudem irgendwie witzig, nicht gerade dumm, blöderweise auch noch ziemlich süß und vielleicht ganz im Verborgenen … ach, ich weiß auch nicht.

Von Namik war nur ein abwertendes Schnauben zu hören. Eigentlich konnte ich es mehr sehen als hören. Die Scheibe beschlug, denn er starrte weiterhin aus dem Bus, als wäre alles da draußen tausendmal spannender als unsere Unterhaltung. Ich schaute Leute an, solange Namik vor sich hin brütete. Zwei Reihen vor uns saß ein kleiner Junge mit seiner Mutter. Er pickte mit dem Finger an die Scheibe und schrie bei jedem Auto, das dem Bus entgegenkam: »Rot! Grün! Rot! Weiß! Dreckig!« Neben mir stand, eng umschlungen, ein Pärchen, das sich einen Kopfhörer teilte. Sie wippten gemeinsam im Takt. Schräg hinter mir unterhielten sich zwei Frauen über ihre Pläne am Wochenende. Kino oder doch lieber zum Sport?

»Weißt du, manchmal bleibt, egal wie sehr du dich anstrengst, es anders zu sehen, ein Idiot auch einfach mal nur ein Idiot«, nahm Namik vollkommen unerwartet das Gespräch wieder auf. Möglich, dass er recht hatte. Fände ich aber irgendwie schade. Doch das behielt ich mal für mich. Offenbar hatte Namik eine extrem ausgeprägte Aversion gegenüber Tom und ich so gar keine Lust, neben der einzigen Miesmuschel im Bus zu sitzen.

»Kann schon sein«, lenkte ich deshalb ein. Volltreffer! Es war wohl genau das, was er hören wollte. Seine finstere Laune verschwand augenblicklich. Er drehte sich zu mir. Lächelte. Schob sich seine Mütze aus der Stirn und fragte: »Und? Wie läuft's mit den anderen so?«

»Ich musste heute leider meinen Vater outen!«

Namiks Augen weiteten sich vor Entsetzen. War vielleicht doch nicht so easy, wie ich dachte.

»Äh, wie? Warum?«, stammelte er entgeistert.

»Viola hat mich als Lügnerin bezeichnet. Da hab ich's verraten«, flüsterte ich. Das musste er doch verstehen. So was konnte ich auf keinen Fall auf mir sitzen lassen.

»Du BIST aber eine Lügnerin«, erwiderte er leise.

»Was ist denn so schlimm daran. Ist doch vollkommen egal, ob er der große Unbekannte oder Alex Vingar ist?«, entgegnete ich deutlich lässiger, als ich mich fühlte.

»Ich find's einfach nur ganz schön konkret!«

»Aber es ändert nichts! Jetzt haben sie einen Namen, und gut ist!«, wollte ich das Thema beenden.

»Die haben das tatsächlich einfach so geschluckt?«, wunderte sich Namik kopfschüttelnd. Dazu sagte ich jetzt lieber mal nichts.

»Kennst du dich eigentlich mit Bildbearbeitungsprogrammen aus?«, erkundigte ich mich statt einer Antwort. Leider war Namik so gar nicht auf den Kopf gefallen.

»Was hast du vor?«, wollte er sofort wissen.

»Vielleicht brauche ich ein paar Babyfotos, auf denen mich Alex Vingar im Arm hält«, gab ich kleinlaut zu und erzählte ihm von Viola, der misstrauischen Kuh!

»Ganz ehrlich, eine Geburtsurkunde zu fälschen, wäre einfacher«, überlegte Namik, als er die ganze Geschichte kannte. Ich hätte ihm um den Hals fallen können. Obwohl ich so schlimm war, wollte er mir trotzdem helfen. Und er bot an, am Nachmittag bei mir vorbeizukommen.

# 7.

Doch zuvor ging's zum Tierarzt. Also mit Monty, nicht mit mir. Ich war nur das Begleitpersonal. Oma konnte nicht gleichzeitig Auto fahren und den Hund bei Laune halten. Denn natürlich hasste Monty Tierarztbesuche. Wie eigentlich alles, wozu er das Haus verlassen musste. Allein ihn ins Auto zu bugsieren, war ein Kampf. Er wand sich wie ein Wurm. Ja, genau, der dicke Fleischklops musste getragen werden. Die Alternative war, ihn an der Leine über den Gartenweg zu schleifen. Aber Oma war dagegen. Sie hatte Angst, es würde ihm den Bauch aufschürfen.

»Montgomery, das ist deiner unwürdig«, ermahnte ihn Oma, die neben mir ging, mit spitzer Stimme.

*Ja, dann, alles klar!* »Warum hat er eigentlich keine Transportbox wie andere Tiere?«, wollte ich von ihr wissen. Damit wäre ich nämlich raus aus dem ganzen Unternehmen.

»Das mag er nicht«, antwortete Oma hoheitsvoll.

Endlich saßen wir im Auto. Dazu muss man wissen, dass meine Oma ein altes Sportcoupé fuhr. Zweitürig. Mit den Verrenkungen, die notwendig waren, um auf den Rücksitz zu kommen, könnte ich wahrscheinlich beim Cirque du Soleil auftreten. Natürlich gab's hinten keine Gurte. Und vorne verzichtete Oma großzügig aufs Anschnallen. »Wir fliegen ja schließlich nicht zum Mond.«

*Klar! Einleuchtende Begründung.* Außerdem bekam man davon unschöne Falten ins Kleid. Also eigentlich war Monty der Einzige, der irgendwie fixiert war. Ich hielt nämlich seine Leine.

»Können wir nachher noch schnell etwas einholen gehen?«, fragte mich meine Oma, während sie sich ihre Lederhandschuhe überzog. Erstaunlicherweise verunsicherte mich nichts von alldem. So tief war ich schon in Omas Welt eingetaucht. Ich wusste, dass einholen nicht etwa angeln, sondern einkaufen bedeutete und eine Dame niemals, unter keinen Umständen ohne Handschuhe chauffierte. Schließlich war sie weder Truckerin, noch lenkte sie ein landwirtschaftliches Nutzfahrzeug. Offenbar die einzigen zwei Bereiche, in denen ein Lenkrad gesellschaftlich akzeptiert mit der bloßen Hand angefasst werden durfte.

»Nur Tee, Sahne und etwas Konfekt«, erklärte sie mir, obwohl ich schon zugestimmt hatte. Dann startete sie den Wagen. Und jeder, der jetzt das Bild einer gemütlich vor sich hin tuckernden älteren Dame vor Augen hat, täuscht sich. Und zwar gewaltig. Denn Oma hat einen exzentrischen Fahrstil.

»Oma, da war Rot!«

»Kam aber keiner.«

»Es war trotzdem Rot.«

»Verkehrsampeln sind für Unentschlossene. Ich bin durchaus in der Lage, meine eigenen Entscheidungen zu treffen«, erklärte sie mir seelenruhig, bevor sie mit quietschenden Reifen quer über eine dreispurige Straße abbog.

»Das war keine Abbiegespur«, warf ich kurz ein, klammerte mich an die Rücksitzbank und versuchte dabei, den ständig kläffenden Monty festzuhalten.

»Kindchen, wäre ich immer nur dort abgebogen, wo es auch erlaubt war, wäre mein Leben sehr, sehr langweilig verlaufen«, antwortete mir Oma weiterhin maximal entspannt und drängelte sich freundlich winkend und hupend an zwei anderen Fahrzeugen vorbei. Dann fuhr sie noch schnell falsch herum durch eine Einbahnstraße, und schon waren wir da. Vor der Tierarztpraxis parkte sie den halben Wagen auf dem Fußgängerweg. Es konnte ja keiner von ihr erwarten, dass sie das Auto genau in einen der auf dem Boden markierten Parkplätze bugsierte. Sie behauptete immer, nicht mehr so viel Zeit zu haben, um sie mit solch kleinkariertem Schwachsinn zu vertrödeln. Und damit meinte sie nicht etwa ihre täglichen Verpflichtungen, sondern ganz allgemein die ihr verbleibende Lebenszeit.

Beim Tierarzt benahm sich Monty erwartungsgemäß schlecht. Knurrte, kläffte, schnappte zweimal nach der Helferin und bekam schließlich eine ordentliche Ladung Beruhigungsmittel. Danach konnte die Ärztin in aller Ruhe seine Zähne anschauen, die Lunge abhören, ihn impfen und wiegen. Nachdem sie sich die Lügen über seine Essgewohnheiten angehört hatte, erklärte sie meiner Oma, dass er mit dem Gewicht eigentlich ein Schäferhund sein sollte. Dann waren wir fertig. Ich trug den taumeligen Monty ins Auto zurück. Oma zerrte einen Strafzettel unter dem Scheibenwischer hervor, zerknüllte ihn und feuerte ihn zu den anderen in den Fußraum des Beifahrersitzes. Danach düste sie weiter zum Supermarkt.

Während die Landschaft in Überschallgeschwindigkeit an mir vorbeisauste, erkannte ich plötzlich die Halle, in der mein Handballtraining stattfand. Ah, wir rauschten gerade über die Straße, auf der Marlene und ich letzte Woche nach Hause geradelt waren. Dort wo ich Wilhelmina mit dem kleinen Jungen gesehen hatte. Oma setzte zum Freiflug über eine Temposchwelle an. Für sie waren die kleinen Kuppen auf der Fahrbahn, über die jeder andere vorsichtig darüberrollte, eher ein Asphaltproblem, über das man ungebremst hinwegrauschen konnte. Nach zwei gewagten Hüpfmanövern landeten wir auch schon auf dem Parkplatz eines kleinen Supermarktes.

Kaum hatte ich Oma davon überzeugt, den schnarchenden Monty nicht in eine Decke gewickelt in den Supermarkt zu schmuggeln, konnten wir auch schon los. Und ich durfte den Einkaufswagen schieben. Mit Oma einkaufen zu gehen, konnte total witzig werden. Vorausgesetzt, es war einem nichts peinlich. Sie schaffte es immer, Personal mit einzuspannen. Und es fing meistens *gaaaanz* harmlos an.

»Junger Mann, wo haben Sie denn hier das Teesortiment?«

Der ahnungslose Angestellte erhob sich kaugummikauend vom Boden, wo er im untersten Regal Konserven eingeräumt hatte. Er schaute sich suchend um. Unklar, ob nach Verstärkung oder tatsächlich nach Tee.

»Irgendwo da hinten«, antwortete er nach einer Weile und deutete mit einer vagen Handbewegung weit, weit von sich weg.

»Sehr schön!«, lobte ihn meine Oma und blieb stehen.

»Und? Wäre es unter Umständen möglich, uns den Weg dahin genauer zu zeigen?«, fragte sie freundlich lächelnd. Der Verkäufer schaute erst hilflos auf die Palette Dosen, die er einräumen sollte, dann auf meine Oma, dann wieder auf die Dosen.

»Keine Angst, die laufen vermutlich nicht weg«, ermunterte ihn meine Oma. Zögernd führte er uns in den Gang, wo unübersichtlich viele Teesorten in einem Regal standen.

»Meine Güte, das ist aber eine ansehnliche Auswahl!«, staunte meine Oma. Unser Begleiter zuckte nur mit den Schultern und wollte sich aus dem Staub machen. Leider nicht schnell genug. Meine Oma hatte ihn bereits am Ärmel gepackt. Ich kannte diesen Griff. Dem entkam man nicht so leicht.

»Haben Sie auch Darjeeling?«, fragte sie weiterhin mit strahlendem Lächeln.

»Darjeeling?«, wiederholte der Verkäufer in einem Ton, bei dem in jeder Silbe *Warum ausgerechnet ich?* mitschwang.

»Ja! Ganz wunderbar wäre einer mit einer deutlichen Oolong-Note. Und bitte wenig fermentiert«, zwitscherte meine Oma munter weiter.

»Oolong-Note, wenig fermentiert«, echote er. Nicht schwer zu merken, dass er keine Ahnung hatte, was man von ihm wollte.

»Ja, Sie haben natürlich recht. Nicht fermentiert, sondern oxidiert«, räumte Oma bereitwillig ein. Der Verkäufer warf einen suchenden Blick über die Regale hinweg durch den Verkaufsraum. Suchte er etwa unser Betreuungspersonal? Keine Chance! Wir waren allein hergekommen. In einem Raketenauto.

»Ich suche also einen milden, wenig oxidierten, leicht Oolong-lastigen Darjeeling-Tee«, fasste meine Oma, von den immer größer werdenden Augen des Angestellten gänzlich unbeeindruckt, ihre Bestellung zusammen. »Welchen können Sie mir denn da empfehlen?«

»Empfehlen?«

*Als Papagei wäre er echt begabt.*

»Aaaalsoooo, wir haben Hagebutte, Hibiskus, Winterfreude, Wohlfühltee, Glücksbanane –«, begann er einfach die verschiedenen Sorten vorzulesen.

»Glücksbanane«, fiel ihm meine Oma ins Wort, »ich möchte doch kein Obst aufbrühen, sondern Tee trinken.«

»Okay …«, brummte er gedehnt und kratzte sich umständlich am Hinterkopf, während sein Blick ziemlich verzweifelt weiterhin das Regal absuchte.

»… das ist schon Schwarztee, was Sie da suchen, oder?«

Ich überließ die zwei ihrem Glück und ging Richtung Kühltheke, um zumindest die Sahne zu holen. Denn beim Konfekt würde Oma ganz sicher nicht auf eine persönliche Beratung verzichten wollen.

Als ich mit der Flasche in der Hand zurückschlenderte, hörte ich plötzlich eine bekannte Stimme.

»Nein, Leo, das steht hier nicht auf dem Zettel.«

Wilhelmina? Überrascht schaute ich mich um. Die Regale waren niedrig genug, dass ich, zumindest wenn ich mich auf die Zehenspitzen stellte, drüberlinsen konnte. Tatsächlich entdecke ich ihren Hinterkopf drei Gänge weiter. Und eigentlich konnte das gar nicht sein. Noch letzte Woche hatte Wilhelmina behauptet, die Gegend sei ihr total fremd. Auch Viola hatte sofort ungefragt bestätigt, wie weit weg Wilhelmina von diesem Viertel wohnte. Und als wollte sie mir unmissverständlich klarmachen, WIE wenig Ahnung ich tatsächlich von Wilhelminas Leben hatte, erzählte sie vom letzten Geburtstagsfest, als Wilhelminas Eltern im Garten ihrer Villa eine absolut wilde Poolparty mit allem Drum und Dran geschmissen hatten. Mit einer antialkoholischen Cocktailbar, Zorball, Luftmatratzenstaffel und sonstigen gigantischen Wasserspielen, einem namhaften Sternekoch, von dem ich noch nie gehört hatte, der Myriaden von Shrimp-Spießchen gegrillt hatte … Sie ließ kein Detail aus. Es war die langweiligste halbe Stunde meines Lebens, gekrönt von der Erkenntnis, dass es tatsächlich nur eine Person im gesamten Universum gab, die sich in Wilhelminas Leben auskannte. *Alles klar, Nachricht angekommen!*

Doch egal, was alle letzte Woche behauptet und wild bestätigt hatten, jetzt lief Wilhelmina hier durch die Gänge. Oder zumindest eine ziemlich perfekte Doppelgängerin. Natürlich hätte ich sie einfach rufen können. Sie zur Rede stellen. Stattdessen schlich ich vorsichtig ein Stück weg und beobachtete sie aus der Ferne, bis sie zusammen mit dem kleinen Pupser im Schlepptau durch den Mittelgang zur Kasse ging. Warum ich mich versteckte, anstatt sie anzusprechen? Schwer zu sagen. Offenbar war es ihr wichtig, nicht in diesem Viertel gesehen zu werden. Warum? Woher sollte ich das denn wissen. Aber nachdem ich selbst nur ein paar Stunden davon entfernt war, meine eigene Geburtsurkunde zu fälschen, akzeptierte ich das einfach mal. Ich fühlte mich gerade nicht berechtigt, andere mit ihren Lebenslügen zu konfrontieren. Aber natürlich interessierte mich Wilhelminas Geheimnis brennend. Und auch ihre Gründe, warum sie mich angelogen hatte.

Waren ihre ähnlich verworren wie meine, einen falschen Vater zu erfinden?

Während meine Gedanken weiterhin um Wilhelmina kreisten, machte ich mich auf die Suche nach Oma. Ich fand sie vor dem Süßigkeitenregal. Immer noch denselben verzweifelten Verkäufer an ihrer Seite. Zumindest hatte er heute mal etwas anderes erlebt, als nur langweilige Dosen in Regale zu sortieren. Sie war gerade dabei, ihm den feinen Unterschied zwischen Konfekt und Pralinen zu erklären, als ich beschloss, dass er es echt verdient hatte, erlöst zu werden. Schnell schnappte ich ein paar Keks- und Pralinenschachteln sowie einige der gruseligen Marzipan-Trockenfrucht-Kombinationen, die Oma, Beratungsgespräch hin oder her, immer kaufte, warf sie in den Wagen und erklärte den Einkauf offiziell für beendet.

»Sie waren mir eine sehr große Hilfe, junger Mann. Es war mir ein besonderes Plaisir! Merci mille fois!«, verabschiedete sich Oma von ihrem neuen Freund. Er nickte geistesabwesend. Legte sich in Gedanken wahrscheinlich schon einen Fluchtplan zurecht, falls wir jemals wieder diesen Supermarkt auch nur betreten sollten.

Als wir am Auto ankamen, begrüßte uns Monty mit lautem Gebell. Er war außer sich, wie wir es wagen konnten, ihn in dieser schweren Stunde allein zu lassen. Ein Stück Fleischwurst aus Omas Handtasche linderte seine Seelenpein zumindest kurzzeitig.

»Hast du eigentlich eine Ahnung, wo meine Geburtsurkunde sein könnte«, fragte ich Oma, als wir über die erste Temposchwelle an der Supermarktausfahrt flogen.

»Also, diese Straßen hier sind in einem wirklich schlechten Zustand. Wie nach dem Krieg ...«, murmelte sie, ohne das Tempo zu drosseln. Hatte sie meine Frage gehört? Ja, sie schwenkte den Rückspiegel, bis sie mich sehen konnte. Was mir ehrlich gesagt viel lieber war. Denn gerne drehte sie sich während der Fahrt auch mal komplett um. Weil es so unhöflich war, die Menschen während des Gesprächs nicht anzuschauen.

»Geburtsurkunde? Nein, keine Ahnung. Vielleicht im Herrenzimmer?«, schlug sie vor und schrammte mit dem Hinterreifen über eine Verkehrsinsel.

»Das neben dem Esszimmer?«, wollte ich nur wissen. Die Sinnfrage der tausend Zimmer würde nur unnötig Zeit kosten.

»Nein, das ist das Blaue Kabinett«, erklärte Oma ziemlich entsetzt und fügte, wahrscheinlich weil ich so gar keine Ahnung hatte, noch hinzu: »Dorthin haben sich die Herren nach dem Essen zum Rauchen zurückgezogen.«

»Welches ist dann das Herrenzimmer?«, erinnerte ich sie, bevor es noch ausführlicher wurde.

»Oben neben dem Schlafzimmer des Hausherrn.«

»Schon vergessen? Der Hausherr schläft in einer Hängematte im Golf von Mexiko«, erinnerte ich sie missmutig. Papa war immer noch kein wirklich gutes Thema.

»Oder im Arbeitszimmer, unten neben dem grünen Salon«, ignorierte sie gekonnt meinen Einwurf. Stimmt, da standen zumindest ein riesiger Schreibtisch und Regale. Dort würde ich vielleicht fündig werden. Wir zischten messerscharf an den Rosenbüschen vorbei und kamen kiesspritzend in der Auffahrt zum Stehen. Nachdem ich Monty, der auch ganz sicher allein hätte gehen können, ins Haus geschleppt und unter Aufsicht in sein Körbchen gebettet hatte, verzog ich mich ins Arbeitszimmer.

• • •

»Du hast Herrenbesuch«, unterbrach Oma, die auf einmal im Türrahmen auftauchte, mit leicht mahnender Stimme, meine Suche.

»Hm«, brummte ich, während ich einen Ordner mit den alten

Studienunterlagen meines Vaters durchblätterte. Dabei stellte ich fest, dass mein Vater eine kaum lesbare Sauklaue hatte und Geophysik ein offenbar sehr schreibintensiver Studiengang gewesen sein musste.

Ich hob den Kopf, um Namik zu begrüßen, aber Oma war allein.

»Wo ist er?«, wollte ich wissen.

»In der Halle. Ich wusste ja nicht, ob du Gäste empfängst«, entgegnete Oma pikiert.

»Okay, ich hole ihn selbst«, antwortete ich und ging schnell an ihr vorbei. Namik betrachtete gerade mit schief gelegtem Kopf die mottenzerfressenen Jagdtrophäen an der Wand, als ich aus dem grünen Salon gestürmt kam.

»Wer jagt bei euch?«, fragte er, als er sich zu mir umdrehte.

»Die sind steinalt«, erklärte ich mit einem Blick auf die Tierköpfe an der Wand.

»Hast du schon was gefunden?«, kam er auf den Grund seines Besuchs zu sprechen.

»Nö, nichts Brauchbares, aber wir haben einen Drucker mit Scanner. Komm mit.« Er folgte mir durch den grünen Salon.

»Ich komm mir wie in einem Schloss vor«, brummte er deutlich beeindruckt.

»Schau nur nicht so genau hin, das bricht nämlich alles bald zusammen«, antwortete ich, während wir über einen kleinen Flur zum Arbeitszimmer gingen.

»Sicher, dass keiner deiner Väter vielleicht doch König ist?«, vergewisserte sich Namik ehrfürchtig, als er sich in dem bis unter die Decke mit Bücherregalen vollgestopften Zimmer umschaute. Er hatte nicht ganz unrecht. Der riesige Eichenschreibtisch sah wirklich nach Regierungsarbeit aus. Und in der Sitzgruppe am Kamin hätte man wahrscheinlich gut Staatsbesuch empfangen können.

»Einer ist Geologe. Der andere Schauspieler. Nein, da ist kein König dabei«, zählte ich grinsend auf und schloss die Tür.

»Okay, was haben wir?«, fragte Namik, während er seine Tasche abstellte und sich seine Jacke auszog.

»Ich hab keine Geburtsurkunde gefunden«, jammerte ich, weil ich das gesamte Unternehmen schon scheitern sah.

»Brauchen wir auch nicht«, behauptete Namik cool, feuerte seine Jacke auf einen der Stühle am Kamin, holte einen Laptop aus seiner Tasche und schloss ihn an unseren Drucker an.

»Wie? Brauchen wir nicht?«, fragte ich irritiert und setzte mich neben ihn auf den Boden.

»Lieber im großen Stil schwindeln. Das fällt weniger auf. WLAN-Passwort?«, ließ mich der Cheffälscher an seinem Wissen teilhaben. »Möchtest du in England oder hier geboren sein?«, fragte er, kaum dass er online war. *Meine Güte, woher soll ich das wissen.*

»England ist besser. Da ist die Chance größer, dass keiner von ihnen weiß, wie eine britische Geburtsurkunde aussieht«, entschied Namik. Ich schaute ihm zu, wie er eine auf ein leeres Blatt kopierte. Während er die Schrift darauf mit Textfeldern überdeckte, fiel mir auf, wessen Geburtsurkunde wir da hatten.

» His Royal Highness Prince George? Sicher?«

»Also, wenn die nicht echt ist, weiß ich auch nicht«, meinte er grinsend. Da hatte er wahrscheinlich recht.

»Hast du einen Computer? Dann könntest du schon mal ein Krankenhaus, in dem du zur Welt gekommen sein könntest, suchen«, schlug er vor. Ich flitzte los, um meinen Laptop zu holen.

Auf der Treppe begegnete ich Oma. »Wollt ihr Tee haben?«, erkundigte sie sich.

»Vielleicht später«, vertröstete ich sie. Jetzt mussten wir erst mal meine Geburtsurkunde fälschen. Wahrscheinlich wäre sie begeistert, dass wir dazu eine Vorlage aus dem britischen Hochadel benutzten.

Kaum war ich wieder im Arbeitszimmer, fragte Namik, der immer noch auf dem Boden hinter dem Schreibtisch saß: »Wie heißt dein Vater?«

»Philip«, antwortete ich und zog rasch die Tür ins Schloss.

»Du bist die schlechteste Lügnerin der Welt! Dein anderer Vater«, hörte ich ihn lachen.

»Alex?« Das wusste er doch.

»Hey, das ist keine Seepferdchen-Urkunde, die ich da ausfülle. Ich bräuchte es etwas genauer, möglichst mit allen Vor-, Zu-, Zweit- und Nachnamen«, erinnerte er mich.

»Ach so, Johan Alexander Jackson Vinslow-Garcley mit Bindestrich«, verkündete ich nicht ganz ohne Stolz auf mein Wissen. Alex Vingar war tatsächlich nur eine kurze Quintessenz einer ziemlich wilden deutsch-englischen Namenskombination.

»Und er war schon bei deiner Geburt Schauspieler?«

»Ja klar.«

»Namen deiner Mutter?« Während ich im Londoner Stadtplan nach Kliniken forschte, informierte ich Namik über Namen und Beruf meiner Mutter, mein Geburtsdatum und suchte eine Geburtszeit aus. Ignorierte seinen Lachanfall, als er hörte, dass ich Zoe Amalie Dorothea hieß, und entschied mich für das St Thomas' Hospital und Doktor Henry Carlise als behandelnden Arzt.

»I certify that the particulars entered above are true to the best of my knowledge and belief«, las Namik vor, während er hin und her klickte.

»Was?«, fragte ich irritiert nach.

»Alex Vingar unterschreibt gerade deine Geburtsurkunde«, erklärte er mir fröhlich.

»Wahnsinn, wie leicht das geht«, flüsterte ich fasziniert, während ich ihm zuschaute, wie er ein Autogramm von Alex aus dem Internet kopierte und in die Geburtsurkunde einfügte. Die Unterschrift des Arztes liehen wir uns wegen der Namensähnlichkeit bei Superman direkt aus. Na ja, oder eben bei seinem Darsteller.

Ein paar Minuten später kam meine neue Geburtsurkunde aus unserem Drucker. Sie sah sooo echt aus. Wir hefteten sie in Papas Studienunterlagen und ich fotografierte sie mit dem Handy ab. Es sah tatsächlich so aus, als ob ich nur den Ordner geöffnet und schnell ein Bild gemacht hätte. Falls Viola noch einmal den Mund aufmachte, würde ich ihr das hinhalten. Da würde ihr ganz sicher nichts mehr einfallen.

Plötzlich wurde die Tür zum Arbeitszimmer aufgerissen. Ich zuckte ertappt zusammen.

»Was hast du hier zu suchen?«, herrschte Marlene mich an und kam schnell näher. Zuerst fiel ihr Blick auf Namik, der genauso überrumpelt neben mir stand, dann auf Papas Ordner, der aufgeschlagen vor mir lag. Mit meiner neuen Geburtsurkunde gut sichtbar obendrauf.

»Hausaufgaben«, stammelte ich, klappte schnell den Ordner zu und hörte, wie Namik neben mir leise stöhnte. Habe ich jemals behauptet, gut im Ausredenerfinden zu sein? Marlene legte schnell den Kopf schräg, um die Aufschrift auf dem Ordnerrücken besser sehen zu können.

»Seismologie und Trajektorie«, las sie laut vor und funkelte mich misstrauisch an.

»Was willst du denn damit?«, fragte sie barsch.

»I-ch, ich woll-te … was schauen, ähm nachschauen«, stammelte ich total eingeschüchtert. Marlene konnte sich aber auch aufführen!

»In Papas Unterlagen? Was denn?«, fauchte sie und stemmte dabei entrüstet die Hände in die Hüften. Wenn sie noch ein Schippchen Schärfe drauflegte, würde sie mit diesem Blick wahrscheinlich Glas schneiden können. Bei meinem Gehirn funktionierte er auf alle Fälle bestens.

»Wir recherchieren für ein Geografiereferat«, mischte sich Namik auf einmal ein. Seine Stimme klang deutlich weniger verdächtig als meine. Marlene musterte ihn skeptisch.

»Ach ja? Thema?«, fragte sie sofort.

»Seebeben!«, antwortete Namik wie aus der Pistole geschossen.

Das *Pffffff*, mit dem Marlene ihn bedachte, sollte wohl zum Ausdruck bringen, wie wenig sie ihm glaubte. Aber nachdem er sich aalglatt aus der Situation gewunden hatte, konzentrierte sie sich lieber auf ein weniger geschmeidiges Opfer.

»Weiß Mama davon«, fragte sie mich. Und ihrer Geste nach zu urteilen, handelte es sich bei *davon* offenbar um Namik.

»Nö, aber Oma«, antwortete ich schnell.

»Da bin ich aber mal ganz spontan total beruhigt«, spottete Marlene.

»Jaaaa, kannst du auch sein. Immerhin empfange ich keinen Herrenbesuch in meinen Privatgemächern«, zischte ich zurück.

Neben mir unterdrückte Namik leider ziemlich erfolglos ein Lachen. Er versuchte es mit einem schlecht gespielten Husten zu kaschieren und klang dabei wie ein asthmatischer Werwolf. Und nun konnte auch ich mir ein Grinsen nicht mehr verkneifen. Marlenes autoritärer Auftritt verlor seine einschüchternde Wirkung und hing wie ein zusammengeschnurrter Luftballon nutzlos im Raum. Sie merkte es und rauschte mit einem »Wir sind hier noch nicht fertig!« türknallend aus dem Zimmer.

»Und das war deine …?«, erkundigte sich Namik mit leicht fassungslosem Kopfschütteln. Allerdings schien ihn Marlenes Auftritt echt zu amüsieren, denn seine Mundwinkel zuckten eindeutig.

»… Gouvernante?«, ergänzte ich und versuchte ebenfalls, ernst zu bleiben.

»Ach was, tatsächlich …«, fing er, weiterhin um Sachlichkeit bemüht, an. Dann fuhr er mit blasierter Stimme fort: »Die hochmutgeborene Baroness von Mäkelhausen-Quengelheim ist deine Gouvernante. Ich glaub's ja nicht!«

»Warum? Kennst du sie?«, fragte ich leicht aus dem Konzept gebracht.

»Ja, ich hab vier davon«, antwortete er lachend und vergewisserte sich, nachdem ich ihn immer noch verwirrt musterte: »Das war doch deine Schwester, oder?«

»Wow, du hast vier Schwestern?«, war das Erste, was mir einfiel. Er nickte und setzte noch hinzu: »Vier *ältere* Schwestern.«

Oh Mann, das klang aber auch nicht gerade nach einem einfachen Leben.

»Vielleicht hättest du dir lieber eine andere Schwester erfinden sollen als einen Vater«, schlug Namik vor, während ich in Papas Ordner nach meiner gefälschten Geburtsurkunde suchte.

»Quatsch, Marlene ist eigentlich ganz in Ordnung«, versuchte ich sie zu verteidigen. Was nicht ganz so einfach war, wenn sie sich wie ein Generalfeldmarschall aufführte.

»Wirklich?«, wunderte sich Namik prompt, was ich aber ignorierte, da ich unsere Meisterfälschung nicht mehr fand.

»Wo steckt dieses Mistding bloß?«, murmelte ich fahrig und blätterte planlos hin und her. Namik unterbrach meinen blinden Aktionismus, indem er den Ordner zu sich rüberzog.

»Vielleicht schaust du mal nach Kinderbildern und ich nach deiner Geburtsurkunde«, schlug er vor und begann sorgsam Blatt für Blatt umzudrehen.

Währenddessen forschte ich im Regal nach den CD-ROMs mit unseren Kinderfotos.

»Ich hab vorhin übrigens Wilhelmina gesehen, und ich fresse einen Besen, wenn das ihre Doppelgängerin gewesen ist«, fiel mir plötzlich ein. Namik kannte die Geschichte.

»Wieder auf der Straße?«, fragte er und hielt kurz im Blättern inne.

»Nein, im Supermarkt. Sie hatte auch wieder den Jungen dabei«, berichtete ich, während ich versuchte, die Jahreszahlen auf den CDs zu entziffern.

»Hm« war alles, was Namik dazu einfiel. Überrascht schaute ich auf. Das gab's doch nicht. Er schmökerte in aller Seelenruhe in den Unterlagen meines Vaters. Wo doch meine gefälschte Geburtsurkunde immer noch irgendwo dazwischensteckte. Marlene hätte wahrscheinlich kein Problem, sie in Sekundenschnelle zu finden.

»Namik?«, versuchte ich ihn zu erreichen.

»Wahnsinn«, war nur von ihm zu hören. »Wusstest du, dass pyroklastische Wolken bis zu zweihundert Stundenkilometer schnell werden können?«, fragte er.

»Ich weiß nicht mal, was eine pyroklastische Wolke ist«, gab ich zu.

»Boah, 300 Grad Celsius, das ist ja verrückt«, wunderte er sich und hob überrascht den Kopf, als ich mit einem minikleinen Flusskiesel aus Papas Regal nach ihm warf.

»Hey!«, beschwerte er sich. »Was soll das?«

»Ich dachte, du suchst meine Urkunde«, motzte ich.

»Das ist echt spannend. Meinst du, ich kann mich mal mit deinem Vater unterhalten?«, wollte er wissen und begann wieder brav zu blättern.

»Klar. Der ist immer unglaublich glücklich, wenn er jemand mit seinem Gesteinsquatsch zu Tode langweilen kann«, antwortete ich.

Nachdem es schon ziemlich spät geworden war, nahm Namik meine Bilder mit nach Hause und versprach, sie zu überarbeiten.

# 8.

Am nächsten Morgen, als wir im Klassenzimmer auf den Beginn der Englischstunde warteten, belauerte ich Viola praktisch, um bei der ersten skeptischen Bemerkung mein Handy zu zücken und ihr die Kopie meiner Geburtsurkunde unter die Nase halten zu können. Allerdings bestand dazu gar kein Anlass. Romy und Berit bestritten den Großteil unseres Gesprächs. Denn sie hatten gestern ein Interview mit meinem Vater gesehen. Also mit Alex. Dass er aber auch gerade jetzt solche Wellen machen musste! Er würde wahrscheinlich wirklich in dieser Comicverfilmung mitspielen. Ich hoffte schwer, dass das, was Scott als Oberhammer bezeichnet hatte, mir nicht doch noch um die Ohren flog.

Konnte Alex nicht leise vor sich hin schauspielern und einfach nur berühmt sein? Musste er jetzt ständig in der Presse auftauchen und Interviews geben?

»Darfst du da auch zur Premiere?«, wollte Berit wissen.

»Keine Ahnung«, antwortete ich so lässig wie möglich. Mein Gehirn arbeitete bereits an den Plänen eines gefakten Kinobesuchs. Natürlich würde ich leider aus sehr nachvollziehbaren Gründen nicht mit ihm über den roten Teppich gehen dürfen.

»Haha, als ob du in einen PD-Film dürftest«, zickte Viola los. Warum kannte sie sich damit so gut aus? Wahrscheinlich wegen ihres Langweilerbruders.

»Darf ich nicht?«, erkundigte ich mich lächelnd, dachte dabei an die Geburtsurkunde auf meinem Handy und fühlte mich sehr sicher.

»Vielleicht wegen der Altersfreigabe?«, ätzte sie. Meine Güte, es musste unendlich anstrengend sein, sich permanent dermaßen aufzuspielen.

»Dir ist schon klar, dass der Filmstart nicht in Deutschland sein wird, oder?«

»Trotzdem!«, brummte Viola. Irgendwie wollte sie mich auf keinen Fall auch noch auf einer Filmpremiere sehen.

»Warten wir's mal ab«, räumte ich locker ein und wollte eigentlich von Wilhelmina wissen, was sie gestern Nachmittag so gemacht hatte, als Berit sich erkundigte, wann ich meinen erfundenen Vater das letzte Mal gesehen hatte.

»Vor zwei Wochen«, antwortete ich etwas abgelenkt. Denn nebenher beobachtete ich den Oberidiotenhäuptling und sein Gefolge, also Tom und seine Freunde. Die saßen untypisch ruhig auf den Bänken und unterhielten sich. Einfach so. Ohne dass einer den anderen vom Tisch schubste, ihm den Arm verdrehte oder sonstigen Schwachsinn veranstaltete. Ich wusste gar nicht, dass die auch nur reden konnten.

Ein Stupser riss mich aus meinen Gedanken.

»Wo hast du deinen Vater denn gesehen?«, formulierte Berit so deutlich, als müsste ich von ihren Lippen ablesen.

»In Hamburg beim Cyclone-Konzert.« *Ups.*

Ich war so begeistert, die Tochter meines Vaters zu sein, dass ich wirklich jede Vorsicht vergaß. Vielleicht hatte er genau zu der Zeit ein Interview in Amerika gegeben. Aufgezeichnet? Drehte im Dschungel. Ein paar freie Tage? Eigentlich wusste ja keiner genau, wo sich so eine Berühmtheit immer aufhielt. Zumindest ging ich jetzt mal ganz optimistisch davon aus, dass keine meiner Mitschülerinnen eine Stalkerin mit Promi-Ortungs-App auf dem Handy war.

»Du warst beim Cyclone-Konzert?«, kreischte Viola ungehalten. Ich hatte das Gefühl, dass alle aus der Klasse uns anstarrten. Ja, wirklich alle. Auch Tom. Ich versuchte einen zerknirschten Blick und zuckte entschuldigend mit den Schultern. Sollte so viel heißen wie: *Tut mir leid, sie ist einfach extrem hysterisch.* Er rollte genervt mit den Augen, bevor er sich wieder mit den anderen unterhielt. Es wirkte eher kumpelhaft, verschwörerisch. Als hätten wir zwei etwas erkannt, was noch keiner vorher bemerkt hatte. Allerdings war ich mir sicher, dass Violas Hysterie sicher kein allzu großes Geheimnis in der Klasse gewesen sein konnte.

Doch bevor ich mich weiterhin in die Interpretation von Toms Blicken vertiefte, musste ich mich um die mehr als lebhafte Diskussion in meinem direkten Umfeld kümmern. Und vor allem um die Lautstärke!

»Hast du ihn getroffen?«, wollte Berit, von meinem mahnenden *Schtschtscht* ziemlich unbeeindruckt, wissen, während Romy das Ganze mit einem »Das glaub ich jetzt nicht, das kann ich einfach nicht glauben, das ist doch nicht wahr!«-Geblubber untermalte.

»Hast du das gehört?«, zischte Viola vorwurfsvoll in Richtung Wilhelmina. Die hob irritiert den Kopf. Interessierten sie englische Vokabeln wirklich mehr als Cyclone? Inzwischen glaubte ich, dass sie tatsächlich eifersüchtig war und das nur sehr gut versteckte. Warum sonst sollte sie sich aus der ganzen Diskussion herausziehen?

Außer – oh nein, bitte nicht. Ihre Eltern kannten Alex Vingar. Sie rief ihn jeden Abend an und erzählte ihm die neuen Hirngespinste ihrer durchgeknallten Mitschülerin. DAS wäre allerdings extrem peinlich ... und hoffentlich nicht wahr.

»Hast du gehört, dass Zoe behauptet, beim Cyclone Konzert gewesen zu sein? Mit ihrem DÄÄÄÄD?« Gewichtiges Augenrollen und vorwurfsvoller Ton.

Wilhelmina starrte mich nur kurz an, als würde sie mich gar nicht richtig kennen.

»Ja und?«, fragte sie verständnislos und definitiv nicht beeindruckt, bevor sie sich wieder in ihr Buch vertiefte, um weiter Vokabeln zu lernen.

»Wie bist du da hingekommen? Das war …« Viola kniff die Augen zusammen, während sie zurückrechnete. »… Mittwoch … oder Donnerstag«, fragte sie mit Blick auf ihr Handy. Hatte sie etwa die Konzertdaten von Cyclone gegoogelt?

»Warte … nö, Mittwoch hab ich Handballtraining …, es war ein Dienstag«, erinnerte ich mich. Viola ließ ihr Handy sinken und nickte ungläubig.

»Das stimmt«, sagte sie mehr zu den anderen als zu mir. Und irgendwie schien das tatsächlich Eindruck zu machen. Denn plötzlich wurde nicht mehr infrage gestellt, dass ich dort gewesen war. Sondern alle – na ja, alle außer Wilhelmina – wollten wissen, wie gigantisch es gewesen war.

»Ja, wie bist du da hingekommen?«, griff Berit Violas Frage auf.

»Scott hat mich abgeholt«, antwortete ich lässig. Den Hubschrauber ließ ich mal lieber weg.

»Scott?«, wiederholte Berit.

»Ja, Scott! Er ist der Assistent meines Vaters, sieht umwerfend aus und spielt manchmal Kindermädchen für mich«, erklärte ich ihr grinsend. Nicht dass sie Gedanken, die ich mir auch schon das ein oder andere Mal gemacht hatte, ausließen.

»Ach so!«, entgegnete Berit sofort mit wissendem Blick.

»Du bist am Mittwoch hier in der Schule gesessen und hast uns nichts erzählt«, erinnerte sich Romy kopfschüttelnd, während mich alle fassungslos anstarrten.

»Ja, und falls ihr es vergessen habt, ihr wisst auch von nichts«, flüsterte ich eindringlich. Wir redeten hier immerhin von einem ziemlich großen Geheimnis, das nicht mal kurz zu Stundenbeginn vor der gesamten Klasse gelüftet werden sollte.

»Du führst ein Doppelleben«, stellte Viola plötzlich fest. Sie starrte mich zwar weiterhin mit ihrem prüfenden Sagst-du-auch-wirklich-die-Wahrheit?-Blick an, wirkte aber insgesamt etwas angeschlagen. Offenbar war die Erwähnung des richtigen Datums für sie Beweis genug. Oder zerstörte zumindest ganz massiv ihre Zweifel.

»Und wann siehst du ihn wieder?«, wollte Romy wissen.

»Am Wochenende«, antwortete ich. Wenn schon nicht mein richtiger Vater kam, dann konnte ich doch genauso gut Zeit mit meinem anderen Dad verbringen.

»Er kommt hierher?«

»Nein, bei ihm in London«, antwortete ich, als wäre es vollkommen normal, fast schon lästig, übers Wochenende nach London zu fliegen.

»Nach London!«, schrie Berit sofort auf. Noch einmal so laut und ich entferne ihr hier und jetzt die Stimmbänder. Ehrlich! Denn schon wieder starrte die halbe Klasse zu uns rüber.

Auch Tom. Ich versuchte ein schiefes Lächeln. Wow. Er lächelte zurück. Wirkte verständnisvoll, fast verschwörerisch. Und äußerst irritierend.

»Du fliegst doch wohl kaum allein nach London«, ätzte Viola. Hurra, da war sie wieder, die ewig Skeptische.

»Nein, natürlich nicht …«, bedeutungsvolle Pause.

»Scott«, seufzten Berit und Romy gleichzeitig. Sein durchschlagender Erfolg bei Zwölfjährigen wird ihn sicher wahnsinnig erheitern. Ich konnte es kaum erwarten, ihm davon zu erzählen. Statt einer Antwort nickte ich nur zustimmend.

»Hast du ein Bild von ihm?«, fragte Viola plötzlich.

»Vom Assistenten meines Vaters?«, fragte ich vordergründig irritiert, doch innerlich in höchster Panik.

Berit und Romy nickten begeistert. Mist, jetzt brauchte ich auch noch einen Scott. Namik würde mich umbringen. Er wollte sicher nicht das ganze Wochenende Bilder für mich bearbeiten.

Die Frage, was wir denn so in London machen würden, konnte ich dann glücklich ignorieren, da Frau Pauls, unsere Englischlehrerin, mit ihrem Unterricht begann. Auf alle Fälle würde ich am Wochenende sehr viel vorzubereiten haben, damit das *Daddy-Darlingdaughter*-Date auch ein Erfolg wurde.

• • •

Frau Pauls hielt sich nicht lange mit der Begrüßung auf, bevor sie den Stapel mit unseren Arbeiten vor sich auf den Tisch knallte.

»Ich sah Unterirdisches, Grenzwertiges und erfreulicherweise auch ganz Passables. Und manchmal wurde mir ein bisschen schlecht«, gab sie eine Zusammenfassung unserer Leistungen, während sie den Stapel Papier auf einen Arm wuchtete und sich ihren Weg durch die Klasse bahnte.

»Theo, kleiner Tipp, es gibt auch im Englischen mehr als eine Form des Relativsatzes«, kommentierte sie, bevor sie ihm das Blatt auf den Tisch legte.

Manchmal war zu hören: »Sehr schön, Hala «, oder auch: »Luka, bei dir kann ich nur hoffen, dass dich nie jemand in England aussetzt. Ich wage zu bezweifeln, dass du dich verständigen könntest.«

Meine Arbeit mit einer Drei wurde mir mit den Worten »Willkommen in der Klasse, Zoe. Das war vielversprechend und lässt sich sicher noch ausbauen« auf den Tisch gelegt. Ich schaute schnell hoch, um zu sehen, ob sie es ironisch meinte. Nein, sie wirkte ehrlich angetan. Viel interessanter als Frau Pauls Kommentar war in dem Moment aber der Blick, den ich auf die oben auf dem Stapel liegende Arbeit werfen konnte. Eine glatte Sechs. Extrem überraschend. Vor allem, nachdem ich den Namen entziffert hatte. Irgendwie dachte ich, sie wäre eine Streberin. Sie steckte doch dauernd ihre Nase in die Schulbücher. Vielleicht auch nur, um sich nicht an unseren Gesprächen beteiligen zu müssen. Frau Pauls legte die Arbeit kommentarlos auf Wilhelminas Platz. Die warf nur einen schnellen Blick darauf, bevor sie das Blatt in ihrer Schultasche verschwinden ließ. Während Frau Pauls weiter Arbeiten austeilte, beobachtete ich Wilhelmina. Sie brütete scheinbar regungslos vor sich hin. Und wieder beschlich mich der Verdacht, dass irgendetwas mit ihr nicht stimmte. Aber weder Viola, die sich gerade mit ihrer Eins feiern ließ, noch Berit oder Romy schienen irritiert zu sein. Vielleicht war Wilhelmina einfach so … am Leben desinteressiert? … dauertraurig? … nicht wirklich begeisterungsfähig?

»Tom …« Frau Pauls hatte sich inzwischen zur hinteren Bank durchgearbeitet. Unweigerlich horchte ich auf. »… ich werde nie begreifen, warum zwischen deinen mündlichen und schriftlichen Leistungen Galaxien liegen!«

Die Verbesserung der Arbeit wie auch der restliche Unterricht streiften mich nur ganz entfernt. Es gab so viel anderes, um das ich mir Gedanken machen musste. Also, Tom. Hatte ich eine Meinung zu ihm? Keine Ahnung!

Aber London! Ein ganzes Wochenende. Ich Glückspilz. Hoffentlich wollte Alex nicht wieder Sting besuchen. Gut, die zwei waren befreundet, aber dort war es immer so sterbenslangweilig. Vielleicht könnte ich Scott überreden, mit mir solange ins Wachsfigurenkabinett zu gehen … und shoppen. Mist, ich würde neue Klamotten brauchen.

Die Unruhe um mich herum holte mich wieder ins Klassenzimmer zurück. Stunde schon um? Das ging ja schnell.

»Was hast du in Englisch?«, wollte Berit von mir wissen, während ich mein Schulzeug in meinen Rucksack packte.

»'ne Drei« antwortete ich und schloss die Schnalle.

»Ach wirklich, man sollte nicht annehmen, dass dein Vater Engländer ist«, bemerkte Viola spitz.

»Wieso? Glaubst du etwa, er macht Hausaufgaben mit mir?«, fragte ich gehässig zurück.

»Nein, aber ich denke, du wirst Englisch mit ihm reden müssen«, giftete Viola sofort.

»Nö, muss ich nicht. Er kann Deutsch«, murmelte ich beiläufig, als müsste ich mich voll darauf konzentrieren, meine Jacke anzuziehen.

»Deutsch? Dass ich nicht lache! Hat er nur für dich gelernt, oder was?!« Bingo!

»Nein! Natürlich nicht! Das kann man, wenn man eine deutsche Mutter hat!«, zischte ich ihren Rücken an, während wir hintereinander aus dem Klassenzimmer gingen. Viola drehte sich ruckartig zu mir um und starrte mich wütend an. Wütend, aber auch sprachlos. Da fiel ihr einfach nichts mehr ein. Sie drehte sich wieder zurück und ging langsam vor mir weiter. Natürlich würde sie das googeln. Und ich konnte ganz entspannt sein. Denn Alex hatte nicht nur eine deutsche Mutter, er hatte auch bis zu seinem siebten Lebensjahr in Deutschland gelebt. Dann sind Granny Trudi und Gramps Jack mit ihm nach London gezogen, wo sie heute noch wohnten. Und wo wir sie am Wochenende sicher auch besuchen würden!

»Und, was hast du in der Arbeit?«, fragte ich Romy, die neben mir ging, um mal von diesem leidigen Er-ist-aber-nicht-dein-Vater-Thema wegzukommen! Sie hob nur die Hand mit vier ausgestreckten Fingern und erkundigte sich bei Wilhemina: »Und du?«

»Auch eine Vier«, antwortete sie, ohne mit der Wimper zu zucken, und zog den Kragen ihrer Jacke etwas höher.

Okay, sie tauchte an Orten auf, wo sie leugnete, gewesen zu sein, und log, was ihre Noten anging. Aber Hauptsache, Viola machte mir wegen meines erfundenen Vaters die Hölle heiß. Keiner schien zu merken, dass ich nicht die Einzige war, die flunkerte. Na gut, krass log. Die anderen verabschiedeten sich und ich machte mich auf den Weg zur Bushaltestelle, um endlich nach Hause zu kommen.

»Stimmt es, dass dein Vater in *Plutronic* mitspielen wird?«, hörte ich plötzlich jemand hinter mir fragen. Überrascht drehte ich mich um. Tom! Und ganz ohne Gefolge.

Ich neigte vage den Kopf, als dürfte ich nicht antworten. Eigentlich sollte ich mich total aufregen. Hatten sich die anderen nicht zur absoluten Geheimhaltung verpflichtet? Und jetzt das? Wenn Tom es wusste, war es wahrscheinlich Klassenthema. Super. Vermutlich wird uns der Schulausflug dieses Jahr zufällig zum Filmset führen.

»Wäre aber cool«, war Toms Kommentar. Er wollte sich ja hoffentlich nicht darüber mit mir unterhalten. Ich ließ mal ein unmotiviertes »Hmm« einfließen.

»Und er spielt sicher nicht den *Madslaughter*?«, erkundigte er sich plötzlich. Manno, ich kannte die Comics überhaupt nicht. Hatte bis vor Kurzem nicht mal von der Existenz des Superhelden *Plutronic* gewusst. Also bitte keine Fragen nach Feinheiten! Das war doch Insiderwissen! Da rührte sich bei mir rein gar nichts. Ich hatte lediglich in einem Interview gehört, wie Alex nach dem Film befragt worden war. Aber für welche Rolle? Wer hätte gedacht, dass das wichtig sein würde.

»Darf ich nicht sagen«, flüchtete ich in meine Standardantwort.

»Ach, komm schon«, drängte Tom mit bittendem Augenaufschlag. Und er hatte echt süße Augen. Ich versuchte mich zu erinnern. Hatte Scott nicht erwähnt, dass Alex die Hauptrolle spielte? Wie weit konnte ich einer Person vertrauen, die nur in meinen eigenen Gehirnwindungen existierte.

»Ich weiß nicht mehr als alle anderen«, wehrte ich ab.

»Wirklich?«, bohrte er weiter und schob sich so dicht an mich hin, dass unsere Arme zusammenstießen.

»Ja …«, lachte ich nervös.

»Du würdest es mir doch sagen«, bettelte er und legte dabei ganz zufällig seinen Arm um meine Schulter. Hallooooo?

»Oder?«, legte er nach und drückte mich ganz leicht an sich. Baggerte der mich etwa gerade an? Warum? Er konnte mich doch nicht mal leiden. Ich wunderte mich stumm, unternahm aber auch nichts, um mich aus der Umarmung zu befreien. Obwohl ich ihn ja auch nicht leiden konnte. Vielleicht? Bis jetzt? Sehr verwirrend.

»Wahrscheinlich schon«, flüsterte ich etwas atemlos. Wehe, Scott hatte nicht recht. Ich würde ihn umbringen.

»Wirklich?!« Erstaunt blieb Tom stehen und ließ den Arm sinken. Wir waren wieder getrennt.

»Ja, aber du darfst es niemand sagen«, schärfte ich ihm ein.

»Ja klar, kein Problem«, versprach er schnell und blieb plötzlich stehen. »Mist, ich hab total vergessen, dass ich heute in die andere Richtung muss!«

»Was?«, lachte ich. Wie konnte man das denn vergessen.

»Du machst mich echt kopflos, Kleines!«, grinste er und flitzte wieder zurück zur Schule. *Zoe! Ich heiße Zoe! Merk's dir endlich!*

# 9.

Samstagvormittag, Sonne über London und ich mitten in der Weltstadt. Ganz, ganz großes Kino. Die Limousine bahnte sich einen Weg durch das Verkehrsgewühl. Ich kam mir wie ein Star vor. Die Rücksitzbank war total gemütlich, ganz weiches Leder, und es fühlte sich an, als würde der Wagen über die Straße schweben. Scott, der neben mir saß, wirkte, als wäre das alles total normal. War es für ihn wahrscheinlich auch.

Er hatte mich am Vormittag von zu Hause abgeholt. Wir waren zusammen zum Flughafen gefahren. Nach einem First-Class-Flug mit superleckerem Frühstück landeten wir in London, wo bereits ein Fahrer mit dieser Luxusausgabe von Wagen auf uns wartete. So machte Reisen echt Spaß.

»Aufgeregt?«, erkundigte sich Scott lächelnd. Dabei wusste er es doch genau. Ich nickte.

Die Limousine hielt an einem unscheinbaren Hochhaus.

»Hier?«, fragte ich etwas enttäuscht. Irgendwie hatte ich mit einer Villa oder einem riesigen Stadthaus gerechnet. Ich konnte wohl kaum annehmen, dass Alex das ganze Hochhaus bewohnte.

Scott nickte, stieg aus, umrundete den Wagen, nur um mir die Autotür aufzuhalten. Sehr liebenswürdig. Ich krabbelte vom Rücksitz auf die Straße, legte meinen Kopf in den Nacken, um das Haus anzuschauen. Die Fassade aus Glas und Stahl funkelte im

Sonnenlicht. Ich hüpfte hinter Scott her, der an der Eingangstür, die von einem Mann in Livree aufgehalten wurde, wartete.

»Und mein Gepäck?«, erkundigte ich mich.

»Darum kümmert sich Francis«, erklärte Scott und nickte dem Portier zu.

»Natürlich, Mr Campbell«, antwortete der sofort. *Ach ja, Scott hatte inzwischen einen nachnamen bekommen.*

»Willkommen in London, Miss Zoe«, begrüßte er mich hoheitsvoll, bevor wir das Foyer betraten und in den Lift stiegen. Scott drückte den Knopf des obersten Stocks und tippte in ein zweites Display daneben eine vierstellige Nummer ein.

»1825, falls du mal allein hochfährst«, informierte er mich über den Code.

»1825?«, wiederholte ich und versuchte mir die Zahlen während unserer Fahrt nach oben einzuprägen.

»Ihr seid schon da«, kam Alex, kaum dass sich die Lifttür im obersten Stockwerk geöffnet hatte, auf uns zugestürmt. Er riss mich schwungvoll in seine Arme und drehte mich mehrfach im Kreis. Wow, Propellerumarmung zur Begrüßung. So viel Freude!

»Wie war euer Flug?«, wollte er wissen, als er mich wieder abgesetzte hatte. Mir war schwindlig, und bevor ich antworten konnte, fragte er aufgeregt weiter: »Hast du Hunger? Oder möchtest du was trinken?«

Ich hätte wahrscheinlich auch geantwortet, doch kaum, dass sich meine Umgebung zu drehen aufgehört hatte, verschlug es mir einfach die Sprache.

Die Wohnung war unglaublich. Riesiges stylisches Wohnzimmer, Glasfassade mit einem Wahnsinnsblick über London. Und auf der Dachterrasse – ich dachte echt, ich seh nicht richtig – war ein Pool! Mitten in London.

»Also, ich mach uns jetzt einfach mal ein paar Sandwiches«, entschied Alex, nachdem ich weiterhin mit Staunen beschäftigt war.

»Alles klar«, stammelte ich und ging durch die geöffnete Terrassentür nach draußen. Gedämpft drangen die Verkehrsgeräusche nach oben. In der Ferne heulte ein Martinshorn in einer fremden Tonfolge. Plötzlich brummte mein Handy in meiner Hosentasche. Ich fischte es raus. Namik.

»Hello, sweetheart«, meldete ich mich. Mist, zu britisch, zu euphorisch, zu sehr Alex' Tochter.

»Hääää? Zoe?«

»Ja, ich bin's.«

»Schon gesehen, ich hab dir ein paar Bilder geschickt«, hörte ich ihn am anderen Ende.

»Oh, echt. Per WhatsApp?«, erkundigte ich mich.

»Nö, über Mail, sonst hätte es ewig gedauert.«

Ich rappelte mich aus dem Bett, ging zu meinem Schreibtisch, wo mein Laptop stand, und öffnete das Mailprogramm.

»Gleich drei Stück!«, staunte ich.

»Jep.«

Ich klickte den Anhang der ersten Mail an, und augenblicklich verschlug es mir die Sprache. Da war ich mit meinem Vater und er sah aus wie Alex.

»Ich hab mal ältere Bilder von ihm gesucht. Damit es irgendwie glaubwürdig wird«, erklärte Namik in mein stilles Erstaunen hinein.

»Oh Mann, die sind unfassbar gut!«, stammelte ich und öffnete die nächste Mail.

»Super, wir waren auch zusammen im Urlaub«, freute ich mich.

»Ja, du darfst sie nur nicht zu großformatig hochziehen, sonst erkennt man besonders bei denen die Bearbeitung«, erklärte mir Namik.

»Die sind fantastisch. Du bist echt Bombe!«

»Und? Was treibst du so?«, erkundigte er sich.

»Ich wollte gerade was essen. Ansonsten nicht wirklich viel. Du weißt, dass ich dieses Wochenende in London bin, oder?«, erinnerte ich ihn.

»Ach so, stimmt. Soll ich rüberkommen?«, bot er an.

Wahrscheinlich dachte er, dass ein Wochenende selbst auferlegter Hausarrest anstrengend wäre.

Wie sollte ich Namik erklären, dass ich wirklich nach London flüchten konnte. Es war ganz einfach. Ich lag auf meinem Bett, machte die Augen zu, und schon sah ich Alex, wie er an einer supermodernen Kücheninsel stand und Sandwiches belegte. Scott hatte sich inzwischen zu ihm gesellt. Er lehnte gegen die Arbeitsplatte und beobachtete meinen Vater, wie er Tomaten schnitt. Sie unterhielten sich. Scott hatte sich eine kleine Flasche aus dem Kühlschrank genommen und trank, während mein Vater, der Filmstar, barfuß in Jeans und Sweatshirt Salat wusch. Es war real. Ich konnte sogar das getoastete Sandwich riechen. Was vielleicht auch daran lag, dass ich inzwischen in unserer Küche stand und Brot in den Toaster geschoben hatte.

»Nö, brauchst du nicht. Ich hab ganz schön viel zu erledigen«, lehnte ich ab. Ich hatte mich echt auf die Auszeit mit Alex und Scott gefreut.

»Ähm, Namik«, fiel mir plötzlich noch was ein. »Schaffst du es noch, ein paar Bilder von mir in London zu faken?«

Am anderen Ende der Leitung blieb es still.

»Namik?«, vergewisserte ich mich.

»Hmmm«, brummte er nur. »Ich schau gerade, was ich an Material finde.«

»Und meinst du, du könntest mir auch eines von Scott machen?«, bettelte ich weiter, klemmte das Telefon zwischen Schulter und Kopf, solange ich Tomaten schnitt und Käse auf den Broten verteilte.

»Scott?«

Ah ja, das habe ich wohl bislang vergessen zu erwähnen. Vorsichtig schaute ich mich um, bevor ich »Der Assistent meines Vaters« ins Telefon wisperte.

»Ein Assistent!« Irgendwie wirkte er plötzlich nicht mehr ganz so entspannt. Es wäre wahrscheinlich besser, den kompletten Wahnsinn, in den ich mich verstiegen hatte, auch vor Namik geheim zu halten. Unterschwellig schwang in seinem Ton *Stoppt die Verrückte* mit.

»Lass ihn bitte gut aussehen … und unbekannt«, fiel mir noch ein.

»Aber klar doch«, war alles, was ich von Namik zu hören bekam. Dann war die Leitung tot. War er etwa sauer? Irgendwie klingelte da eine Alarmglocke. Aber ich stellte mich lieber mal taub. So weit, dass ich ihr penetrantes Gebimmel nicht mehr hören konnte. Denn eigentlich wollte ich nur noch so schnell wie möglich zurück nach London. Ich schnappte mir mein Brot und machte mich auf den Weg in mein Zimmer.

Auf der Treppe begegnete ich meiner Mutter.

»Zoe?! Hast du Lust, nachher mit in die Stadt zu gehen? Marlene braucht neue Schuhe. Wir könnten zu dritt ein bisschen bummeln.«

Total nette Idee. Ich war kurzzeitig tatsächlich hin- und hergerissen. Dann dachte ich an Alex, an London, diese unfassbar coole Wohnung und an Scott. Und dort wollte ich eigentlich auch sofort wieder hin. Keine Shoppingtour mit Mama und Marlene würde da mithalten können. Dazu war es zu normal. Fühlte sich an wie immer. Nichts Aufregendes, Neues. Also auf gar keinen Fall ein Vergleich zu dem Traumwochenende, das ich haben könnte. Und dem erwartungsvollen Kribbeln, das sich sofort breitmachte, wenn ich nur daran dachte.

»Nein, ich hab so viel zu lernen«, lehnte ich mit traurigem Blick ab. Total unglaubwürdig. Sagte auch die gerunzelte Stirn meiner Mutter.

»Außerdem hab ich ein bisschen Halsweh«, legte ich nach und räusperte mich gleich, um jeden Zweifel zu zerstreuen. Sofort fühlte meine Mutter die Temperatur auf meiner Stirn.

»Wirst du etwa krank?«, fragte sie und musterte mich besorgt.

»Nö, ich glaub nicht.« Und ja, ich krächzte ein bisschen.

Irgendwie war es nie verkehrt, eine Krankheit am Start zu haben. In Gedanken malte ich mir bereits aus, den Montag noch in London zu verbringen und erst am Dienstag wieder in der Schule aufzuschlagen. Das würde meine Geschichte so was von glaubwürdig machen. Schade nur, dass ich meine Stirn nicht spontan aufheizen konnte.

»Falls es schlimmer wird, Oma ist da«, informierte mich meine Mutter fürsorglich.

Nein danke, auf gar keinen Fall Oma! Ihr Allheilmittel war eine rabenschwarze, unfassbar bittere und ekelerregend riechende Flüssigkeit. Eine ihrer Freundinnen, vermutlich die Muhme Rumpumpel, stellte dieses Gebräu in Massen her. Wahrscheinlich bei Vollmond, zwischen zwei Blocksbergtänzchen. Für das Zeug gab es nicht mal eine richtige Anwendung, denn irgendwie konnte man alles damit machen. Einreiben, wenn man nicht zu sehr an seinen Geschmacksknospen hing, trinken, Nasenspülung, warme Umschläge, Dampfbad, wobei ich mir ziemlich sicher war, dass man dabei das Augenlicht verlieren könnte. Und ganz ehrlich, dieses Wundermittel half nur, weil man aus purer Angst davor gesund wurde. Also, lieber keine medizinische Zuwendung von Oma.

»Nein, nein, es geht schon«, beeilte ich mich zu sagen. Das Letzte, was ich wollte, war, einen übel stinkenden Wickel an den Hals geklatscht zu bekommen. Oder, noch besser, mit dem Höllengebräu gurgeln zu müssen.

Also verzog ich mich mit meinen Broten lieber schnell in mein Zimmer.

• • •

»Was möchtest du unternehmen?«, fragte Alex, kaum dass ich in mein Sandwich gebissen hatte.

»Keine Ahnung«, mümmelte ich und fing geschickt eine dicke Tomatenscheibe auf, die sich aus dem Brot gestohlen hatte.

»Ich muss nachher leider noch für zwei Stunden weg«, teilte mir Alex mit zerknirschter Miene mit.

Moment mal, dafür bin ich aber nicht nach London gekommen, oder?

»Ich könnte dir solange ein bisschen die Stadt zeigen«, bot Scott an. Sofort stimmte ich begeistert zu. Wir gingen los, gleich nachdem ich mein phänomenales Zimmer besichtigt hatte.

Der Fahrer erwartete uns bereits, als wir aus dem Haus kamen. Scott nannte eine Adresse, und schon gondelten wir wieder über die Straßen in die Innenstadt.

Scott machte mich auf verschiedene Sehenswürdigkeiten aufmerksam. Er konnte zu allem etwas erzählen. Ich war fast enttäuscht, als die Fahrt vor einem roten Backsteingebäude endete. Vom mir aus hätte ich noch ewig mit ihm durch die Stadt düsen können.

»Was machen wir hier?«, fragte ich skeptisch, als ich ausstieg.

»Du wirst es mögen«, antwortete er zuversichtlich. Na ja, wenn er meinte? Wir gingen durch das schmiedeeiserne Tor und landeten in einer Markthalle mit Verkaufsständen.

»Wenn du zufällig ein ausgestopftes Stinktier suchst, sind wir genau richtig«, erklärte mir Scott.

»Oh, Bombe, geheimster Wunsch. Wie bist du nur darauf gekommen?«, spottete ich.

Statt einer Antwort knipste er nur sein umwerfendes Lächeln an, ergriff meine Hand und zog mich hinter sich ins Getümmel.

Der Flohmarkt war der Hammer. Ich war hin und weg und

blieb sofort an ein paar Ständen mit wirklich schrägen Klamotten hängen.

»Sie haben aus den Minions einen Mantel gemacht«, stammelte ich und zeigte schockiert auf einen quietschgelben Plüschmantel.

»Nein, nein«, beruhigte mich Scott. »Das war Bibo aus der Sesamstraße!« Ja dann! Ein paar Tische weiter verliebte ich mich spontan in ein dunkelblaues Oberteil. Scott kaufte es sofort. Etwas später war ich stolze Besitzerin von Ohrringen aus Glas, in denen kleine Sternchen flitterten.

Wir standen staunend vor einer Bude, die tausendmal die gleichen kleinen Porzellanfiguren zum Verkauf anbot. Etwas mehr als der Hälfte von ihnen fehlte ein Bein. Ich lehnte dankend ab, als Scott mir wahlweise eine ein- oder auch zweibeinige Frau anbot. Wir schnüffelten an selbst gemachten Seifen, die irgendwie alle nach Gemüseblümchen rochen. Wir bewunderten handgeschöpftes Papier, schlenderten vorbei an antikem Schmuck, total abgedrehten Sonnenbrillen, Antiquitäten und Kleinramsch. Ich entdeckte tatsächlich ein ausgestopftes Stinktier. Es hätte sich wahrscheinlich prima in unserer Eingangshalle gemacht. Das fand Scott auch, denn er war kaum davon abzuhalten, es zu kaufen. Entsetzt schob ich ihn weiter, während er unverdrossen unzählige Vorteile aufzählte, warum wir unbedingt dieses grässliche tote Vieh brauchten.

»Dass es nicht mehr stinkt, ist kein Argument«, versuchte ich ihm klarzumachen, als mir plötzlich die absoluten Lieblingsschuhe ins Auge stachen. Wie hypnotisiert ging ich auf sie zu und probierte sie an. Sie waren gebraucht und passten nicht wirklich perfekt, aber sie wollten mit mir gehen. Ich konnte es fühlen. Um jeden Preis. Scott vergaß das Stinktier, übernahm die Verkaufsverhandlungen, und schon gehörten sie mir.

Plötzlich hörte ich unten eine Tür klappern. Waren Marlene

und Mama etwa noch da? Ich schnappte schnell das Oberteil, den Turnbeutel, die Ohrringe und schlich in den Stiefeln aus Marlenes Zimmer. Auf dem Weg in mein Zimmer konnte ich von der Galerie aus Oma in der Eingangshalle sehen. Sie schnitt mit der Schere irgendwelches Ästegedöns aus dem Garten zurecht und sortierte es in eine Bodenvase.

»Zoe?«, fragte sie, als die Holzdielen unter mir leicht knarrten. Mist! Sollte sie in ihrem Alter eigentlich nicht schlecht hören?

»Ja«, antwortete ich von der Galerie herunter.

»Geht es dir besser?«, erkundigte sie sich sehr fürsorglich.

»Ja! Der Hals tut gar nicht mehr weh. Ich muss jetzt lernen«, informierte ich sie und schlüpfte schnell, bevor sie auf blöde Gedanken kam, in mein Zimmer. Dort räumte ich meine Schätze in den hintersten Winkel meines Kleiderschranks.

• • •

»Soll ich dir meinen Lieblingsplatz zeigen?«, meldete sich Scott zurück, als ich mich auf mein Bett warf. Moment, dazu sollten wir unbedingt Musik hören. Ich suchte etwas Passendes raus. Kopfhörer auf, Decke bis hoch ans Kinn und ab nach London.

»Klar«, antwortete ich lässig und lächelte ihn an. Er sah echt gut aus. Alles an ihm war perfekt. Und für ihn existierte nur ich. Sonst niemand. Er bemerkte keinen der bewundernden Blicke, die ihm von allen Seiten zugeworfen wurden.

»Wo gehen wir hin?«, wollte ich auf dem Weg nach draußen wissen.

Er hob die Finger. »Zwei Stationen. Zuerst müssen wir noch etwas besorgen, dann geht's weiter.«

Wieder nannte er dem Fahrer, der auf uns gewartete hatte, eine Adresse. Während der Fahrt mühte ich mich ab, die neuen Ohrringe in meine Löcher zu stecken.

»Warte«, unterbrach Scott mich, nahm mir die Glasperle ab, löste geschickt den Verschluss und schob sie mir vorsichtig durch das Ohrläppchen. Ich musterte seine eisblauen Augen, die total konzentriert schauten.

»Andere Seite«, wies er mich knapp an. Ich drehte den Kopf. Als ich beide Ohrringe drinhatte, schob er mein Kinn mit zwei Fingern nach oben und drehte meinen Kopf leicht hin und her.

»Sie stehen dir super«, freute er sich, und für einen Moment sah er aus, als wollte er gleich meine Nasenspitze küssen. Doch dann, ganz plötzlich, räusperte er sich und rückte ein Stück weg. Ich musterte ihn überrascht.

»Alles okay?«, vergewisserte ich mich. Nichts, was ich mich jemals im richtigen Leben zu fragen trauen würde.

»Ja, alles gut«, antwortete er, wirkte aber immer noch ein bisschen verwirrt.

Wir hielten vor einem Backsteinhaus mit türkisgrün gestrichenem Erdgeschoss. Auf dem Dachvorsprung über dem Geschäft wuchs eine Hecke, wie man sie sonst nur in irgendwelchen Schlossparks sehen konnte. Und aus dem total eckig geschnittenen Grün ragten kleine Bäumchen, die in Form von Teetassen und -kannen getrimmt worden waren.

Als wir in das Geschäft hineingingen, kam ich mir vor, als würden wir eine überdimensionale Pralinenschachtel betreten. Aber eine ganz exklusive. Der Boden glänzte golden, und auf erhöhten Verkaufsständen drehten sich bunte Cupcakes, Macarons in allen Farben, witzige Gestecke aus Marshmallows, Pyramiden dunkel glänzender Schokolade. Hinter dem spiegelnden Glas der Verkaufstheken warteten fein säuberlich aufgereiht Biskuits, Eclairs, Törtchen, kleine Kuchen, Pralinen auf Käufer, während im Hintergrund ganz dezent klassische Musik gespielt wurde. Ich warf Scott einen verwunderten Blick zu. Lieblingsplatz? Ernsthaft? Auf mich wirkte er mehr wie der Bären-offenes-Feuer-Wildnis-Typ.

Ich hätte ihn nicht in einem Laden, dessen Wappen sicher größer als das der Königsfamilie war, vermutet.

Die Zielstrebigkeit, mit der er mich an all den Luxusgütern vorbeischleuste, ließ allerdings darauf schließen, dass er nicht zum ersten Mal hier war.

Wir landeten vor einer riesigen Verkaufstheke mit unübersichtlich vielen bunten Macarons.

»Mmh, yummie«, rutschte mir bei dem Anblick raus. Scott orderte diverse Sorten und bekam eine mintgrüne Box mit goldener Schleife ausgehändigt. Auf dem Weg nach draußen kaufte er noch zwei Flaschen Wasser.

»Und das war jetzt dein Lieblingsplatz?«, vergewisserte ich mich irritiert, als wir wieder im Auto saßen und weiterfuhren. Scott lachte laut auf.

»Nein, das war nur der Laden mit dem besten Gebäck in der ganzen Stadt!«, antwortete er amüsiert.

Unser Weg führte an der Themse entlang.

»Das Riesenrad!«, fiel mir plötzlich ein. »Ist das dein Lieblingsplatz?«

Er schüttelte nur den Kopf und schaute auf die Uhr. Es war kurz nach fünf Uhr nachmittags. Inzwischen war ich total gespannt, wohin er mich entführte.

Wir hielten vor einem merkwürdig verwinkelten Betongebäude. Es sah wie ein Bürokomplex, eine Behörde oder etwas ähnlich Fantasieloses aus.

»Lieblingsplatz?«, vergewisserte ich mich mit hochgezogener Augenbraue. Er ignorierte meinen Einwand und wies mir stattdessen den Weg über eine gelbe Wendeltreppe außen am Gebäude. Wir landeten – überrascht schaute ich mich um – mitten in einem Garten. Es war unglaublich. Auf einer richtig echten Wiese mit Blumen saßen Menschen. In Grüppchen oder allein. Sie picknickten, lasen, schliefen, arbeiteten oder unterhielten sich. An den Wegen reihten sich Parkbänke. Dazwischen wuchsen in großen viereckigen Blumenkübeln Kräuter und bunte Blumen. Und sogar Bäume gab es hier oben. Einige der Wege waren fast total eingewachsen und erinnerten an geheime Gänge in verwunschenen Welten. Man vergaß, dass man sich auf einem Dach mitten in einer Großstadt befand. Erst der Blick von diesem Hochgarten erinnerte einen wieder daran, wo man war. Über die Themse hinweg konnte man das Parlamentsgebäude sehen. Und den Uhrenturm mit Big Ben. Direkt hinter dem Riesenrad glänzte dunkelorange die Abendsonne.

»Einen schöneren Sonnenuntergang wirst du nirgends zu sehen bekommen«, schwärmte Scott und setzte sich ins Gras. Ich ließ mich vollkommen geplättet neben ihn plumpsen. Er öffnete die Gebäckbox.

»Macaron gefällig? Melone-Jalapeño? Schwarzer Sesam? Basilikum?«, bot er an.

»Was, Basilikum? Wie schmeckt das denn?«, wollte ich wissen und fischte das Macaron, auf das er zuletzt gedeutet hatte, aus der Schachtel. Vorsichtig schnüffelte ich daran. Es roch tatsächlich nach Basilikum. Ich biss ein Stück ab. Bäh, Kräuter und Zucker, das war dann doch sehr merkwürdig. Nichts, was ich noch mal haben musste.

»Und? Wie schmeckt's?«, erkundigte sich Scott. Ich steckte ihm ungefragt die andere Hälfte in den Mund. Er kaute und kniff dabei ein Auge zusammen, als würde er auf einer Zitrone kauen. Als er runtergeschluckt hatte, zog er tief Luft durch die geschlossenen Zahnreihen.

»Brrrr. Das war … interessant«, schüttelte er sich, öffnete eine der Wasserflaschen, nahm einen Schluck und reichte sie mir. Während ich trank, suchte er das nächste Macaron aus und biss die Hälfte ab. Dann hielt er es mir hin.

»Welche Sorte?«, wollte ich wissen.

»Du musst raten«, antwortete er, bevor er mir die Macaronhälfte in den Mund schob.

»Zucker? Nein, warte … Zimt? Mit komischem Nachgeschmack. Klostein?«, riet ich kunterbunt.

»Echt, ich dachte, es wäre Minze-Kardamom!« Auch nicht besser!

»Was hast du denn gekauft?«

»Eine Auswahl der seltsamsten Geschmackssorten, die sie hatten«, meinte er grinsend. Und so versuchten wir, während wir auf den Sonnenuntergang warteten, Vanille mit Kohle von Kaviar, Kürbis-Nougat, das auch Whiskyhonig hätte sein können, und Veilchengeschmack zu unterscheiden. Wie selbstverständlich schoben wir uns gegenseitig kleine Baisers in den Mund. Lachten über die Grimassen des anderen. Und, beste Adresse hin oder her, entdeckten Geschmacksrichtungen, die man nur mit einem Schluck Wasser runterbekam.

»Hörst du eigentlich, dass dein Handy dauernd brummt?«, erkundigte sich Scott, als ich wieder neben ihm saß, nachdem ich mich angeekelt auf dem Boden gekugelt hatte. Bubblegum schmeckte definitiv am scheußlichsten. Keine Frage.

Ich warf einen Blick aufs Display und drückte den Anrufer weg.

»Namik?«, fragte Scott sofort.

»Hallo! Privatsphäre?«, ereiferte ich mich sofort.

»Wir sind in deinem Kopf«, erinnerte er mich. »Noch privater geht's wohl kaum.«

*Nicht kaputt machen. Konzentrier dich. London, Sonnenuntergang, nur ihr zwei. Rest der Welt? Stillstand, Ruhe!*

»Was glaubst du, möchte er?«, kam Scott wieder auf Namik zu sprechen.

*Nein, das war so nicht ausgemacht. Das ist meine Fantasie. Hier hatte Namik nichts verloren.*

»Wird schon nicht so wichtig sein«, antwortete ich lässig. Nichts und niemand würde mich von hier wegbringen. Nicht bevor diese Sonne, die schon glutrot in die Skyline eingetaucht war, ganz untergegangen war.

»Er macht sich Hoffnung«, stellte Scott fest. Einfach so. Ganz ohne Vorwarnung. Kann er nicht einfach weiter nur gut aussehend und unterhaltsam sein? Ein bisschen Schmetterlinge fliegen lassen, und gut ist?

»Nein, kann ich nicht«, antwortete er auf meine Gedanken.

»Hoffnung auf was?«, fragte ich zurück. Scott saß seitlich lässig auf einen Arm gestützt. Er warf mir nur einen Blick zu, und ich wusste, was er meinte. Natürlich wusste ich es. Und er auch. Immerhin lebte er in meinem Kopf. Ich lehnte mich gegen ihn. Legte meinen Kopf auf seine Schulter. Warum konnte nicht immer alles so einfach sein wie mit ihm. Er war, wie ich ihn wollte. War da, wenn ich ihn brauchte. Verstand mich und ließ Nähe zu. Ganz ohne Erklärung.

Wie jetzt, wo er das Gewicht verlagerte, den frei werdenden Arm um mich legte und schwieg. Zumindest kurz.

»Was ist jetzt mit Namik?« Er konnte aber auch ziemlich penetrant und ganz schön nervig sein.

»Ich möchte nicht darüber reden«, brummte ich und schmiegte mich dichter an seine Schulter.

»Wegen Tom?«, fragte er leise.

»Scott …«, stöhnte ich, »… wir sind in London, haben gleich einen phänomenalen Sonnenuntergang nach einem perfekten Tag. Möchtest du das jetzt echt kaputt machen?«

»Okay, schon gut«, brummte er. Aber ehrlich, die Stimmung war dahin. Dann konnte ich auch ans Telefon gehen.

»Ja«, bellte ich heftiger als geplant in mein Handy.

»Oh, sorry, hab ich dich geweckt?«, entschuldigte sich Namik sofort.

»Ähm, nein, ich hab nur ein bisschen gedöst. Was gibt's?«

»Hast du Lust auf ein *Star Wars*-Triple?«

»Ein was?«

»Die *Star Wars*-Episoden vier bis sechs. Du könntest rüberkommen und wir schauen zusammen die alten Filme an. Du darfst auch dazwischenquatschen und bei jedem fragen, wer er ist. Und ich hab Popcorn«, meinte er etwas atemlos.

»Heute Abend? Eher nicht. Ich glaube, ich werde krank«, hüstelte ich und versuchte, möglichst verschnupft zu klingen.

»Och, schade. Ich hab dir übrigens vorhin die restlichen Bilder geschickt.«

»Danke, du bist echt der Beste.«

# 10.

Am Abend ging ich mit Alex in London essen. Dass uns die Presse überall auf den Fersen war, störte ihn überhaupt nicht. Nur in der realen Welt war ich seine geheime Tochter. Hier lächelte ich ins Blitzlichtgewitter der Kameras. Beantwortete brav Fragen über meinen Vater. Äußerte mich aber auch zu meinen persönlichen Karriereplänen. Immerhin hatte ich schon in zwei seiner Filme eine Nebenrolle gespielt.

»Du könntest dir vorstellen, Schauspielerin zu werden?«, erkundigte sich Alex, nachdem er für uns beide bestellt hatte. Wären da nicht seine zwei Bodyguards, die die Eingangstür des Lokals bewachten, die verstohlenen Blicke der anderen Gäste und der Autogrammwunsch der Kellnerin, könnte man es als ein ganz normales Abendessen bezeichnen.

»Ja, ich glaube, es würde mir Spaß machen«, antwortete ich unsicher.

»Schön«, war alles, was Alex dazu zu sagen hatte.

»Traust du es mir nicht zu?«, fragte ich ihn leise und nahm die Serviette vom Platz, da die Kellnerin den ersten Gang brachte.

»Die Einzige, die das beurteilen kann, bist du«, antwortete er völlig ruhig.

»Woher soll ich das denn wissen«, brummte ich, während ich misstrauisch den Teller betrachtete. Unmotivierte, grüne Brotwürfel schwammen in weißer Soße. Der erste Gang hieß dann überraschenderweise doch anders.

»Zur Vorspeise reichen wir heute Gemüse-Zimt-Creme mit Kräuter-Croûtons«, klärte uns die Kellnerin mit einer Stimme auf, als würde sie uns sämtliche Raketencodes der westlichen Welt verraten. Aha, Suppe mit Zimt und Brot! Na dann, guten Appetit.

»Ich beneide dich darum«, fing Alex an, als wir die ersten Löffel gegessen hatten. Welche Facette meines wahnsinnig glamourösen Lebens meinte er?

»Um was? Pickel? Pubertät? Schulische Glanzleistung? Das Monsterhaus?«, fragte ich zurück. Klang vielleicht ein bisschen vorwurfsvoll, denn Alex antwortete sofort mit zerknirschter Miene: »Du weißt, dass du nicht hier leben kannst.« *Ach echt? Warum eigentlich nicht.*

»Ja, schon«, räumte ich zögernd ein, während sich in meinem Gehirn bereits mein neues Leben in London ausbreitete. Und es war nicht schlecht.

»Nein, ich beneide dich um die Möglichkeiten, alles entscheiden zu können«, fuhr Alex fort. »Du stehst am Anfang. Hast jede Entscheidung noch vor dir«, schwärmte er weiter.

*Vergessen Erwachsene eigentlich, wie es ist, zwölf zu sein?*

»Ach ja? Aktuell fühlt es sich nicht so an, als ob ich die Bestimmerin meines Lebens wäre«, murrte ich, während ich hoch konzentriert die grünen Brotwürfel aus der Suppe fischte.

»Das kommt noch«, lachte er, legte den Löffel zur Seite und musterte mich aufmerksam.

»Du meinst, wenn ich mir in den Kopf setze, dass ich Astronautin werden möchte, dann kann ich das?«

»Natürlich. Wenn du es wirklich möchtest«, nickte er. Ich sehe schon die Luftsprünge meiner Mutter, wenn sie davon erfährt.

»Wenn du leidenschaftlich ein Ziel verfolgst, ist alles möglich«, erklärte Alex. Er glaubte das tatsächlich.

»Das funktioniert vielleicht in deiner Welt«, lachte ich, während die Kellnerin den Hauptgang brachte.

»Nein, das ist so«, behauptete er mit der Sicherheit eines Menschen, der all seine Träume verwirklicht hatte. Er neigte sich ein Stück über den Tisch und sah mir eindringlich in die Augen.

»Wenn nicht mal du an dich glaubst, warum sollen es dann andere tun?« Okay! Das war ja mal ein völlig neuer Ansatz.

»Sollten Eltern ihren Kindern nicht eher sagen, was sie alles nicht können?«, fragte ich irritiert.

»Nein, so ein Vater bin ich nicht«, widersprach Alex heftig und lehnte sich wieder zurück. Nachdenklich begann er mit den Fingern das Muster auf dem Besteckgriff nachzufahren.

»Eltern tun doch nur so, als wüssten sie Bescheid. Keiner kennt die Zukunft«, begann er nach einer Weile. Ich sah überrascht von meinen Senffrüchten, die es zur Entenbrust gab, auf. So ein Gespräch mit einem erfundenen Vater brachte tatsächlich interessante Erkenntnisse.

»Vielleicht glauben sie, ihre Kinder dadurch vor Enttäuschungen zu schützen …«, fuhr er gedankenverloren fort.

Warum unterhielten wir uns denn jetzt darüber? Ich wollte ein total cooles und absolut sorgenfreies Wochenende in London. Konnte man sich nicht mal auf sein eigenes Gehirn verlassen. Statt *trallala* und *hopsasa* machte es sich plötzlich Gedanken um die Zukunft und ein gering vorhandenes Selbstvertrauen. Da waren höchstens noch drei Sätze Luft, bevor meine ganz persönliche Identitätskrise einsetzte. Das haben wir ja toll hinbekommen, mein erfundener Vater und ich. *Hilfe!* Das musste sich schleunigst ändern.

»Tut mir leid, euch zu stören«, trat sogleich Scott an unseren Tisch. Auf ihn war einfach Verlass. Er zwinkerte mir zu, bevor er sich setzte, um sich leise mit meinem Vater zu unterhalten. Und schon ging es mir besser.

»Ich muss kurz telefonieren«, entschuldigte sich Alex anschließend und stand auf. Fast wäre er in die Kellnerin gerannt, die uns das Dessert brachte.

»Ist was passiert?«, erkundigte ich mich bei Scott.

»Nö, nur sein Agent. Hollywood. Zeitverschiebung«, erklärte Scott und zog, vom giftigen Blick der Bedienung unbeeindruckt, Alex' Desertteller zu sich.

»Fichtensprossensorbet an Domori-Guasare-Mousse mit Waldbeeren«, erklärte sie uns, bevor sie sich wieder entfernte. Ihr Ton hatte deutlich an Euphorie verloren, jetzt, da Alex nicht mehr am Tisch saß.

»Wir essen jetzt einen gefrorenen Baum?«, grinste Sott und griff sich den kleinen Löffel.

»Vor allem isst du ein Dessert, das dir gar nicht gehört«, machte ich ihn aufmerksam.

»Alex mag nichts Süßes«, war sein ganzer Kommentar. Ich probierte das Sorbet.

»Oh, das schmeckt wie das Badewasser meiner Oma«, kicherte ich.

»Nein, ich frag jetzt nicht …!«

»Was?«

»Woher weißt du, wie –«

»Vergiss es!«

»Gut«, nickte er.

Langer intensiver Blick. Plötzlich, wie schon vorhin im Auto, schreckte er unmerklich hoch, als wäre er gerade aufgewacht, räusperte sich und konzentrierte sich wieder auf das Essen. Und dann war er wieder vorbei, unser Moment. Schade. Aber das musste nicht sein. Hier, in London, in meinen Gedanken, konnte ich mutig und entschlossen sein.

»Scott?« Vorsichtig legte ich meine Hand auf seine. Er zuckte kurz, ließ sie aber liegen. Dann schaute er mich wieder an. In diesen Augen konnte man sich wirklich verlieren. Ganz langsam zog er seine Hand unter meiner hervor, hob den Arm, als wollte er mir über die Wange streichen.

Dann spürte ich eine eiskalte Hand auf meiner Stirn. Seine Hand? Das konnte nicht sein. Das war echt. Entgeistert riss ich die Augen auf. Oma saß an meinem Bett … und fühlte die Temperatur auf meiner Stirn.

»Manno, Oma …«, beschwerte ich mich, vom Schreck noch etwas atemlos, und riss mir die Kopfhörer aus den Ohren.

»Stephanie meinte, du wärst unpässlich«, erklärte meine Oma in hoheitsvollem Ton. »Nein, nein, ich bin nur ziemlich müde und habe ein bisschen Halsweh.« Mein Versuch, die Symptome im nicht behandlungswürdigen Rahmen zu halten, war natürlich vollkommen sinnlos. Oma schraubte bereits das gruselige Fläschchen auf.

»Ich bin nicht krank«, versuchte ich sie zu überzeugen, als das zähflüssige Gebräu schon auf den Löffel tropfte. *Hilfeeeee!*

»Omaaa …« Mist! Beim *a* steckte sie mir einfach den Löffel in den Mund. Es schmeckte nach Badereiniger, Farbe, Seife, Erdöl, praktisch allen Dingen, die hochgiftig waren und von denen man schon als Kleinkind gelernt hatte, sie niemals zu essen. Und irgendwie brannte das Zeug auf der Zunge und im Rachen. Verklebte gleichzeitig den Gaumen und war so bitter, dass man fast hoffte, alles würde einfach nur taub werden. Selbst wenn man nie wieder etwas schmecken könnte.

»Wasser«, japste ich, aber daran hatte Oma natürlich nicht gedacht. Oder sie hielt es gar nicht für notwendig. In aller Seelenruhe stand sie auf und trollte sich aus dem Zimmer, als hätte sie alle Zeit der Welt. An der Tür knipste sie sogar noch kurz das Deckenlicht an, nur um festzustellen, dass der Kronleuchter immer noch gefährlich knisterte.

»Oma, Wasser, ich übergebe mich gleich«, röchelte ich vom Bett aus.

Als sie mit einem gefüllten Glas und einem leeren Eimer zurückkam, fühlte ich mich echt krank. Super Medizin, dieses Gebräu!

»Warum der Eimer?«, erkundigte ich mich, nachdem ich das Glas auf einen Zug geleert hatte.

»War dir nicht blümerant?«, fragte Oma mit einem Blick, der keinen Zweifel ließ, wie vollkommen indiskutabel sie körperliche Auswürfe jeder Art fand.

»Blümerant?« Sollte wahrscheinlich schlecht heißen, klang aber irgendwie nach Blümchen.

»Eigentlich heißt es *bleu mourant*, sterbendes Blau, es wird aber meistens die eingedeutschte Variante blümerant verwendet.«

»Das lag doch nur an diesem furchtbaren Zeug«, jammerte ich und warf der kleinen Flasche, die meine Oma schon auf einem der Nachttische abgestellt hatte, einen besonders bösen Blick zu.

»Ach, papperlapapp. Das hat schon His Grace George, dem achten Duke of Grovenshore, bei seinen furchtbaren Rheumaschüben geholfen. Und die waren oft so heftig, dass er nicht mal ausreiten konnte.«

»Kann ich jetzt wieder schlafen«, fragte ich und ließ mich ins Kissen zurückfallen. Noch mehr großmütterliche Krankenpflege hielt ich nicht aus. Sie hatte es geschafft. Mir war jetzt echt unpässlich-blümerant.

Oma erhob sich sofort und rauschte mit den Worten: »Natürlich, erhol dich gut!«, aus dem Zimmer. Nicht ohne noch einmal mit dem Kronleuchter zu knistern. Also ob das irgendetwas besser machen würde.

In London hatten wir inzwischen das Restaurant verlassen und waren zurück in Alex' Wohnung. Scott hatte sich in seine Räume zurückgezogen. Sie grenzten gegenüber meinem Zimmer an die Dachterrasse. Mein erfundener Vater und ich klimperten am Klavier. Also eigentlich war es ein Konzertflügel und wir spielten darauf vierhändig. Konzertreif. Wahnsinn! Und das, ohne jemals eine Stunde Unterricht gehabt zu haben. Außerdem sangen wir auch dazu. Ebenfalls konzertreif. Und ich war kein bisschen abgelenkt, als Scott plötzlich aus seinem Zimmer auf die Dachterrasse kam. In Badehose. Mit seinem makellosen Körper. Und nach einem perfekten Hechtsprung mit kräftigen Zügen durch das Becken kraulte. Das beobachtete ich alles, während ich mit meinem Vater, dem berühmten Schauspieler, textsicher Lieder der Beatles sang. Ein ganz normaler Abend in London eben.

Nach dem dritten *Ob-La-Di, Ob-La-Da* meinte Alex, dass er sich nun um das Kaminfeuer kümmern würde, da es ein bisschen frisch werden würde. Scott pflügte draußen immer noch durch den Pool. Ich ging raus auf die Dachterrasse und betrachtete die Aussicht. Plötzlich endete das gleichmäßige Platschen hinter mir. Ich drehte mich um, Scott hatte sein Training beendet. Er hing am Beckenrand und beobachtete mich. »Komm rein, dass Wasser ist super!«

»Nö, ist mir zu eisig«, antwortete ich fröstelnd, setzte mich aber zu ihm an den Pool.

»Gar nicht«, lachte er und bespritzte mich mit Wasser.

»Ja, wenn man erst mal drin ist, vielleicht.« Ich steckte die Hand ins Wasser. Es ging tatsächlich. Und bevor ich richtig kapierte, was geschah, hatte mich Scott ins Wasser gezogen. Mit Klamotten!

»Iiiiih«, brüllte ich, als ich wieder auftauchte und Richtung Beckenrand paddelte.

»Wolltest du gar nicht rein?«, lachte Scott, reichte mir die Hand und zog mich zu sich ran.

»Doch, natürlich, ich schwimme immer in Jeans«, murrte ich und gab ihm einen beleidigten Stups, bevor ich mich an der Beckenkante festhielt, um mein nasses Haar zu schütteln.

»Bist du in den Pool gefallen?«, erkundigte sich Alex, der sofort aus dem Wohnzimmer angeschossen kam.

»Eher gefallen worden«, prustete ich. Was offenbar für die väterliche Sorge beruhigend genug war, denn er verschwand wieder, ohne etwas zu sagen. Kurze Zeit später kam er noch einmal raus, um ein paar Handtücher und einen Bademantel auf einen der Liegestühle zu werfen, die um den Pool standen.

»Jetzt wo du schon mal nass bist, könntest du dich doch in einen Bikini werfen, oder?«, schlug Scott grinsend vor. Er hatte recht, meine Klamotten waren echt schwer im Wasser. Elegant zog ich mich am Beckenrand hoch, ging in mein Zimmer und zog mich um. Und natürlich hatte auch ich einen perfekten Körper. Er gehörte, glaube ich, Gigi Hadid, also nichts, womit man sich verstecken müsste. Als ich wieder nach draußen kam, ließ Scott sich auf dem Rücken im Pool treiben. Ich nahm Anlauf und versenkte ihn mit der Bugwelle einer wirklich beeindruckenden Arschbombe. Die halbe Terrasse stand unter Wasser. Was aber niemand störte. Er rächte sich natürlich sofort und versuchte mich ebenfalls zu tunken. Kreischend schwamm ich von ihm weg, als Marlene reinplatzte. *Leute, es ist wirklich nicht einfach, sich in London zu entspannen, wenn dort dauernd einer von der Familie aufkreuzte.*

»Oma sagt, dass du krank bist«, erkundigte sie sich von der Tür aus, und dieser skeptische Ton in ihrer Stimme gefiel mir so gar nicht.

»Ja, jetzt schon! Sie hat mich vergiftet«, jammerte ich und richtete mich auf. Neugierig kam Marlene an mein Bett.

»Oh, du wurdest schon BEHANDELT«, lachte sie, als sie das Fläschchen auf meinem Nachttisch entdeckte.

»Aber holla! Wusstest du, dass das Zeug sogar adelsgeprüft ist? Damit hat der Achte irgendwas von irgendwo sein Rheuma kuriert. Erfolgreich!«

»Tatsächlich! Kommst du zum Abendessen?« Es war gar keine

richtige Frage, sondern mehr ein Befehl mit Fragezeichen ohne Entscheidungsmöglichkeit.

»Ich hab eigentlich gar keinen Hunger«, murrte ich.

»Wie solltest du auch, wenn du den ganzen Tag im Bett liegst«, wunderte sich Marlene und zog mir die Bettdecke weg. Mein Handy, das darauflag, flog in hohem Bogen direkt vor Marlenes Füße. Keine Ahnung, ob es durch den Ruck passierte oder Marlene den Homebutton aktiviert hatte, auf alle Fälle leuchtete der Sperrbildschirm auf, als sie es aufhob.

»Oha! Wer ist denn das?«, fragte sie sofort mit Blick auf das Handy. Okay, vielleicht war es echt blöd, eines der Bilder von Scott als Sperrbildschirm zu benutzen. Hektisch nahm ich ihr das Handy ab und fauchte: »Niemand!«

Vielleicht war es peinlich, aber es verriet immerhin nichts.

»Alles gut! Entspann dich!«, beschwichtigte sie mich, ließ es sich aber nicht nehmen, noch mal das Telefon zu aktivieren, nachdem der Bildschirm wieder schwarz geworden war, um einen weiteren Blick auf Scott zu werfen.

»Wirklich sehr süß! Weiß er denn, dass es dich gibt?«

»Lass das jetzt!«, regte ich mich auf und riss ihr das Smartphone aus der Hand.

»Uhhhh! Eifersüchtig? Keine Sorge, er liebt sicher nur dich allein, auf ewig.« Sie schien sich ja bestens zu amüsieren.

»Doofkopf«, schimpfte ich und stapfte mit meinem Handy in der Hand aus dem Zimmer.

»Ist der nicht ein bisschen zu alt für dich?«, spottete sie, als sie mich an der Treppe eingeholt hatte.

»Kümmere dich gefälligst um deinen eigenen Kram«, zischte ich und hätte mich gleichzeitig in den Hintern beißen können. Ich wäre so gern lässig gewesen. *Wenn du brav bist, stell ich ihn dir vielleicht mal vor!* Das hätte ich antworten sollen. Und zwar ohne rot zu werden.

Das Abendessen war ganz lustig. Mama und Marlene erzählten von ihrer Shoppingtour. Marlene äffte einen Verkäufer nach, der Mama *gnädige Frau* genannt und versuchte hatte, ihr zum Abschied die Hand zu küssen. Anschließend waren die zwei noch in einer Ausstellung gewesen. Mit Gurken. Ich verstand nicht genau, um was es ging, denn sie prusteten jedes Mal sofort los, wenn sie davon erzählten.

Mama schlug vor, nach dem Essen noch etwas zusammen zu spielen. Ich lehnte dankend ab. Schon das Tischabräumen ging mir eigentlich viel zu lange. Ich wollte schnell wieder zurück nach London. Die hitzige Debatte darüber, was gespielt werden sollte, hielt noch an, als ich die Küche verließ. Auf der Treppe hörte ich, wie Marlene Oma vorwarnte: »Und du versuchst heute mal, die Wörter von der Karte NICHT zu verwenden, wenn du den Begriff erklärst.«

Ganz bestimmt haute das nicht hin. Mit Oma zu spielen, war ein Abenteuer. Da sie gegen jede Art von Vorschrift allergisch war, ignorierte sie natürlich auch sämtliche Spielregeln. Was sie aber nicht daran hinderte, ständig neue Regeln selbst zu erfinden. Dazu noch meine Mutter, die zwar leidenschaftlich, doch leider grottenschlecht spielte, dafür aber in ganz großem Stil schummeln konnte. Wer sonst würde auf einem zweiten Kartenspiel sitzen und munter Karten mit anderem Deckblatt ins Spiel bringen. Und sich überhaupt nicht erklären können, warum es auf einmal *sooooo* viele Karten im Spiel gab. Eigentlich waren unsere Spieleabende echt klasse. Und wenn meine Oma unter Zeitdruck Wörter erklären musste, lag man ziemlich sicher innerhalb kürzester Zeit vor Lachen unter dem Tisch. Zögernd öffnete ich die Tür zu meinem Zimmer. Wieder nach unten gehen und mitspielen – oder mit Scott noch eine Runde schwimmen? Das nächste Mal vielleicht. Ich schloss die Tür und kuschelte mich in mein Bett.

Und so blieb es das ganze Wochenende. Und auch am Montag. Keine Schule! Ich war krank! Immerhin hatte ich Omas Medizin geschluckt. Da hatte ich es echt verdient, frei zu haben. Es war einfach wunderbar. Ich hörte Musik und besuchte mit Alex seine Eltern, die in einem schlossähnlichen Anwesen außerhalb von London wohnten. Scott versuchte, mir dort das Reiten beizubringen. Wir tranken Tee und spielten mit den Hunden. Ich lud die Bilder von Alex, Scott und mir, die Namik mir geschickt hatte, auf mein Handy. Alles war wie auf Wölkchen.

Bis plötzlich, Schrecksekunde, Oma mit den Worten: »Eine Viola möchte dich besuchen«, in meinem Zimmer auftauchte.

Mir blieb fast das Herz stehen. Und zum ersten Mal war ich für Omas angestaubte Umgangsformen, niemanden ohne Anmeldung und ausdrückliche Genehmigung vorzulassen, unendlich dankbar. Außerdem mochte ich ihre Art, wie sie »eine Viola« sagte. Es klang, als würde sich unflätig widerlicher Abschaum in unserer Eingangshalle herumtreiben.

»Och nee«, jammerte ich und hüstelte leise. Wäre echt blöd, wenn Viola mich hören würde. Wo ich doch noch in London war.

»Kannst du ihr sagen, dass ich blautot bin?«

Oma musterte mich streng: »Machst du dich etwa gerade über mich lustig?«, fragte sie spitz.

»Nein, nein«, beeilte ich mich zu sagen. »Dann meine ich das andere, das un…, un…, unpraktisch?«

»Unpässlich?«

»Ja genau, das!«, freute ich mich. »Kannst du ihr bitte sagen, dass ich unpässlich bin?« Omas Augenbraue wanderte erstaunt nach oben. Irgendetwas missfiel ihr. Und zwar heftig.

»Wie gut kannst du sie leiden?«, fragte sie ganz unvermittelt.

»Nicht so und sie hasst mich wahrscheinlich«, murmelte ich. Oma nickte, als hätte sie so etwas schon vermutet.

»Aber Kindchen, dann bist du doch nicht unpässlich, sondern

indisponiert«, erklärte meine Oma. Gab es da etwa einen Unterschied? Oma rauschte aus dem Zimmer. Ich sprang aus dem Bett und schlich hinterher. Gut, dass sie die Tür nicht geschlossen hatte. So konnte ich ganz leise, ohne von unten entdeckt zu werden, einen Schritt auf die Galerie rausschleichen und lauschen.

»Bedauerlicherweise ist Zoe indisponiert. Sie wird aber aller Voraussicht nach morgen wieder dem Unterricht beiwohnen können«, teilte Oma gerade Viola mit. Und ich kannte den Gesichtsausdruck, der zu diesem hochwohlgeborenen Ton gehörte. Der würde selbst einen König grün vor Neid erblassen lassen, so unfassbar majestätisch war der.

Offenbar wirkte er auch bei Viola, denn mehr als ein extrem eingeschüchtert klingendes »Ja dann, auf Wiedersehen« war von ihr nicht zu hören. Und wahrscheinlich spitzte meine Oma gerade mal wieder abweisend ihre Lippen, denn plötzlich fügte Viola noch vollkommen kleinlaut »Danke für alles« hinzu. Ich verdünnisierte mich unbemerkt wieder in mein Zimmer.

# 11.

»Na, wie war es in London?«, wurde ich am Dienstagmorgen noch vor der Mathestunde von Viola begrüßt. Sie saß neben Romy auf einem der Tische. Vor ihnen, lässig mit den Füßen auf dem Nachbartisch, lümmelte Berit auf einem der Stühle rum.

»Gut«, nickte ich und ging zu meinem Platz in der ersten Reihe. Wilhelmina war noch nicht da.

»Ist Wilhelmina krank?«, fragte ich die anderen. Viola zuckte nur mit den Schultern.

»War sie gestern denn da?«, wollte ich weiter wissen. Romy bejahte kopfnickend und sah aus, als wollte sie noch etwas sagen, da kam Viola ihr zuvor.

»Ich war gestern bei dir«, platzte sie mit siegessicherem Lächeln raus. Ihre Freude, mir das unter die Nase reiben zu können, war ihr deutlich anzumerken.

»Ich weiß«, antwortete ich und hatte fast Mitleid mit ihr. Warum war es ihr so wichtig, mir auf die Schliche zu kommen?

»Diese alte Frau dort hat behauptet, dass du krank wärst«, trumpfte Viola auf und nickte den anderen verschwörerisch zu.

»Natürlich«, stimmte ich ihr zu und versuchte mich nicht von Berits verwirrtem »Hä?!« aus der Ruhe bringen zu lassen.

»Viola«, begann ich ganz sanft, setzte mich neben sie und zückte mein Handy. Nachdem ich die Aufnahmen gefunden hatte, hielt ich es ihr unter die Nase.

»Sollte dir meine Oma, die dich gar nicht kennt, etwa sagen, dass ich in London bin, bei meinem Vater, von dem du gar nichts wissen darfst, und deshalb die Schule schwänze? Sie ist zwar alt, aber nicht senil.« Ja, ich hatte diesen Satz geübt. Leider bekam er nicht die Aufmerksamkeit, die er verdient hatte. Sie waren viel zu sehr mit meinem Handy beschäftigt, um richtig zuzuhören. Und egal in welche Richtung sie die Bilder scrollten, da gab es nur Alex, Scott und mich in London. Ich hatte sogar einen Eintrag für Dad in den Kontakten mit Handynummer und britischer Festnetznummer. Nur anrufen durfte da keine. Außer sie wollte mit einem Mitarbeiter von *Dawson & Lewis, Lawyer's Office, London,* sprechen.

»Ist das Scott?«, fragte Berit plötzlich mit glänzenden Augen. Ich warf einen Blick aufs Handy und nickte lässig.

»Holla, the woodfairy!«, stieß sie nur atemlos aus. Nicht auf mein Display sabbern!

»Was ist denn das?«, wollte sie nach einer Weile wissen und hielt mir das Telefon hin.

»Das ist meine Geburtsurkunde«, brummte ich mit einem vernichtenden Blick auf Viola. Die scherte sich nicht weiter um mich, sondern riss Berit das Handy aus der Hand und vergrößerte hektisch das Bild.

»Johan Alexander Jackson Vinslow-Garcley«, stieß sie hervor und ließ enttäuscht das Handy sinken. *Tschaka! Damit hatte sie nicht gerechnet!*

»Ich dachte, dein Vater wäre Alex Vingar?«, fragte Romy verwirrt und schnappte sich das Handy, um auch einen Blick auf meine Geburtsurkunde zu werfen.

»Das ist ein Künstlername, du Hirni«, fauchte Viola, und ihr war deutlich anzumerken, wie sehr sie daran zu knabbern hatte, dass ich unter Umständen wirklich die Tochter von Alex Vingar war.

»Was habt ihr denn da Spannendes?«, tauchte plötzlich Wilhelmina auf.

»Bilder von Alex Vingar und ihre Geburtsurkunde«, raunte Romy ehrfürchtig und streckte ihr mit den Worten »Willst du mal sehen?« mein Handy entgegen.

»Nö, danke!«, war ihre echt desinteressierte Antwort, bevor sie sich auf ihren Platz setzte. Also ich würde mal sagen, hier stimmte irgendetwas so überhaupt nicht. Sogar die Silberfischchen in unserem Badezimmer zeigten mehr Interesse an ihrer Umwelt als Wilhelmina. Ich nahm der Fangemeinde mein Handy ab, ließ es in meinem Rucksack verschwinden und setzte mich neben Wilhelmina.

»Alles in Ordnung bei dir?«, fragte ich unsicher.

»Jaja, alles bestens«, antwortete sie mit einem bitteren Lächeln. Ich hätte noch ein bisschen gebohrt, aber Herr Wolff kam in die Klasse und sofort sprang Wilhelmina wieder auf und ging ihm entgegen. Sie wechselten ein paar Worte. Besser gesagt redete Wilhelmina und er nickte nur und schaute sehr ernst. Was war da los? Sie konnte doch nicht schon immer als emotionaler Stein unterwegs gewesen sein. Sonst hätte sie niemals dieses Gefolge an sich binden können. Viola hatte ja fast den Aufstand geprobt, als sie von ihr weggesetzt wurde. Inzwischen wechselten die beiden kaum noch ein Wort miteinander. Oder trafen sie sich vielleicht außerhalb der Schule? Und verfolgten einen weitaus durchtriebeneren Plan als ich und mein erfundener Vater? Wobei ich jetzt nicht behaupten wollte, dass meinem Buhlen um ihre Aufmerksamkeit ein wahnsinnig teuflischer Plan zugrunde lag. Inzwischen war ich sogar eher vom Gegenteil überzeugt. Denn irgendwie hatte ich aus den Augen verloren, wie wir von unserer aktuellen Situation zu einer echten Freundschaft kommen sollten. Was vielleicht an der fetten Lüge lag, die sich da wie ein unüberwindbarer Fels breitmachte. Und mit jeder weiteren Geschichte, die ich ihnen auftischte, wuchs der Brocken zu einem regelrechten Gebirge. Ich wollte mir gar nicht ausmalen, was passieren würde, wenn sie mir auf die Schliche kamen. Wahrscheinlich musste ich die Schule wechseln. Schon wieder. Manchmal wünschte ich mir eine Life-Reset-Taste. Einfach noch mal zurück auf Anfang.

*Mein Vater? Arbeitet auf einer Bohrinsel im Golf von Mexiko. Ach echt, das findet ihr spannend? Na dann solltet ihr ihn unbedingt mal kennenlernen. An Weihnachten kommt er uns endlich besuchen.*

Jep, ich hätte es deutlich einfacher haben können.

Wilhelmina schlüpfte wieder auf ihren Platz neben mich. Ließ man die hektischen Flecken an ihrem Hals mal außer Acht, wirkte sie eigentlich ganz ruhig. Herr Wolff verkündete den Beginn einer unfassbar spannenden Mathestunde, was mit skeptischem Gebrummel quittiert wurde. Ich nutzte die Gelegenheit, mich schnell zu Viola umzudrehen. Ihr Gespräch mit Berit schien sie komplett in Anspruch zu nehmen. Und auch Romy, die eine Bank vor ihnen saß, lag fast auf deren Tisch und redete eifrig mit. Sollte ich wissen, was da so aufgeregt verhandelt wurde? Bevor ich mich zurückdrehte, streifte mein Blick die letzte Bank. Na gut, Tom. Er hatte mich offenbar die ganze Zeit angestarrt, und auch jetzt, als ich auf ihn aufmerksam geworden war, schaute er nicht weg, sondern grinste und nickte mir auch noch zu. Ich drehte mich einfach zurück. Ohne irgendeine mimische Verrenkung. Als hätte ich ihn gar nicht gesehen. Woher kam seine plötzlich entdeckte Vorliebe für mich? Das war echt verwirrend! Und ich war so was von nicht bereit, ihn aus der Deppen-Macho-Idioten-Ecke rauszulassen. Vor allem weil ich keinen Plan hatte, wo ich ihn dann unterbringen sollte.

»Und was habt ihr dann gemacht?« Es war inzwischen die dritte Pause, in der ich ohne Punkt und Komma von meinem Wochenende erzählen musste. Die Wiederholung aller Wahnsinnserlebnisse langweilte mich inzwischen selbst. Doch Romy und Berit waren unermüdlich. Und auch Viola beteiligte sich, wenn auch verhalten, an der großen London-Euphorie.

»Er hat einen Pool?«
»Auf der Dachterrasse?«
»Wie groß ist die Wohnung?«
»Wen hast du getroffen?«
»Ihr wart essen in einem Restaurant? Und die Presse?«
»Und er kennt echt David Beckham?«
»Und über was haben *Scooooott* und du geredet?«
»Wie ist er so?« »Wer, Alex?« »Nein, *Scoooott.*«

Berit verdrehte zu den vielen *o* auch noch die Augen wie ein auf dem Trockenen gelandeter Fisch.

»An deinem Ekstase-Gesicht solltest du aber noch arbeiten«, lachte ich und unternahm einen weiteren Versuch, das Thema zu wechseln.

»Was habt ihr denn so am Wochenende gemacht?«, fragte ich in die Runde, blieb aber mit meinem Blick dann doch an Wilhelmina hängen.

»Nichts Besonderes«, antwortete sie nur ausweichend.

»Ach komm schon, keine Beyoncé zum Abendessen? Kein Privatkonzert der Stones in eurem Wohnzimmer?«, hakte ich lachend nach. Und das war nicht irgendwie gehässig gemeint, denn beides war offenbar schon vorgekommen. Laut Viola war Mick Jagger sogar ein Freund von Wilhelminas Vater und hatte ihr, als sie noch kleiner war, höchstpersönlich Schlaflieder geträllert.

»NEIN«, fauchte Wilhelmina unerwartet heftig. Okay, dann eben nicht.

»Sag mal, dieses Haus, in dem ihr wohnt, dass muss ja wirklich der Oberhammer sein«, platzte Berit in die spannungsvolle Stille. Entweder hatte sie gar kein Gefühl für schwierige Situationen oder eine sehr tapsige Art, sie zu überbrücken.

»Ach, ist es das?«, fragte ich zurück, ohne Viola aus den Augen zu lassen. Soso, ein Oberhammerhaus. Das klang doch aber auch schon ganz anders. War da nicht mal von einer Bruchbude die Rede gewesen?

»Hat das Alex für euch gekauft?«, wollte Romy sofort wissen.

»Nein, das gehört meiner Oma«, erwiderte ich heftiger als angebracht. Na super, und damit war der Familiencocktail perfekt. Denn soeben hatte ich aus meiner Mutter die Tochter meiner Oma gemacht. Da ja alle wussten, dass Granny Trudi in England lebte.

»Es soll darin wie in einem Schloss aussehen«, gab Romy großzügig Wissen aus zweiter Hand weiter.

»Ach wirklich? Hattest du etwa eine Hausführung, oder was?«, erkundigte ich mich bei Viola, die neben mir stand.

»Nein«, antwortete sie sehr zögerlich. Wer weiß, was sie den anderen alles erzählt hatte. Sagte hier eigentlich auch irgendwann mal einer die Wahrheit?

»Wenn Schloss, dann eher Spukschloss. Aber wer auf Grusel und Gespenster steht …«, antwortete ich lässig und überließ es der Fantasie der anderen, den Satz zu beenden. Sofort weiteten sich Romys Augen vor Entsetzten.

»Echt jetzt?!«, vergewisserte sie sich mit Schaudern in der Stimme.

»Na ja, es ist marode, knarzt und quietscht an allen Ecken, und ich wäre gar nicht überrascht, wenn es darin auch spuken würde«, erklärte ich grinsend.

»Wisst ihr, was wir machen sollten?«, fragte Berit plötzlich begeistert in die Runde. »Eine Horrorübernachtung! Wie findet ihr das?«

»Oh ja, mit Gruselfilmen und Popcorn«, schwärmte Viola sofort.

»Oh, Popcorn, wie unglaublich furchterregend«, brummte Wilhelmina missmutig und wirkte ähnlich verzückt wie ich. Doch die anderen ignorierten ihren Einwand.

»Ja, kennt ihr *Gänsehaut*? Der soll total super sein. Den könnten wir doch anschauen. Oder *Frankenweenie*, der ist richtig *rooaaahhrrr*«, schlug Viola aufgeregt vor. »Oder vielleicht *Coraline*«, überlegte Romy leise.

»Nein, ehrlich, du hast ihn immer noch nicht angeschaut?«, sprang Berit sofort darauf an. »Sie ist nämlich ein echter Schisser, musst du wissen«, erklärte sie mir unaufgefordert. Ich nickte unbehaglich. Weniger wegen Romys fehlendem Mut oder der Vorstellung einer Horrorfilmnacht. Mehr, wenn ich daran dachte, wo das Ganze stattfinden sollte.

»Eine Übernachtung«, wiederholte ich deshalb wenig beglückt. Das wäre tatsächlich der blanke Horror. Vielleicht nicht für alle, aber mir jagte der Gedanke daran echt einen Schauer über den Rücken. Die vier zusammen mit Oma und ihrem riesigen Mitteilungsbedürfnis in einem Haus. Und dann noch Marlene! Mama! Es würde nur Sekunden dauern, bis sie mich entlarvt hätten.

Aber irgendwie gefiel mir die Idee, dass sie mich besuchen würden, auch. Es könnte total lustig werden. Und eigentlich war es doch normal, Besuch von Freundinnen zu bekommen. Wäre da nicht mein erfundener Vater!

»Vielleicht könnten wir das irgendwann mal machen«, schlug ich vor, ohne konkreter zu werden. Und so langsam dämmerte mir, dass der Weg von unserer aktuellen Situation zu einer richtigen Freundschaft einfach unmöglich war.

Obwohl ich meinen Bedarf an miesen Einsichten für den heutigen Tag eigentlich schon mehr als nur gedeckt hatte, ging es irgendwie munter weiter. Die nächste erreichte mich auf dem Weg zur Bushaltestelle, als Tom plötzlich neben mir auftauchte.

»Kiss, marry, kill. Mich, Hitler und noch mal mich. Wie würdest du dich entscheiden?«

Was hatte ich getan? Warum konnte er nicht woanders so widerlich begeistert von sich selbst sein.

»*Waaaas?*«

»Kiss, marry and kill? Drei Personen, und du musst entscheiden, mit wem du was anstellst«, half er mir auf die Sprünge.

»Legst du dir diesen Schwachsinn vorher zurecht oder kommt das spontan aus deinem Hirn?«, brach es etwas fassungslos aus mir heraus.

»Hey, das ist einer meiner besten Icebreaker«, empörte er sich grinsend.

»Hat das jemals funktioniert?«, wagte ich zu bezweifeln und warf ihm einen forschenden Seitenblick zu.

»Da die wenigsten Hitler küssen möchten, würde ich mal behaupten … ja«, antwortete er ungebrochen selbstbewusst.

»Ach, dann bist du also schon mehrfach verheiratet?«, fragte ich und traf dabei einen Ton, der sich leider ziemlich nach angestaubter Spaßbremse anhörte. Natürlich hätte ich ihn auch fragen können, ob er Konkurrenz so sehr fürchtete, dass er es nur mit einem toten Diktator aufnehmen konnte. Aber das fiel mir erst später ein. Da war der unlustige Satz schon draußen. Und das Image mal wieder ramponiert. Trotzdem versuchte ich seinem Blick ohne rot zu werden standzuhalten. Was eher suboptimal lief. Das nervte mich total, obwohl ich ihn eigentlich grauenhaft fand. Na ja, irgendwie mehr so grauenhaft-interessant. Nicht eindeutig schlecht, aber auch nicht überzeugend gut. Auf alle Fälle war ich erleichtert, als ich die Bushaltestelle sah. Tom, der nie mit dem Bus fuhr, wäre gleich weg. Und an der Haltestelle wartete bereits Namik. Als er mich sah, hob er den Arm und winkte mir zu.

»Warum hängst du eigentlich mit Strickunfall ab?«, fragte Tom plötzlich.

»Mit wem?«

»Strickunfall. Der Kackmützen-Typ, mit dem du dich immer unterhältst.«

»Ach Namik.«

»Namik, Wamik, Kamik, who cares!«

»Der ist eigentlich ganz nett.«

»Ach komm, nett ist doch nur der kleine Bruder von scheiße!«

»Wenn du meinst!« Wir waren in Hörweite. Und ich wollte nur, dass diese Unterhaltung aufhörte.

»Klaro. Aber keine Panik. Ich bin bei dir!«

»Na, da bin ich aber froh!«

»See you tomorrow, sweetheart«, verabschiedete sich Tom und verschwand, bevor sich Namik zu mir umdrehte.

»*Sweetheart?!*«, wiederholte er angeekelt. »Weiß er etwa deinen Namen immer noch nicht?«

»Keine Ahnung! Interessiert mich auch nicht!«, beeilte ich mich zu sagen. Mein schlechtes Gewissen rührte sich. Ich hätte Tom nicht so über ihn reden lassen dürfen. Hätte, hätte, Fahrradkette. Wieder mal ein Moment für den immer noch fehlenden Reset-Knopf in meinem Leben.

»War ja eine sehr angeregte Unterhaltung«, muffelte Namik.

»Ach, vergiss den doch!«, winkte ich sofort ab, »viel spannender ist Wilhelmina. Sie benimmt sich immer merkwürdiger.«

Keine Reaktion. Er schaute Tom immer noch wütend hinterher.

»Hey«, zupfte ich Namik am Jackenärmel. »Irgendwie läuft es mit Wilhelmina extrem schräg. Und das Beste daran ist, dass es keine der anderen zu interessieren scheint«, versuchte ich seine Aufmerksamkeit zu gewinnen.

»Dass du dich mit dem überhaupt unterhältst«, motzte er. Oh, super, wir drehten noch eine Runde. Vielleicht beruhigte er sich, wenn ich seine Einwände nicht kommentierte.

»Stell dir mal vor …«, fing ich an, »… sie wollen alle bei mir übernachten! Keine Ahnung, wie ich das hinkriegen soll. Und Wilhelmina tut natürlich so, als fände sie es total Banane. Aber trotzdem steht sie dauernd bei uns …«

»Selbst in einem Becken mit Urzeitkrebsen wäre der immer noch der Dümmste«, grummelte Namik, den Blick stur in die Ferne gerichtet. Okay, unterhalten wir uns eben über Tom.

»Dafür, dass du ihn nicht leiden kannst, bist du aber ziemlich von ihm fasziniert?«, zog ich ihn auf. Namik grunzte nur angeekelt. Dann kam unser überfüllter Bus angebraust und wir mussten uns erst mal reinquetschen. Namik war groß genug, um mit seiner Hand an eine der oberen Halteschlaufen zu kommen. Ich hingegen durfte bei jeder Kurve hoffen, nicht auf irgendeinen Fahrgast zu purzeln. Wir standen so eng gedrückt, dass ich eher die Zähne des Reißverschlusses von Namiks Jacke zählen konnte, als ihm ins Gesicht zu schauen.

»Fasziniert?«, nahm Namik leise unser Gespräch wieder auf. »Nee, das ist es wirklich nicht.« Dann schwieg er wieder.

»Bist du etwa eifersüchtig?«, fragte ich leise grinsend.

»Etwa auf diesen … Honk?«, schnaubte er kaum hörbar.

»Warum regt es dich dann so auf, dass ich mich mit ihm unterhalte?« Und obwohl ich flüsterte, bemerkte ich sehr wohl, dass die Frau neben Namik interessiert mithörte.

»Vielleicht dreht sich nicht immer alles nur um dich«, zischte er beleidigt. »Ich fass es einfach nicht, dass du so oberflächlich bist, nicht zu merken, was für ein Arsch dieser Typ ist«, setzte er nach einer kleinen Pause aufgebracht hinzu. Die Frau neben ihm musterte mich neugierig. Ich warf ihr einen bösen Blick zu.

»Und wenn du dir ja so viel Gedanken um deine Freundin machst …«, fing er plötzlich an, »… dann kümmere dich richtig um sie, anstatt immer nur irgendwelche Mutmaßungen anzustellen. Oder lass sie in Ruhe, denn, ganz ehrlich, vielleicht findet sie einfach nur deinen erfundenen Vater nicht ganz so toll wie du.«

Bumm! Das hatte gesessen! Er war ja total angepisst! Und während er mal wieder unbeteiligt aus dem Busfenster starrte, musterte mich die Frau neben ihm dafür vorwurfsvoll. Obwohl es sie eigentlich gar nichts anging, weil ich nämlich so viele Väter erfinden konnte, wie ich wollte.

»Irgendwie dachte ich, du wärst anders«, beendete Namik seinen kleinen Ausbruch und klang dabei so bedrückt, dass er sofort einen mitleidigen Blick von der Frau bekam. Gleich würde sie ihm über die Mütze streichen und »Alles wird gut« sagen. Oder vielleicht auch: »Sei doch froh, wenn du das oberflächliche Miststück endlich los bist!« Ich war absolut geplättet. Noch nie hatte er auch nur ansatzweise irgendetwas in die Richtung verlauten lassen.

Dass ich ihn nervte. Oder ausnutzte. Mich nur für meine Probleme interessierte und gedankenlos war. Aber allein die Tatsache, dass mir sofort jede Menge einfiel, was er mir vorwerfen könnte, ließ echt tief blicken. Daran hatte ich erst mal zu kauen, und ich schwieg immer noch, als wir an unserer Haltestelle ausstiegen. Ich fühlte mich ziemlich schuldig und war wahrscheinlich die schlechteste Freundin, die man sich vorstellen konnte.

Nicht mal verteidigt hatte ich Namik, als sich Tom über ihn lustig gemacht hatte. Ob er das nun wusste oder nicht, war eigentlich egal. Ich wusste es. Und so wenig Loyalität hatte er einfach nicht verdient. Irgendwie beschlich mich der Verdacht, dass ich kein Deut besser war als Tom. Der nahm ihn vielleicht nicht ernst, aber ich, ich interessierte mich nur für ihn, wenn ich ihn zum Reden brauchte oder um meinen erfundenen Vater glaubhafter zu gestalten.

»Bist du richtig sauer auf mich?«, fragte ich Namik unsicher, als wir ein Stück nebeneinander hergegangen waren. Ich musste unbedingt herausfinden, wie schlimm es war, bevor sich vorne an der Kreuzung unsere Wege trennten.

»Nö, nicht sauer, eher enttäuscht«, antwortete er nachdenklich. Meine Güte, das war ja noch viel schrecklicher. Ich hielt ihn am Ärmel.

»Namik, es tut mir echt leid«, entschuldigte ich mich bei ihm.

»Kein Ding, ich hab mich halt getäuscht«, antwortete er und wirkte dabei total gelassen.

»Und jetzt?«, fragte ich etwas ratlos.

»Was und jetzt? Für dich ändert sich doch nichts«, murmelte er und war bereits im Begriff, in seine Straße abzubiegen.

»Ich will aber kein oberflächliches Miststück sein!«, rief ich ihm hinterher.

»Dann lass es.«

Ja, wenn das so einfach wäre.

# 12.

Während ich darüber nachdachte, wie ich war und wie ich sein wollte und wie sehr sich Ist- und Wunsch-Zustand unterschieden, trottete ich nach Hause und schloss die Haustür auf. Ein mehr als alarmierender Geruch schlug mir entgegen. Heute kochte Oma. Und das war im besten Fall abenteuerlich, im schlimmsten Fall sogar gefährlich. Vor allem für die, die das essen mussten. Denn in der Küche streifte meine Oma ihre aristokratische Eleganz ab und wurde spontan zur kulinarischen Zeitbombe. Und das mit nur einem einzigen Gericht: gekochter Kühlschrank. Es existierte weder ein Rezept noch eine festgelegte Zutatenliste. Rein kam, was wegmusste und gerne auch mal etwas, das schon drüber war. Selbst die Zubereitungsart war stimmungsabhängig und wurde sehr variabel gehandhabt.

Kaum hatte ich die Küchentür geöffnet, verstärkte sich der sonderbare Geruch. Aus dem Radio brummelte eine Männerstimme das Lied von einem lachenden Kreuz des Südens.

»Auf Matrosen, ohé! Einmal muss es vorbei sein …«, sang Oma aus vollem Hals mit und rührte dabei in einem großen Topf.

»Hallo«, grüßte ich in einer Textpause.

»Kindchen, gut, dass du da bist! Du kannst gleich helfen«, rief sie erfreut und drehte das Radio minimal leiser. Der Herr brüllte nun gemäßigt vom Sturmwind, der sein Lied sang.

»Ist denn schon wieder Alles-muss-raus-Tag?«, wunderte ich

mich, denn der einzige Grund, warum Oma überhaupt zu kochen anfing, waren überfällige Lebensmittel.

»Oh nein, aber Stephanie meinte, ich soll euch Nudeln kochen. Wie einfallslos!«, erklärte Oma und schnitt ein paar runzlige Möhren klein.

»Die sind ja noch gar nicht geschält«, fiel mir auf.

»Ach, was ihr nur immer habt. In den schlimmen Jahren, da haben wir die Rüben einfach so vom Feld gegessen. Nur kurz an der Jacke abgewischt …«, Oma zog eine der Karotten zur Demonstration über ihren Ärmel, »… fertig war die Laube!«

Als *schlimme Jahre* bezeichnete sie die Nachkriegszeit mit Lebensmittelknappheit und Hungersnot. Sie hatten damals aus Baumrinde Suppe gekocht, Kartoffeln geklaut und Eichhörnchen gegessen, und ganz sicher konnte sich niemand, der das nicht miterlebt hatte, vorstellen, wie elend es wirklich gewesen war. Trotzdem hätte ich, über ein halbes Jahrhundert später, meine Karotten gerne gewaschen bekommen.

»Du könntest diese Dinger mal klein schneiden«, wies mich Oma an und deutete auf ein paar fast schwarze Kugeln, die etwa so groß wie Jonglierbälle waren. Inzwischen lief ein neues Lied. Nun sang Oma gemeinsam mit einer Frau, die eine ganz tiefe Stimme hatte, dass sie an einer Laterne stehn wollten.

»Ist das Gemüse oder Obst?«, wollte ich wissen, während ich mir einen Kartoffelschäler aus der Schublade fischte. Und die Frage war nicht ganz so lächerlich, wie sie vielleicht klang. Nur weil es gekocht wurde, hieß das nicht zwingend, dass es dafür geeignet war. Wir hatten auch schon mal Kopfsalat im gekochten Kühlschrank. Also grüne Schlonze, die mal Salat war. Und Sauerkirschen. Die mussten nämlich dringend weg.

»Das ist Winterrettich, den können wir so nehmen,«, erklärte meine Oma und kramte im Kühlschrank. Tatsächlich?! Wollen wir das? Mit dieser schwarzen, schrumpeligen Schale dran?

»Aber der Winter ist doch schon ganz lang her«, warf ich nachdenklich ein.

»Die waren noch im Garten. Hab sie vorhin in einem Beet gefunden«, meinte Oma, während sie versuchte, einen Essensrest, der in einer Plastikdose war, zu identifizieren.

Ich wusch die schrumpeligen Kugeln und schnippelte sie nach Anweisung von Oma in Würfel.

»Wann hatten wir Lasagne?«, fragte Oma, und bevor ich ihr sagen konnte, dass das sicher schon eine Woche her war, platschte ein Rest davon in den Topf.

»Was soll ich jetzt mit den Dingern machen?«, wollte ich wissen, als ich fertig war, obwohl ich es schon ahnte.

»Immer rein damit«, ordnete Oma an und goss einen Rest Apfelsaft in den Topf. Als ich neben ihr stand, um die Rettiche in der blubbernden Brühe zu versenken, konnte ich ihren forschenden Blick fast spüren.

»Du wirkst niedergeschlagen!«, bemerkte sie. Ich kämpfte kurz den Impuls nieder, heftige Bauchschmerzen vorzutäuschen, um dem Essen zu entkommen, und probierte es mal mit der Wahrheit.

»Ach, ich bin irgendwie sauer auf mich selbst.«

»Warum?«

»Findest du mich oberflächlich?«, fragte ich.

»Oberflächlich?«, wiederholte sie überrascht und rührte gedankenverloren im Topf. Schwer zu sagen, über was sie nachdachte.

»Wie meinst du das?«, wollte sie nach einer Weile wissen.

»Jemand hat gelästert, es war nicht in Ordnung und ich hab trotzdem nicht widersprochen!«, gestand ich.

»Und nun bereust du, geschwiegen zu haben?«, vergewisserte sich Oma.

»Ja, und das, obwohl es der Betroffene gar nicht gehört hat«, fügte ich leise hinzu und starrte in die brodelnde Flüssigkeit.

»Kindchen, du bist nicht oberflächlich. Dir fehlt schlichtweg die Courage«, stellte Oma sachlich fest und ließ den gekochten Kühlschrank vom Rührlöffel tropfen.

»Ein bisschen flüssig, das Ganze«, bemerkte Oma, mit dem Ergebnis ihrer Tröpfelprobe deutlich unzufrieden.

»Kannst du mir mal die Haferflocken suchen? Die müssten in dem Schrank da hinten sein«, erklärte sie mir und deutete mit dem Kochlöffel quer durch die Küche.

»Du wärst oberflächlich, wenn es dich nicht stören würde, Teil einer Diffamierung zu sein, und du nur über die Leute reden würdest um des lieben Redens willen«, erklärte Oma sachlich, während ich mich auf den Weg zum Schrank machte.

»Du meinst eine Lästerattacke?«, vergewisserte ich mich.

»Das ist kein deutsches Wort«, wiegelte Oma ab.

»Aber Diffadingsbums schon?«

»Natürlich«, nickte sie und probierte vom gekochten Kühlschrank.

»Ist da noch ein Brühwürfel?«, sprang sie wieder zum Kochthema über und deutete mit dem Kopf auf den Vorratsschrank an der Tür.

»Was ist denn das?«, erkundigte ich mich und vergaß für einen Moment das Diffadingsbums.

»Gepresstes Suppenpulver in Stanniol«, erklärte mir Oma mit leichtem Entsetzen über meine Unkenntnis.

»Form? Farbe?«, kürzte ich das Verfahren ab.

»Würfel! Silbernes Papier!« Ich fand einen ziemlich übel riechenden gelb-braunen Klumpen, der zum Teil noch mit Alufolie bedeckt war.

»Brühwürfel?«, hielt ich ihn fragend hoch. Sie nickte begeistert.

»Ich glaube, der ist nicht mehr gut«, warf ich ein. Das Ding wirkte nicht mal wie ein Lebensmittel.

»Ach Quatsch, so was geht nicht kaputt. Das hält ewig«, meinte

Oma. Kaum hatte ich ihr den Brühwürfel gegeben, *schwups*, war er schon drin. Gefolgt von einem Schwung Haferflocken.

»Warum warnt mich niemand vor?«, polterte meine Schwester in die Küche.

»Hey Marlene, Vorsicht, heute gibt es gekochten Kühlschrank«, sagte ich grinsend.

»Ja, echt super«, schnauzte sie mich an, bevor sich ihre Augen vor Schreck weiteten. »Oma?! Hast du da etwa gerade Joghurt reingetan?«

»Da war nur noch ein klitzekleiner Rest drin. Den hätte sicher niemand mehr gegessen«, verteidigte sie sich nicht sonderlich schuldbewusst.

»Ja, aber das war *Himbeerjoghurt.*«

»Ach, das schmeckst du doch gar nicht mehr!«

»Da ist nämlich ein ganzer Brühwürfel ohne Verfallsdatum drin, der überdeckt alles andere«, versuchte ich sie zu beruhigen.

»Warum nicht mal andere, warum immer ich«, murmelte Marlene in einem Anflug von Verzweiflung. Und dann musterte sie mich plötzlich streng.

»Sind das etwa meine Ohrringe, die du da trägst?«, schimpfte sie los.

»Kinder, nicht streiten. Deckt lieber mal den Tisch«, forderte Oma uns auf.

»Ich fasse es nicht, du Wiesel. Kramst die ganze Zeit in meinen Sachen rum. Das ist doch wirklich das Allerletzte«, regte sich Marlene auf, während sie laut klirrend die Suppenteller und das Besteck aus den Schränken riss.

»Schätzchen, das ist vielleicht kein Wedgwood-Porzellan, aber trotzdem würde ich es sehr begrüßen, wenn es noch ein bisschen halten würde«, versuchte Oma Marlenes Wutausbruch zu zügeln.

Ich nahm die Kreolen aus meinen Ohren und überreichte sie ihr mit einem echt zerknirschten »Entschuldigung!«. Und das war das Gute an Marlene. Sie war nicht wirklich lange böse. Sosehr sie sich spontan aufregen konnte, so schnell legte sich der Sturm auch wieder.

»In Ordnung, aber du nimmst nie wieder was von mir!«, lenkte sie ein.

»Versprochen!« Ich musste so schnell wie möglich, und natürlich auch unbemerkt, ihre restlichen Sachen wieder in ihr Zimmer schaffen.

»Sehr schön!«, bemerkte Oma und füllte die Teller. Es war nicht ganz klar, ob sie den schnell beigelegten Streit oder die heutige Version des gekochten Kühlschranks meinte.

Denn auch wenn das Kochen schon abenteuerlich war, so setzten wir noch einen drauf und aßen das Zeug auch noch todesmutig. Und da verstand Oma echt keinen Spaß. Man konnte sich unmöglich mit ein, zwei Löffeln aus der Affäre ziehen. Nein, man bekam davon einen ganzen Teller voll.

»Kommst du heute wieder mit zum Training?«, erkundigte ich mich während des Essens bei Marlene. Seit Wochen begleitete sie mich jetzt. Und das natürlich nicht aus geschwisterlicher Fürsorge, sondern wegen Felix, dem wahrscheinlich heißesten Trainer, der jemals eine Mädchenmannschaft trainiert hatte. Und der mich für vollkommen bescheuert halten musste, weil ich nach Wochen offenbar immer noch nicht in der Lage war, allein zum Training zu kommen. Oder er hoffte, dass ich es nie schaffen würde, denn immerhin unterhielt er sich jedes Mal ziemlich ausgiebig mit Marlene.

»Hm«, brummte sie und sortierte Gemüsesorten auf ihrem Teller. Sie aß es gruppenweise, um die Geschmacksverwirrung im Rahmen zu halten. Ich war eher ein Augen-zu-und-durch-Typ.

»Spielst du jetzt auch Handball?«, erkundigte sich Oma verdutzt. Erstaunlicherweise löffelte sie vollkommen normal. Als wäre das irgendeine x-beliebige, normal schmeckende Suppe. Faszinierend!

»Nö, Marlene arbeitet mehr im Trainerbereich«, spottete ich und kassierte sofort einen warnenden Blick. Glaubte ich zumindest zu erkennen, denn ich sah alles nur noch verschwommen, da ich kaum Luft bekam. Die Kunst beim Essen des gekochten Kühlschranks war, nicht durch die Nase zu atmen. Egal, wie groß die Atemnot wurde, während man den Mund voll hatte. Auf keinen Fall Luft durch die Nase ziehen, sonst entfaltete sich nämlich das ganze unvergleichliche Aroma.

Nach dem Essen brauchte Marlene noch ein halbes Stündchen für eine Generalsanierung ihres Gesichts und die Auswahl des richtigen Outfits.

Und da ich immer noch ein schlechtes Gewissen wegen der Ohrringe hatte, bot ich an, für sie in der Küche mitzuhelfen.

»Kann ich dich noch was fragen?«, erkundigte sich Oma, als sie mir einen Topfdeckel zum Abtrocknen reichte.

»Jaaaa«, antwortete ich gedehnt, gespannt, was jetzt kam. »Dreht es sich bei einem der Protagonisten deines kleinen Eklats um den jungen Herrn, der dich letzte Woche besucht hat?«

*Oma, ernsthaft? Junger Herr? Protagonist? Eklat? Welches Jahr schreiben wir?* »Wenn du damit wissen willst, ob Namik da eine Rolle gespielt hat, ja«, gab ich zu.

»Aha!«, war alles, was sie dazu sagte.

»Er war aber nicht der, der gelästert hat«, beeilte ich mich zu sagen.

»Natürlich nicht«, meinte Oma sofort grinsend.

»Jemand anderer hat despektierlich über ihn gesprochen?«, bohrte sie weiter.

»Gemein und gar nicht nett?«, vergewisserte ich mich und begann zu nicken, als Oma meine Frage bejahte.

»Und dieser andere jemand ist eine Freundin …«, riet sie.

»Nein! Es war Tom. Und kein Freund! Ganz sicher nicht«, fuhr ich auf, bemerkte aber auch, wie ich sofort rot wurde. Laut scheppernd stapelte ich den Topf unten zu den anderen in den Schrank. Am liebsten wäre ich hineingekrochen.

»Warum muss eigentlich immer das Geschirr leiden?«, fragte Oma mit bekümmertem Blick.

Ich versuchte erst gar keine Erklärung. Hätte ich eh nicht gekonnt. Ich verstand es ja selbst nicht. Ich mochte Namik. Ehrlich, er war großartig. Und ja, ich hätte der Torfnase Tom verbieten sollen, so über ihn zu sprechen. Ich wusste auch nicht, warum ich es nicht getan hatte.

»Schatz, du bist zwölf. Da erwartet keiner Perfektion«, mischte sich Oma in meine Gedanken.

»Was?«, hakte ich nach.

»Courage ist nichts, was einem in die Wiege gelegt wird. Das kann man lernen!«, erklärte sie mir, kurz bevor meine Schwester in die Küche gestürmt kam.

»Ja, was hockst du denn hier auf dem Fußboden rum? Wir müssen gehen!«, rief Marlene aufgeregt.

Ich flitzte schnell nach oben, nahm meine Sporttasche und peste mit Marlene Richtung Sporthalle.

Als ich nach dem Training aus der Halle kam, wartete Marlene draußen auf einer Bank. Und damit ihr nicht so langweilig wurde, leistete ihr Felix Gesellschaft. So wie es aus der Ferne aussah, erklärte ihr mein Trainer gerade ausführlich zu jedem Finger seiner krummen Handballerhand, wie und wann er ihn sich gebrochen hatte. Mit vielen »Ohs« und »Achs« wurde näher zusammengerückt, Finger betastet und wahrscheinlich die vollkommen überzogene Geschichte erzählt, wie Marlene sich im Urlaub ihren großen Zeh gebrochen hatte. Ein Ereignis, das die Welt mehrere Wochen in Atem gehalten hatte.

Und da sollte ich mich jetzt dazustellen? Boah, dazu hatte ich aber so überhaupt keine Lust. Das Bitte-nicht-stören-Schild, das über den beiden schwebte, war sicher noch gut aus dem Weltall zu erkennen. Ich könnte allein heimfahren. Oh Mann, die Fingerbegutachtung ging ganz elegant in Händchenhalten über! Ich musste auf jeden Fall allein heimfahren. Fraglich nur, ob Marlene den Weg zurückfinden würde. Oder ich könnte auch ... Plötzlich hatte ich eine Idee.

»Kann ich schon mal vorfahren? Ich würde gern noch bei einer Freundin vorbeischauen«, fragte ich, als ich an Marlene und Felix vorbeiging. Marlene verstand es wahrscheinlich als Code für *Ich will nicht stören.* Sie schaffte es sogar, ihren Blick von Felix zu lösen.

»Welche Freundin?«, fragte sie, ganz die besorgte große Schwester.

»Wilhelmina.«

»Ah, ja, gut, ich hol dich dann dort ab«, erlaubte sie großzügig. Was nichts anderes heißen konnte als *Wir sehen uns zu Hause.* Denn weder wusste sie, wer Wilhelmina war, noch, wo sie wohnte.

Während ich überlegte, ob es der hirnloseste Plan aller Zeiten oder ein echt genialer Einfall war, radelte ich los. Mehrfach musste ich den Impuls niederkämpfen, Namik anzurufen. Er würde mich wahrscheinlich für komplett verrückt erklären. Aber fast jedes Mal, wenn wir vom Training zurückgefahren waren, hatte ich Wilhelmina mit dem kleinen Jungen gesehen. Und mit ein bisschen Glück würde ich heute rauskriegen, was es damit auf sich hatte.

*Lass sie in Ruhe oder kümmere dich richtig um sie,* hatte Namik gesagt. Ich war mir zwar ziemlich sicher, dass er damit nicht meinte, dass ich ihr hinterherspionieren sollte. Doch irgendwo musste ich schließlich anfangen.

Es war lächerlich einfach. Ich versteckte mich hinter einem Auto, als sie gerade mit dem kleinen Jungen den Weg entlangkam. Dann folgte ich ihnen in großem Abstand, was kein Problem war, da ich, wenn sie um eine Ecke bogen, total schnell mit dem Fahrrad aufholen konnte, bis ich sie wieder im Blickfeld hatte. Sie gingen durch einen kleinen Park und verschwanden auf der anderen Seite in einem echt hässlichen Hochhaus. Vielleicht arbeitete Wilhelmina als Babysitterin, überlegte ich mir, bis ich ihren Nachnamen auf einem der Klingelschilder entdeckte. Sie wohnte hier! Auf einmal fügten sich alle Teilchen zusammen. Es gab keine Konzertagentur! Weder eine nationale noch eine internationale. Mick Jagger hatte nicht ihr Schlafliedchen gesungen. Beyoncé war nicht zum Essen vorbeigekommen und Lukas Graham wollte bestimmt lieber im Hotel übernachten als in diesem Ghetto. Hatte sie das alles erfunden? Würde zumindest ihre Zurückhaltung mir gegenüber erklären. Wahrscheinlich hatte sie Angst, dass mein erfundener Vater die Klienten der gefakten Agentur ihres Vaters kannte. Das war doch … Wahnsinn! Was war nur los mit uns? Ich starrte gedankenverloren auf das Klingelschild. Fast hoffte ich, mich verlesen zu haben. Aber egal, wie oft ich zwinkerte, da stand eindeutig *Temming*.

Klingeln oder nicht klingeln? Ich feilte noch an einer nachvollziehbaren Begründung, als plötzlich mein Zeigefinger übereifrig nach vorne auf den Klingelknopf schnellte. Vielleicht war ja niemand zu Hause.

Das Knacken der Sprechanlage schubste meine naive Zuversicht kalt lächelnd über die Klippe der Realität.

»Ja?«, fragte eine weibliche Stimme. Wilhelmina? Meine Feigheit verbot mir zu sprechen.

»Hallo?«, bellte die Stimme aus der Anlage.

»Ich bin's«, hörte ich mein zaghaftes Stimmchen antworten.

»Wer ist ich?«, wurde streng nachgefragt. Das war ziemlich sicher Wilhelmina. Ich räusperte mich und antwortete nicht mehr ganz so entmutigt: »Zoe.«

Kein weiterer Kommentar aus der Sprechanlage. Es dauerte einen kurzen Moment, bevor mit den Worten »4. Stock, der Lift ist kaputt« der Türsummer betätigt wurde.

Fein, da konnte ich mir ja noch vier Stockwerke lang überlegen, was ich sagen würde. Leider war ich drei Etagen damit beschäftigt, den komischen Geruch im Treppenhaus zu analysieren. Was Gekochtes, das man auf keinen Fall essen möchte? Ein vergessener Fisch? Eine noch nicht entdeckte Leiche? Wenn es um abwegige Gedanken ging, die vom Problem ablenkten, konnte ich unfassbar kreativ sein. Mein Gehirn beschäftigte sich grundsätzlich lieber mit Nebensächlichkeiten, wenn asteroidenhafte Schwierigkeiten auf mich zugerast kamen. Deshalb erschöpfte sich, einen Treppenabsatz weiter oben, mein kompletter Plan auch in einem schüchternen »Hallo«.

Wilhelmina nickte mir mürrisch zu. Sie stand eingequetscht zwischen Rahmen und Tür, die sie, die Klinke fest umklammert, dicht an sich herangezogen hatte.

»Was willst du hier?«, fragte sie nicht wirklich erfreut.

»Ich ... ähm ... bin zufällig vorbeigekommen?« Ja, zugegeben, kein perfekter Einstieg!

Wilhelmina schüttelte auch sofort den Kopf: »Nein, bist du nicht!«

»Okay, ich bin dir hinterhergefahren! Aber ... es war nicht böse gemeint, also ... nicht, dass du ... auch egal ...«, überschlug ich mich fast und stammelte, nachdem Wilhelmina mir nur zuhörte, weiter: »... du bist so komisch ... na ja, eigentlich kenne ich dich ja gar nicht ... weiß auch nichts ... aber in der Schule ...!« Ich zwang mich, meinen Mund zu schließen. Da kam sowieso nichts wirklich Brauchbares raus. Wilhelmina musterte mich weiterhin schweigend. Leider konnte ich eines überhaupt nicht ertragen: Stille. Ein sprachloses Gegenüber ließ mich schon fast zwanghaft die entstehende Pause mit unfassbar hirnlosem Gestammel füllen.

»Ich dachte nur … keine Ahnung … vielleicht brauchst du … also nicht, dass ich gut darin bin … aber falls … ich wollte nur sagen …«

»Zoe!«, unterbrach sie mich barsch. »WAS willst du?«

»Ich hab deine Englischnote gesehen. Ich weiß, dass du eine Sechs hast!« Das waren die einzigen zwei zusammenhängenden Sätze, die mir spontan einfielen. Selbst wenn ich einen mit einer Lichterkette dekorierten, blinkenden Sombrero getragen hätte, wäre diese Vorstellung kaum an Peinlichkeit zu toppen gewesen.

»Und um mir das zu sagen, bist du extra hinter mir hergefahren?«, hakte Wilhelmina fassungslos nach. »Du bist doch komplett gaga!«

»Ich dachte, du brauchst vielleicht jemanden zum Reden!«

»Töte mich, falls ich dabei jemals an dich denken sollte!«, schnaubte Wilhelmina und knallte mir die Wohnungstür direkt vor der Nase zu.

Ich stand immer noch wie angewurzelt am selben Platz. Und weigerte mich, dieses durch und durch entmutigende Ergebnis unserer Unterhaltung anzuerkennen.

Vielleicht klappte es ja beim zweiten Anlauf.

Nach meinem entschlossenen Klingeln hörte ich, wie auf der anderen Seite der Wohnungstür jemand stampfend näher kam und »Ja?« wahrscheinlich in die Sprechanlage schnauzte.

Kaum hatte ich an die Tür geklopft, wurde sie aufgerissen.

»Was vergessen?«, zischte Wilhelmina, als sie mich sah.

»Ja!«, antwortete ich wild entschlossen, »ich bin nicht hergekommen, um dir eins reinzuwürgen …«, stellte ich schnell klar, bevor sie mir einen ihrer bissigen Kommentare entgegenschleudern konnte.

»Sondern?«, fragte sie stattdessen gelangweilt.

»Ich glaube, dass du Probleme hast, und ich verstehe sie vielleicht besser, als du denkst«, fing ich an.

»Tatsächlich«, murrte sie nicht wirklich interessiert.

»Ich finde es okay, wenn du die Agentur deines Vaters erfunden hast.«

Keine Reaktion von Wilhelmina.

»Ja, wirklich! Echt jetzt! Wer wäre ich, dich deshalb zu verurteilen?«, versicherte ich ihr und erntete dafür einen skeptischen Blick. Klar! Wie konnte sie sich sicher sein, dass ich sie nicht bei der nächsten Gelegenheit verriet.

»Ich habe meinen schauspielernden Vater auch erfunden«, gestand ich ihr und schaffte es dabei nicht, ein hysterisches Kichern zu unterdrücken.

Dann wurde mir plötzlich schlecht.

*Ich hab's gesagt! Einfach so!*

Am liebsten hätte ich es wieder zurückgenommen. Vor allem, als ich erkannte, dass Wilhelmina von meinem Geständnis weniger beeindruckt als abgestoßen war. Ihre Augen verengten sich zu schmalen Schlitzen.

»Du bist so unfassbar erbärmlich«, fauchte sie angewidert. »Sonic Cauldron GmbH! Google es! Der Inhaber heißt Justus Temming und ist mein Vater! Und ICH habe es nicht nötig, irgendetwas oder jemanden zu erfinden!« Und damit knallte sie die Tür wieder vor mir zu.

# 13.

Auf dem Heimweg versuchte ich mir auszumalen, wie groß der Trümmerhaufen war, in den ich mein Leben gerade zerlegt hatte. Eine wahre Ruine. Dann stellte ich mir Wilhelmina vor, wie sie die Neuigkeiten über alle Kanäle in die Welt blies. So, wie ich das sah, bliebe mir nichts anderes übrig, als mich für den nächsten Tag krankzumelden und für übermorgen und überübermorgen und am besten das ganze restliche Schuljahr lang.

Unbemerkt schlich ich ins Haus und gleich hoch in mein Zimmer. Zwar hätte ich mir am liebsten ein großes Erdloch gesucht, in das ich mich, sagen wir mal, für mindestens ein Jahr verkriechen könnte, aber mein Zimmer war auch okay!

Dort setzte ich mich an meinen Schreibtisch und zwang mich, etwas halbwegs Normales zu tun. Hausaufgaben zum Beispiel. Doch dummerweise interessierte sich mein Gehirn so gar nicht für den Artikel, den wir für Geografie lesen sollten. Viel lieber konzentrierte es sich weiterhin darauf, die Ausmaße der sozialen Serengeti, in die ich mich da katapultiert hatte, in den düstersten Farben zu zeichnen.

»Mach dich doch nicht fertig!« Scott! Er lehnte lässig neben mir an meinem Schreibtisch und musterte mich aufmerksam.

»Warum denn nicht! Der Zeitpunkt erscheint mir ideal«, stöhnte ich, pfefferte entnervt meinen Stift auf den Tisch und fragte: »Was glaubst du, wie das weitergehen wird?

Prompt warf Scott einen Blick auf das Geografiebuch vor mir und fragte scheinheilig: »Wirtschaftsraum Meer? Bin ich dafür tatsächlich der ideale Gesprächspartner?«

»Nein, du weißt genau, was ich meine!« Ich sprang auf und begann unruhig durch mein Zimmer zu tigern.

»Ich hab's total verbockt. Und jetzt hat sie mich in der Hand!«, stöhnte ich. Aber, zu meiner Verteidigung, ich hatte es echt nicht kommen sehen. Wirklich! Ich hätte sogar meinen rechten Arm verwettet, dass meine Beichte Wilhelmina dazu bringen würde, ebenfalls die Wahrheit zu sagen. Tja, Pech gehabt! Verlustseite: einen imaginären Arm als Wetteinsatz und ziemlich sicher jede mögliche Freundin aus meiner neuen Klasse. Blieb unterm Strich ein beleidigter und ein imaginärer Freund. Und solange Namik noch schmollte, reduzierte es sich auf Scott. Wie erbärmlich war das denn!

»Bist du dir denn absolut sicher, was Wilhelminas Dad angeht?«, vergewisserte er sich. Na super, selbst er griff schon nach Strohhalmen. Ich winkte sofort ab. Natürlich hatte ich das gegoogelt. Wilhelmina hatte die Wahrheit gesagt.

»Einhundertprozentig. Ich hab sie sogar auf seiner Homepage entdeckt. Da waren Fotos von ihr. Außerdem sieht sie ihrem Vater geradezu lächerlich ähnlich.«

»Trotzdem stimmt da irgendwas nicht«, beharrte Scott.

»Das weiß ich auch, aber der Vater ist echt!«, brauste ich auf. Ich wusste, dass ich etwas übersah. Wahrscheinlich etwas ganz Offensichtliches.

»Wilhelmina! Was versteckst du?«, überlegte Scott mit einer Stimme, wie ich sie bislang nur von extrem durchgeknallten Filmbösewichten gehört hatte. Ich widmete mich lieber meiner wachsenden Panik vor dem morgigen Schultag, bis Scott plötzlich siegessicher zu lächeln begann.

»Ich hab's!«, triumphierte er.

»Was?«

»Ihr Geheimnis!«

»Wie? Einfach so, durch Nachdenken?«, hakte ich skeptisch nach.

Er musterte mich beleidigt und warf ein spitzes »Logik! Watson, Logik!« ein. Oh, wie ich es hasste, wenn er den Überlegenen spielen musste.

»Na, dann lass mal hören!«

»Wer wohnt in einem Haus mit Pool und hatte letztes Jahr eine riesige Geburtstagsparty?«, fragte Scott lächelnd. Ja, natürlich. Nach ihren eigenen Aussagen hätte Wilhelmina nicht einmal in der Nähe dieser Wohnung sein dürfen.

»Sie kann den anderen die Wahrheit über dich nicht erzählen, ohne sich selbst reinzureiten!«, erklärte Scott und seine Zuversicht war ansteckend. Zumindest erschien mir meine Lage nicht mehr ganz so aussichtslos.

»Und was glaubst du, ist da passiert?«, überlegte ich weiter.

»Keine Ahnung?«, zuckte Scott mit den Schultern.

Ich stand inzwischen am Fenster und starrte in die Abenddämmerung. »Und du meinst, das reicht, damit sie mich nicht auffliegen lässt?«, hakte ich unsicher nach.

Scott stieß sich vom Schreibtisch ab und kam zu mir rüber. Als er hinter mir stand, zog er mich in seine Arme.

»Hast du so viel Angst davor?«, flüsterte er leise an meinem Ohr.

»Oh ja! Du hast Wilhelmina doch gehört. Ich bin erbärmlich«, murmelte ich und wünschte mir, diese Umarmung tatsächlich zu spüren und sie mir nicht nur vorstellen zu müssen.

»Zoe, du bist vieles, aber sicher nicht erbärmlich. Ich kenne niemand, der witziger als du ist oder intelligenter, leidenschaftlicher, einfühlsamer, hübscher … !«, regte er sich auf.

»Du kennst nicht so viele Menschen, oder?«

»Du weißt, was ich meine!«, brummte er und drückte mich fester an sich.

»Na ja, und wahrscheinlich bist du der Einzige, der mich so kennt … außer vielleicht noch Alex«, räumte ich ein und legte meine Hand auf seine. Wie hatte mir jemals ein erfundener Vater als die Lösung irgendeines Problems einleuchten können?

»Okay!«, seufzte ich nach einer Weile und wand mich aus der Umarmung. »Da wartet noch ein Berg Hausaufgaben auf mich und in Mathe verstehe ich nicht mal die Aufgabenstellung!«

»Vielleicht kann ich dir helfen!«

»Scott, wenn wir ehrlich sind, wissen wir doch beide, dass du von Mathe ziemlich genauso wenig Ahnung hast wie ich!«

»Echt jetzt! Das wirfst du mir einfach an den Kopf? Nachdem ich soooo viel Nettes über dich gesagt habe?«

*Na super, ich erhöhe auf einen echten schmollenden und einen imaginären schmollenden Freund.*

• • •

Am nächsten Morgen hoffte ich, neben all den Neuigkeiten, die ich unbedingt Namik erzählen wollte, auch noch Zeit für meine Mathehausaufgaben zu finden, an denen Scott und ich erwartungsgemäß gescheitert waren. Namik konnte super erklären und im Notfall auch total schnell rechnen und diktieren. Ich war mir ganz sicher, dass er sogar einer Zitrone das Wurzelziehen beibringen könnte. Aber er tauchte nicht an der Bushaltestelle auf. *Bist du krank?*, textete ich, bekam allerdings keine Antwort. *Schwer krank?*, schickte ich noch hinterher. Funkstille. Ich traute mich nicht, *Beleidigt oder beschäftigt?* zu fragen.

Würde ich echt den ganzen Tag allein durchstehen müssen? Mit einem mulmigen Gefühl machte ich mich von der Bushaltestelle auf den Weg zur Schule. Und es nutzte leider gar nichts, dass

Scott neben mir herging. Ich brauchte dringend jemand Richtigen zum Reden. Also jemand, der nicht Teil meiner versprengten Hirncombo war.

Bis ich im Klassenzimmer ankam, klopfte mir mein Herz bis zum Hals. Als Erstes wanderte mein Blick in die vordere Reihe. Wilhelmina war noch nicht da. Was im Prinzip nichts zu bedeuten hatte.

»Das ist doch der Oberhammer, oder?«, kam Romy auf mich zugestürmt. Sie sah zwar aufgeregt aus, aber nicht sauer.

»Was denn?«, fragte ich und hoffte, dass meine spontan einsetzende Schnappatmung niemandem auffiel. Ich zwang mich, betont ruhig weiter zu meinem Platz zu gehen. Romy folgte mir.

»Na das mit deinem Vater!« *Shit! Wusste sie etwa doch Bescheid?* Ich musterte sie ein zweites Mal eingehend. Und auch wenn ich sie jetzt nicht so gut kannte, war ich mir ziemlich sicher, dass sie nicht böse auf mich war. Unsicher warf ich Viola einen Blick zu. Sie unterhielt sich scheinbar unbeteiligt mit Yasmin. Berit saß auf ihrem Platz und schrieb hektisch in ihrem Heft. Noch jemand, der Mathe nicht verstanden hatte. Aber keine wirkte, als wollte sie mir gleich an die Gurgel gehen.

»Was ist denn mit meinem Vater?«, erkundigte ich mich. Ich würde einfach alles leugnen! Dann stünde mein Wort gegen das von Wilhelminas. Wem würden sie wohl glauben?

»Er hat für *Plutronic* unterschrieben«, informierte mich Romy, ließ sich neben mir auf meinem Tisch nieder und fügte fast schon ehrfürchtig hinzu: »Er ist jetzt ganz offiziell ein Superheld.«

»Ach das«, murmelte ich fahrig, da ich Wilhelmina gerade reinkommen sah. Sie nickte lächelnd ein paar Mitschülern zu, während sie sich zwischen den Tischen hindurch auf ihren Platz direkt neben mir vorkämpfte.

»Hey Wilhelmina, Zoes Vater ist jetzt ganz offiziell der neue *Plutronic!*«, informierte Romy sie sofort übereifrig.

»Nein, das glaube ich nicht«, antwortete Wilhelmina ohne die geringste Überraschung in der Stimme. Das gab der Aussage eine völlig neue Bedeutung. Und klang erschreckend ehrlich! Mich ignorierte sie dabei ganz gekonnt und fing an, mit einem »Darf ich mal, bitte?« ihre Schulsachen auf den Tisch zu räumen.

»Welche Laus ist dir denn über die Leber gehumpelt?«, wollte Romy wissen, rutschte aber bereitwillig ein Stück zur Seite.

»Nichts, alles in bester Ordnung«, antwortete Wilhelmina eine Spur zu schnippisch.

Romy schnitt ihr eine genervte Grimasse, bevor sie aufstand, um auf ihren Platz zu gehen.

• • •

Den Matheunterricht wollte ich eigentlich im Blindflug hinter mich bringen. Doch Herr Wolff hatte andere Pläne. Offenbar musste er ausgerechnet heute sehen, wie gut ich in seinem Unterricht mitkam. Ich war die Auserkorene für die Besprechung der Hausaufgaben und durfte an der Tafel vorrechnen. Was, wenn man die Hausaufgaben gemacht hatte, eigentlich kein Problem war. Man durfte sogar sein Heft mit nach vorne nehmen. Meines war leider nur ein ganz nutzloses Requisit, an dem ich mich bei meinem ziellosen Herumraten höchstens festklammern konnte.

»Ich war am Montag krank«, entschuldigte ich mich, als auch der dritte Lösungsansatz, den ich anbot, bei Herrn Wolff nur Stirnrunzeln verursachte.

»Zoe, das ist kein Grund. Heute ist Freitag! Du hattest die ganze Woche Zeit, es dir von einem deiner Mitschüler erklären zu lassen, wenn du allein nicht weiterkommst. Oder mich zu fragen. Eigenständiges Arbeiten, verstehst du?« Alles klar, nickte ich. Die ganze Situation war echt nicht schön. Und ich hatte es komplett selbst verbockt. Wieder mal.

»Findest du allein jemand, der dir weiterhelfen kann? Oder brauchst du dabei Hilfe?«, erkundigte sich Herr Wolff. Er war echt fürsorglich. Auf eine ziemlich nervtötende Art. Ich warf von meinem Platz an der Tafel einen Blick in die Klasse. Wilhelmina starrte einfach nur durch mich durch. Berit schüttelte leicht den Kopf und Viola rollte nur mit den Augen. Was auch immer das bedeuteten sollte.

Aber damit schloss sich leider auch schon mein Zeitfenster für eine Antwort.

»Simon?«, fragte Herr Wolff ungeduldig. »Hättest du nach der Schule noch fünf Minuten Zeit, um Zoe zu erklären, was wir am Montag durchgenommen haben?«

»Natürlich, Herr Wolff!« Es reichte, diesen Übereifer in seiner Stimme zu hören. Niemals wären wir da in fünf Minuten fertig.

Beschämt schlich ich zurück an meinen Platz und versuchte, mich die restliche Stunde zu konzentrieren. Allerdings wanderten meine Gedanken immer wieder zu Wilhelmina. Lange würde ich das nicht mehr aushalten. Wir hatten noch nicht mal die erste Stunde hinter uns und ich war bereits am Durchdrehen. Sie musste mir sagen, ob sie mein Geheimnis für sich behalten wollte oder nicht. Das war das Mindeste. Ich brauchte einfach Gewissheit.

Doch kaum war die Mathestunde vorbei, erhob sich Wilhelmina und schlenderte zu Viola nach hinten. Ich versuchte im zweiten Anlauf, den Artikel im Geografiebuch zu lesen, als sich Berit neben mich setzte.

»Oh Mann, du Arme! Ich wäre genauso planlos da vorne gestanden«, tröstete sie mich.

»Ja, und jetzt hast du auch noch Simon an der Backe«, flüsterte Romy, als sie sich zwischen uns schob, um sich auf den Tisch zu setzen.

»Ja, echt Höchststrafe«, murmelte ich leise.

»Erzähl mal, seit wann weißt du es schon?«, wollte Berit wissen, während sie versuchte, ihre Füße zwischen Wilhelminas Schulsachen auf dem Tisch zu parken.

»Seit wann wusste ich was?«, hakte ich vorsichtig nach. Es nervte tierisch, hinter jeder Frage eine Falle zu vermuten. Wenn das so weiterging, war ich bis heute Nachmittag ein absolutes Nervenbündel.

»Dass dein Dad in *Plutronic* mitspielt«, erklärte Berit. Für eine Millisekunde stand ich tatsächlich kurz davor rauszuplatzen: ALEX VINGAR IST GAR NICHT MEIN VATER!

»Ach so, das. Jaja, das weiß ich schon eine Weile«, antwortete ich so vage wie möglich.

»Hat er mit dir darüber geredet? Vielleicht an dem Wochenende, an dem du bei ihm in London warst?«, wollte Romy wissen und begann verträumt, die Stifte vom Tisch in mein Mäppchen zu räumen. Halt! Da war einer von Wilhelminas dabei. Nicht, dass die mich auch noch als Diebin bezeichnete.

»Ja, sicher doch! Genauso, wie dein Vater jede seiner geschäftlichen Entscheidungen vorher mit dir abstimmt«, spottete Berit, wofür Romy ihr die Zunge rausstreckte.

»Was macht dein Vater denn beruflich?«, erkundigte ich mich, um endlich von diesem anstrengenden Mein-Vater-der-Schauspieler-Thema wegzukommen.

»Irgendwas mit Aktien und Computern, keine Ahnung«, beantwortete Romy beiläufig meine Frage, bevor sie Berit angiftete: »Wenn mein Vater ein Hollywoodstar wäre, würde er mich vielleicht schon fragen!«

Es war aussichtslos. Sie waren von dem Thema nicht abzubringen. Ob ich ihnen nun ihre Fragen beantwortete oder nicht. Sie unterhielten sich weiter über meinen Dad, seinen neuen Film und verstiegen sich in Mutmaßungen, ob die Schauspielerin, die die weibliche Hauptrolle spielte, ihm gefährlich werden könnte.

Und mein Plan, dass vielleicht nicht über meinen erfundenen

Vater geredet werden würde, wenn Wilhelmina wieder zurück an unseren Tisch kam, funktionierte nicht einmal ansatzweise. Romy und Berit diskutierten gerade, ob Scarlett Johansson eine nette Stiefmutter für mich wäre oder eher nicht, als Wilhelmina Berit bat, ihren Stuhl für sie zu räumen, weil Frau Lang-Behrens, unsere Geografielehrerin, bereits am Pult stand.

Die zwei verzogen sich auf ihre Plätze und Frau Lang-Behrens begann ihren Unterricht.

Dieses Mal hatte ich das Glück, nicht zur Hausaufgabe befragt zu werden. Nein, es kam noch viel besser.

»Hat euch der Artikel, den ihr lesen solltet, einen ersten Eindruck unseres neuen Themas vermitteln können?«, fragte Frau Lang-Behrens in die Klasse.

*Artikel? Artikel? Da ging es ums Meer … glaube ich. Fische? Tanker? Strand?* Mist, ich erinnerte mich zwar an die Bilder, aber an keinen Text. Trotzdem nickte ich mal ganz verhalten mit den anderen mit. Bloß nicht auffallen. Das war schulische Schwarmintelligenz!

»Schön, denn ich möchte jetzt von euch hören, welches Referatthema ihr euch ausgesucht habt. Wir fangen hier vorne an … Sarah!«

»Seehundstation«, kam prompt die Antwort. *Nein, wir mussten nicht nur lesen? Sondern uns auch noch was dazu überlegen? Wann wurde das denn gesagt? Und warum weiß ich nichts davon?*

»Sehr schön«, lobte Frau Lang-Behrens, notierte das Thema und nickte Hala, die neben Sarah saß, zu.

»Ich dachte an Hochseefischerei«, schlug Hala vor.

»Gut, und nicht die Nachhaltigkeit vergessen«, riet ihr Frau Lang-Behrens und arbeitete sich weiter durch die erste Reihe. Noch drei Schüler und ich sollte ein Thema haben. Verzweifelt versuchte ich mich an den Inhalt des Artikels, den ich nur überflogen hatte, zu erinnern. Neben mir gingen »Der touristische

Strand« und »Tsunami« als weitere Themen durch. Und dann kam meine Rettung.

»Muss es das Ökosystem europäisches Meer sein?«, fragte Janina neben mir.

»Sag mir dein Thema, dann können wir das entscheiden«, schlug Frau Lang-Behrens vor.

»Ich würde gern über die Plastikstrudel im Pazifischen Ozean reden«, erklärte Janina und bekam sofort begeistert die Genehmigung dafür erteilt.

»Zoe?«, fragte Frau Lang-Behrens weiter und musterte mich aufmerksam.

»Erdölgewinnung auf einer Bohrinsel«, nannte ich das Einzige, was mir einfiel, und war unendlich erleichtert, als Frau Lang-Behrens mir anerkennend zunickte.

»Ah! Sehr schön! Hast du da eine besondere im Auge?«, wollte sie noch wissen.

»Ja, die *Perdido* im Golf von Mexiko«, antwortete ich. Das erste Mal in meinem Leben war ich echt froh, dass einer meiner Väter auf einer Bohrinsel arbeitete.

»Spannend! Schaffst du es, das Referat am Wochenende vorzubereiten? Denn eigentlich wollte ich am Montag mit Erdölgewinnung beginnen«, erkundigte sich Frau Lang-Behrens.

»Okay, das kriege ich hin«, meinte ich betont cool.

Die weitere Themennennung plätscherte so vor sich hin. Luka regte sich ein bisschen auf, weil er nicht über die Seegurke referieren durfte. Auch Frau Lang-Behrens Einwand, sie gäbe keinen Biologieunterricht, konnte ihn nicht wirklich beruhigen.

Immerhin gab es während des restlichen Unterrichts keine weiteren Katastrophen. Zumindest keine schulischen. Wilhelmina ignorierte mich, wie schon den ganzen Vormittag, so offensichtlich, dass es nur eine Frage der Zeit war, bis es den anderen auffiel.

»Bleibt das jetzt so?«, erkundigte ich mich flüsternd kurz vor der letzten Stunde bei ihr, als Frau Brückner unsere korrigierten Hausaufsätze austeilte.

»Lass mich in Ruhe!«, zischte Wilhelmina. Das war alles, bevor sie nach dem Unterrichtsschluss sofort mit Viola aus dem Klassenzimmer rauschte. Gut möglich, dass ich an Wahnvorstellungen litt, aber irgendwie hatte ich das Gefühl, die zwei warfen mir richtig abfällige Blicke zu. Ganz so, als wüssten sie Bescheid, und zwar alle beide.

Ich blieb allein an meinem Platz zurück. Allein mit Panik und Entsetzen, die mir irgendwie nicht mehr von der Seite weichen wollten, und begann meine Sachen in meinen Rucksack zu packen.

»Bin gleich bei dir«, erinnerte mich Simon von rechts. Oh Mann, stimmt ja! Spontannachhilfe! Das hatte ich schon wieder total verdrängt! Danke, Herr Wolff! Nach einer Ausrede suchend, drehte ich mich zu Simon um. Beobachtete, wie er sein Deutschbuch, Lektüre und Hefte umständlich zusammenräumte. Ich sollte nicht so voreingenommen sein. Vielleicht konnte er mir ja tatsächlich helfen. Sortierte er etwa seine Stifte dem Farbspektrum entsprechend? Ein, zwei nerdige Spleens später kam er auch schon brav angeschusselt, um mich aus meinem mathematischen Vakuum zu befreien. Seine Erklärungen setzten gefühlt bei den ersten Zählversuchen der Jungsteinzeit an. Ich möchte jetzt nicht behaupten, es geahnt zu haben, aber erwartungsgemäß näherten wir uns superumständlich im Zeitlupentempo dem aktuellen Thema. Vielleicht hatte er in Mathe wirklich den Durchblick und war nur Millimeter vom Geniestatus entfernt, aber er war ein ganz, ganz miserabler Erklärer. Ich sah mich gezwungen, mehrere mathematische Erleuchtungen vorzutäuschen, um aus der Nummer wieder rauszukommen. Seine unfassbar langatmigen Erklärungen waren mit Fachbegriffen gespickt, die ganz sicher auch Euklid, Pythagoras und allen anderen Mitgliedern des mathematischen Nirwanas die Tränen der Verzweiflung in die Augen getrieben hätten. *Irgendwer auf diesem Planeten wird das doch sicher griffiger erklären können, oder?* Und mit irgendwer dachte ich natürlich an eine bestimmte Person. *Namik! Wo steckst du?*

»Das ist gar nicht so schwer, solange man in linearen Gleichungssystemen denkt«, erklärte Simon mir, während wir zusammenpackten. Natürlich! Und das von einem Typen, der seine Feinliner als Regenbogen in sein Mäppchen aus der ersten Klasse sortierte!

»Spannend wird es erst mit einer erweiterten Koeffizientenmatrix«, kicherte er fröhlich vor sich hin. *Wirklich? Spannend? Nicht eher unheimlich?*

Ich nickte unwissend, aber positiv aufgeschlossen. *Vielleicht wird Simon bald der Einzige in dieser Klasse sein, der überhaupt noch mit mir redet!* Gemeinsam gingen wir aus dem Klassenzimmer.

»Weißt du übrigens, wie ein Mathematiker in der Wüste einen Löwen fängt?«, gluckste Simon plötzlich los. Eigentlich war er echt nett und bemühte sich total – auf seine verschrobene, nerdige Art.

»Nein«, antwortete ich brav, damit er seinen Witz anbringen konnte.

»Er baut einen Käfig, setzt sich rein und definiert: Hier ist außen!« Und weil er seinen Witz unfassbar gut fand, schmiss er sich fast weg vor Lachen. Ich kicherte höflich ein bisschen mit. Leider hatte ich ja nur eine wackelige Drei in Mathe. Also musste ich die Pointe sicher nicht verstehen.

»Auf geht's, Ganzkörperentfernung! Husch, husch!«, schob sich plötzlich Tom zwischen uns und verscheuchte Simon mit einer Handbewegung, mit der man höchstens eine lästige Fliege vertrieb.

»Äh … ja, okay … Zoe, wir sehen uns …«, stammelte Simon,

bevor er bereitwillig Platz machte. Oh nein! Tom würde es nicht noch mal schaffen, dass ich am Ende mit einem bunten Sträußchen Reue, Gewissensbissen und Bedauern dastehen würde. Ich schnappte Simon, der schon im Begriff war, in eine andere Richtung zu gehen, am Ellbogen: »Danke, Simon, das war supernett von dir!«, sagte ich und hielt ihn fest.

»Gerne, jederzeit wieder«, antwortete er hektisch und zerrte an seinem Arm, um so schnell wie möglich von uns, na ich schätze jetzt mal ganz optimistisch, eher von Tom, wegzukommen.

»Hey, ich komme vielleicht darauf zurück«, grinste ich und zermarterte mir das Hirn, was ich noch Freundliches sagen könnte. Aber irgendwie fiel mir auf die Schnelle nichts ein. Und kaum hatte ich seinen Ellbogen losgelassen, flüchtete er, als wäre ein Rudel hungriger Wölfe hinter ihm her.

»Was ist dein Problem?«, schnauzte ich Tom an, kaum dass Simon außer Hörweite war.

»Ach, jetzt komm schon! Sogar das Telefonbuch von Brunei ist spannender als dieser Hirnspacko«, brummte er augenzwinkernd. Und weit und breit natürlich mal wieder keine schlagfertige Antwort in Sicht.

»Außerdem solltest du dir auf keinen Fall dermaßen schlechte Witze anhören müssen«, entschied er und schubste mich versöhnlich mit seiner Schulter an.

»Willst du einen wirklich guten Witz hören?«, fragte er, nachdem ich einfach nur schweigend neben ihm das Schulhaus verließ. Ich nickte missmutig.

»Kommt ein Frosch zu einem Nerd und sagt: ›Küss mich, ich bin eine verwunschene Prinzessin.‹ Steckt der Nerd den Frosch in die Brusttasche seines Hemdes.« Tom schwieg grinsend.

Schon fertig? Den kapierte ich ja noch weniger als den Mathematikerwitz.

»Das war's?«, erkundigte ich mich gereizt.

»Genau das hat der Frosch auch gefragt, und der Nerd hat geantwortet: ›Mit einer Frau kann ich nichts anfangen, aber einen sprechenden Frosch finde ich spannend!‹«

»Und warum ist der jetzt besser als Simons Löwenwitz?«, brummte ich.

»Ach, komm schon, das war einer meiner besten«, lachte Tom.

»Wirklich?«, wunderte ich mich.

»Okay, halt dagegen!«, forderte er mich auf. Ich dachte angestrengt nach. Spontan fiel mir nur einer ein.

»Fragt eine Blondine die andere: ›Was, meinst du, ist weiter entfernt, Paris oder der Mond?‹ Sagt die andere: ›*Hallooooooo*, siehst du Paris etwa von hier aus?‹«

»Echt jetzt? Ein Blondinenwitz?«, beschwerte sich Tom, fuhr sich aber grinsend durch sein helles Haar.

»Den hast du verdient!«, antwortete ich etwas abgelenkt. Die Bushaltestelle war zu sehen, und ich war damit beschäftigt, nach einer weinroten Strickmütze Ausschau zu halten.

»Und? Wartet DEIN Freund schon auf dich?«, fragte Tom, dem meine Ablenkung wohl nicht entgangen war, lauernd.

»Er ist nicht MEIN Freund«, antwortete ich und scannte in Sekundenschnelle alle Wartenden. Erfreut entdeckte ich Namik und war sofort hin- und hergerissen. Am liebsten hätte ich mich hastig verabschiedet. Oder, noch lieber, Tom eine Tarnkappe übergestülpt, damit Namik ihn nicht sehen konnte. Andererseits war es offenbar allerhöchste Zeit, ein paar Dinge klarzustellen, wenn ich wollte, dass sich Tom besser benahm.

»Er heißt Namik. Solltest du es noch einmal wagen, ihn Strickunfall oder Kackmützen-Typ zu nennen, dann klatscht es … und zwar kein Applaus! Verstanden?«, wies ich Tom streng in seine Schranken. Wider Erwarten folgte kein blöder Kommentar von ihm. Keine bescheuerte Bemerkung. Er wirkte etwas fassungslos und außer einem dezenten Nicken gab es praktisch gar keine Reaktion. Wow! Ich hatte das Großmaul tatsächlich zum Schweigen gebracht. Optimistisch setzte ich noch einen drauf.

»Und wenn wir schon dabei sind. Ich heiße weder Darling noch Schnecke oder Sweetheart. Und ich bin auch nicht dein Kleines! Zoe reicht vollkommen«, ereiferte ich mich. Meine Stimme klang vielleicht einen Ticken zu hysterisch, aber das musste endlich mal raus.

Tom blieb stehen und musterte mich nachdenklich.

»Na dann«, sagte er nach einer ganzen Weile. Unmöglich zu erraten, was er dachte.

»Na dann was?«, fragte ich leicht angesäuert zurück und hielt ebenfalls an. War überhaupt nicht peinlich, wie wir uns schweigend gegenüberstanden.

»Schönes Wochenende! Wir sehen uns … Zoe«, verabschiedete er sich plötzlich hastig, bevor er sich in Höchstgeschwindigkeit vom Acker machte. Das war's?! Ernsthaft? Irgendwie war mein Leben deutlich leichter, als ich Jungs einfach nur doof fand.

• • •

»Wo hast du bloß gesteckt?«, begrüßte ich Namik, als ich an der Haltestelle ankam, und registrierte erleichtert sein Lächeln.

»Warum?«, fragte er stirnrunzelnd. Offenbar fand er meine Euphorie über unser Wiedersehen etwas übertrieben.

»Du hast mir so gefehlt. Und du hast auf keine meiner Nachrichten geantwortet«, beschwerte ich mich.

Er verdrehte nur die Augen.

»Es tut mir echt leid … wegen neulich … aber heute, also gerade eben, hab ich Tom echt die Meinung gesagt«, erzählte ich ihm. Er grinste nur.

»Ja, und glaub mir, jetzt weiß er nicht nur meinen Namen, sondern deinen auch!«

»Wozu muss er denn meinen Namen wissen?«, wunderte sich Namik.

»Weil ich es so wollte«, antwortete ich schnell. »Ich kann dir sagen, gestern …«, sprudelte es aus mir heraus, bis mir plötzlich auffiel, dass ich mal wieder nur über mich redete. »Aber das ist natürlich alles nicht so wichtig. Was hast du gemacht? Geht es allen gut? Brauchst du …«

»Zoe, hol mal wieder Luft!«, lachte Namik, legte mir seine Hände auf die Schultern, als wäre ich ein Springball, den er versuchte, ruhig zu halten, und schaute mir fest in die Augen.

»Alles ist gut! Meine Mutter hat mein Handy einkassiert. Deshalb konnte ich mich nicht melden«, erklärte er lässig.

»Du bist nicht böse mit mir?«, vergewisserte ich mich.

»Nein!«

»Und wir sind noch befreundet?«

»Ach, du Nase, nur weil ich dir meine Meinung sage, heißt das doch nicht, dass gleich alles vorbei ist!« Ich atmete erleichtert auf und schlang, bevor ich richtig wusste, was ich da tat, meine Arme um ihn. Er drückte mich kurz an sich.

»Deine Mutter hat dein Handy einkassiert?«, fiel mir plötzlich wieder ein. Namik löste sich aus der Umarmung und stimmte nickend zu.

»Warum denn das?«

»Ich hab in Physik eine Drei kassiert!«

»*Waaas?!* Meine würde mir da eher ein neues Handy schenken, wenn ich das schaffen würde!«, wunderte ich mich.

»Dann sei froh«, brummte er und erzählte mir von den überzogenen Ansprüchen seiner Eltern. Ich hatte ja keine Ahnung. Wir regten uns gemeinsam auf, aber er schlug dankend mein Angebot, ihm einen neuen Vater und, wenn er wollte, auch eine neue Mutter zu erfinden, aus.

»Auch nicht die Zuckerbergs?«, bot ich großzügig an.

»Nein, danke. Ich komm zurecht!«, lehnte Namik lachend ab. Ich stimmte erleichtert mit ein.

»Physik ist also nicht so dein Fachgebiet?«, fragte Namik, als wir uns wieder beruhigt und er auch Tim Cook als Vater abgelehnt hatte.

»Nö, und Mathe auch nicht. Da ist es wirklich *gaaaaanz* zappenduster«, gab ich ehrlich zu und musterte ihn erwartungsvoll.

Namik schmunzelte nur vor sich hin.

»Was ist los?«, fragte ich irritiert.

»Frag mich, wenn du möchtest, dass ich dir helfe«, forderte er mich auf.

»Ich wollte nicht, dass es schon wieder nur um mich geht«, gab ich kleinlaut zu.

»Das ist doch etwas ganz anderes«, grinste er nur.

»Und woher soll ich das wissen?«

»Viel zu lernen du noch hast, junger Padawan!«

»Junger *wer*?!«, fragte ich irritiert nach.

»Hättest du neulich beim Filmabend nicht gekniffen, wüsstest du, wovon ich rede!«

Das nächste Mal werde ich mir das sicher nicht mehr entgehen lassen. Was war ich froh, dass wir uns wieder vertrugen.

Auf dem Weg nach Hause erzählte ich ihm meine ganze Misere. Er sah es relativ entspannt und war sich ziemlich sicher, dass Wilhelmina nichts erzählen würde. Hoffentlich täuschte er sich da nicht.

# 14.

Am Wochenende wurden Marlene und ich von Oma dazu verdonnert, uns um das Laub im Garten zu kümmern.

»Wenn man sich keinen Gärtner leisten kann, sollte man auch keinen Park hinterm Haus haben«, motzte Marlene und schwang ihren Rechen mit so viel Elan, dass man befürchten musste, sie würde den Rasen gleich mit entsorgen.

»Hm«, pflichtete ich ihr unkonzentriert bei. Die in meinem Kopf Ringelreihen tanzenden Probleme lenkten mich doch ziemlich von Marlenes Jammerei ab.

»Hallo? Jemand zu Hause?«, hörte ich meine Schwester rufen und tauchte aus meinen Gedanken auf.

»Was 'n los?«, nuschelte ich und starrte sie wahrscheinlich an, als wäre sie ein Alien auf Landgang.

»Iiiiich …«, betonte Marlene überdeutlich und klopfte sich dabei mehrfach vorne auf ihre Jacke, »… möch-te wis-sen, über was duuuu …«, nun zeigte sie übertrieben auf mich, »… sooo an-ge-stren-gt nach-denkst?«

»Ach, so alles Mögliche!«, wich ich aus.

»Du wirst es nicht glauben, aber ich hab jede Menge Lösungen, vielleicht passt ja eine zu deinem Problem«, bot sie großzügig an.

»Problem? Einzahl?«, lachte ich. »Wenn ich mit denen verreisen wollte, müsste ich einen Bus mieten. Und zwar am besten einen Doppeldecker!« Klang vielleicht ein bisschen sehr dramatisch.

»Na dann, los, rede!«, befahl meine Schwester in einem Ton, der auf extrem wenig Mitgefühl schließen ließ.

»Ach, lass mal«, lehnte ich dankend ab.

»Warum? Sind sie dir wegen Alex Vingar auf die Schliche gekommen?«, fragte sie vollkommen ruhig.

Vor Schreck wäre mir fast mein Rechen aus der Hand gefallen.

»Du … wusstest … weißt … Warum? … Und …«, stammelte ich, bevor ich in totale Schockstarre fiel. Immerhin nahm ich noch wahr, dass Marlene sich vor Freude über ihren Volltreffer das Lachen verbeißen musste.

»Du bist nicht besonders geschickt im Vertuschen«, erklärte sie mir grinsend, während ich versuchte, das Unglaubliche zu erfassen. *Sie wusste es? Alles? Und hat dazu geschwiegen? Warum?*

»Jetzt krieg dich wieder ein. Ich hab deine neue Geburtsurkunde gesehen! Den Rest haben Google und ein bisschen logisches Denken erledigt«, erklärte sie mir ungefragt. Ganz langsam begann mein Gehirn wieder zu arbeiten.

»Meine Geburtsurkunde? Warst du in meinem Zimmer?«, erkundigte ich mich, denn ich wusste genau, in welcher Schublade meines Schreibtisches sie lag. Doch irgendwie fehlte mir die Energie, mich deswegen aufzuregen.

»Ja, und danke, dass du mir meine schwarzen Stiefel nicht wieder zurückgegeben hast. Ich suchte sie ja auch erst vier Tage!«, fauchte sie mich an.

»Na dann, würde ich mal sagen, wären wir quitt!«, lenkte ich ein. Das war doch jetzt so was von egal.

»Außerdem solltest du ganz dringend die Sache mit dem Profilbild noch mal überdenken. Immerhin kann das jeder sehen. Und ich meine wirklich jeder, also auch Mama und Papa«, riet sie mir.

Mist, daran hatte ich natürlich nicht gedacht, als ich das Bild von Alex und mir in London gepostet hatte. Hektisch zog ich mein Handy aus der Hosentasche.

»Bin ich eigentlich auch seine Tochter?«, erkundigte sich Marlene, während ich schnellstens mein Profilbild ersetzte.

»Du? Nein, ich glaub nicht«, antwortete ich und musterte sie etwas irritiert. Irgendwie war ich davon ausgegangen, dass es mehr moralische Vorwürfe wegen des erfundenen Vaters und weniger Interesse an ihm geben würde.

»Also ist Philip dann nur mein Vater?«, bohrte Marlene weiter.

»Echt jetzt? Das beschäftigt dich?«, hakte ich verblüfft nach.

»Nein, nein«, wehrte sie gleich ab. »Ich wollte es einfach nur wissen.« Sie grinste in sich hinein.

»Was? Warum?«

»Weil Mama dann mit einer noch nicht mal zweijährigen Tochter und einem Ehemann im Schlepptau einen echten Weltstar aufgerissen hat? Und das …«, Marlene klemmte den Stiel ihres Rechens zwischen Oberkörper und Arm ein und begann ganz langsam zu applaudieren, »… verdient gewaltigen Respekt! Heißer Feger! Sie muss es echt draufgehabt haben«, schloss sie grinsend.

»Na ja, wenn du das so sagst, hört es sich schon ein bisschen unglaubwürdig an.«

»Ein bisschen? Zoe, das ist der blanke Hohn! Kein Mensch, der bei klarem Verstand ist, nimmt dir diesen Unsinn ab!«

»Doch, alle«, ereiferte ich mich beleidigt. Sollte mir das eigentlich nicht eher egal sein?

»Was für leichtgläubige Hühner!«, stellte Marlene kopfschüttelnd fest.

»Psssst!«, warnte ich sie vor, als ich Mama mit einer Schubkarre auf uns zukommen sah.

»Super, ihr habt schon mehr als die Hälfte«, lobte sie uns. Wir halfen ihr, das Laub aufzuladen. Dann schob sie die Schubkarre zum Komposthaufen, der weit hinter dem Gemüsegarten lag.

»Sag schon, dass ich armselig bin! Ich habe alle belogen«, begann ich zu jammern, als Mama außer Hörweite war.

»Glaubst du ernsthaft, der einzige Mensch zu sein, der sein Leben ein bisschen aufgehübscht hat?«, fragte Marlene leise und begann wieder Laub zusammenzurechen. Ich musterte sie überrascht.

»Ja, aber das ist doch total gemein, oder?«, widersprach ich.

»Quatsch! Du bist vielleicht ein bisschen zu alt für so was! Ein Spätzünder eben, wie Justus!«, fuhr sie fort.

»Justus?« Sollte ich ihn kennen?

»Ja, Justus … unseren großen Bruder!«

*Waaaaaas?* »Ähm, Moment, wir haben einen großen Bruder? Warum weiß ich nichts davon?«, wunderte ich mich und vergaß für kurze Zeit sogar, mich schlecht zu fühlen.

»Weil ich ihn erfunden hab, du Superhirn!«

»Was? Wann denn?«, stammelte ich vollkommen verdattert. Und irgendwie weigerte sich mein Gehirn, die Tatsache, dass Marlene jemals so etwas machen könnte, anzuerkennen.

»In der Grundschule«, gab sie ganz freimütig zu.

»Aber wie ging denn das?«, staunte ich, denn praktisch alle Grundschulfreundinnen von Marlene wohnten in unserer Straße. Unmöglich, in dieser Nähe einen großen Bruder am Leben zu erhalten.

»Ja, das war echt traurig, er lebte in einem Internat und kam nur ganz selten zu Besuch!«, erinnerte sie sich.

»Hast du das jemals aufgelöst?«, fragte ich weiter. Denn das wirklich Spannende war ja, wie sie sich da wieder rausgeschummelt hatte.

»Nö … nicht so direkt … Also Anna weiß es inzwischen, glaube ich zumindest«, überlegte sie laut. Anna war Marlenes beste Freundin. Seit Urzeiten! Bis zum heutigen Tag.

»Du bist dir nicht sicher?«

»Hey, Anna hatte jahrelang steif und fest behauptet, ihre Mutter könne fliegen! Das haben wir auch nie endgültig geklärt«, verteidigte sich Marlene.

»Da besteht ja wohl ein kleiner Unterschied, oder?!«

»Im Prinzip ist es vollkommen egal! Beides ist inzwischen nicht mehr wichtig«, erklärte Marlene.

»Ja, heute vielleicht! Ich kann ja schlecht in die Zeitmaschine steigen und einfach mal ein paar Jahre vorspulen«, überlegte ich.

»Doch, glaub mir, so was geht vorbei«, tröstete mich meine Schwester.

Ich hatte ja keine Ahnung, dass sie moralisch so flexibel war.

»Auch wenn man es schon gestanden hat?«, murmelte ich vor mich hin.

»NEIN! Das hast du nicht!«, rief Marlene überrascht.

»Doch, irgendwie schon.« Ich erzählte ihr die ganze Geschichte. Sie hörte aufmerksam zu.

»Und du glaubst, diese Wilhelmina hält dicht?«, wollte sie als Erstes wissen.

»Was weiß ich«, stöhnte ich. »Am liebsten hätte ich, dass sich dieser erfundene Vater einfach in Luft auflöst!«

»Na, das hättest du dir aber mal überlegen können, bevor du ihnen so einen gequirlten Schwachsinn auftischst«, lachte sie.

»Ich kann es nicht mehr stoppen. Er ist ihr absolutes Lieblingsthema«, beschwerte ich mich unglücklich.

»Dann werde ihn endlich los«, schlug Marlene vor.

»Super, wie soll ich das denn machen? Ich kann ihn ja wohl kaum in ein Internat schicken.«

»Das ist doch auch gar nicht nötig. Lass ihn aus deinem Leben verschwinden. Keine Treffen mehr, kaum Kontakt. Er ist beschäftigt, hat zu viel zu tun«, zählte Marlene sofort auf. Ein bisschen unheimlich fand ich es schon, wie schnell sie Lösungen parat hatte.

»Er dreht als Nächstes *Plutronic* … in Amerika«, fiel mir plötzlich ein.

»Da hast du's doch schon«, freute sich Marlene.

»Aber deshalb könnte er mir doch weiterhin schreiben und

mich anrufen«, gab ich zu bedenken. Es war nicht leicht, sich vorzustellen, dass Alex plötzlich weg sein sollte. Und Scott! Oh, meine Güte, ich würde Scott verlieren!

»Dann muss etwas Dramatisches passieren. Und zwar schnell, solche Dreharbeiten dauern nicht ewig«, überlegte Marlene. »Du brauchst etwas, dass euch spontan entzweit.« Wir würden uns zerstreiten? Nein, das wollte ich nicht. Und Alex auch nicht. Niemals würde er zulassen, dass wir uns im Streit trennten. Fieberhaft suchte ich nach einem anderen Weg.

»Nein, er möchte, dass ich mit nach Amerika komme, weil er die lange Trennung von mir nicht erträgt. Und ich kann nicht! Ich möchte lieber zu Hause bei euch bleiben …«, entwarf ich ein meiner Meinung nach tragfähiges Szenario. Leider sah Marlene das anders.

Und da ihm die Trennung *sooooo* schwerfällt, möchte er erst mal gar keinen Kontakt mehr?«, zweifelte sie sofort. »Denk doch mal nach. Jeder, der halbwegs bei Verstand ist, durchschaut das doch sofort«, bemerkte sie.

»Nein, das ist gut, genauso wird es laufen«, widersprach ich.

»Das kauft dir niemals jemand ab! Streit wäre glaubhafter«, warnte mich Marlene eindringlich. Aber was wusste sie schon! Immerhin ließ sie seit Jahren unseren Bruder in einem Internat verrotten. Außerdem war die ganze Diskussion vielleicht total überflüssig.

»Ich bin mir ja nicht einmal sicher, ob ich die Wahl überhaupt noch habe!«, gab ich zu bedenken.

• • •

*Sie hat mich in der Hand! – Ein Wort von Wilhelmina und ich bin erledigt.* Diese kleinen Einspieler, die dauerhaft durch meinen Kopf geisterten, waren die Hintergrundmelodie meines Wochenendes. Egal, was ich anstellte. Ob wir Karten spielten und Mama beim Schummeln überführten. Ob mich Oma gegen meinen Willen ausführlich über die Irrungen und Wirrungen des britischen Königshauses informierte. Ob Marlene und ich zusammen einen Film anschauten. Alles wurde von meinem düster vor sich hin orakelnden Gehirn überschattet.

Ich lümmelte auf meinem Sitzsack und versuchte, mein Referat zu schreiben. Das Chaos in meinem Kopf störte aber immer wieder meine Konzentration.

»Du hast sie ebenso in der Hand«, erinnerte mich Scott. Er lag auf meinem Bett. Rollte vom Rücken auf den Bauch, stützte sein Gesicht in beide Hände und beobachtete mich aufmerksam.

»Ehrlich? Soll ich ihr das so klarmachen?«, fragte ich und fügte hinzu: »Das wäre sicher der Beginn einer wunderbaren Freundschaft.«

»Du würdest den anderen nichts von ihr erzählen?«, wunderte er sich.

»Nein, natürlich nicht. Aus irgendeinem Grund möchte sie nicht, dass es jemand weiß. Ich muss das Warum nicht verstehen, aber ich respektiere ihren Wunsch«, erklärte ich.

»Und wem wird der diesjährige Regenbogen-Einhornpreis für die blauäugigste Zwangsoptimistin gleich noch mal verliehen?«, stichelte Scott vom Bett aus. Ich streckte ihm die Zunge raus.

»Auf alle Fälle hättest du es verdient, dass sich Wilhelmina an deinen Ehrenkodex hält«, lenkte er versöhnlich ein.

Ihn werde ich sicher mehr als meinen erfundenen Vater vermissen.

»Hey, mich wirst du nicht los!«, reagierte er sofort auf meine Gedanken. Er stemmte sich vom Bett hoch und kam zu mir rüber. Wir lagen nebeneinander und starrten gemeinsam in den Garten.

»Von mir aus kannst du Alex in die Wüste schicken! Ich bleibe hier! Du brauchst mich, Schätzchen. Ich finde, dass du Wilhelmina ruhig auch ein bisschen unter Druck setzen könntest! Nur so, zur Sicherheit«, schlug er vor.

»Nein, das geht nicht. So bin ich einfach nicht!«

Er drehte sich zu mir. Ich bemerkte es aus den Augenwinkeln, wie er mich musterte.

»Nein, so bist du wirklich nicht. Aber ich ertrage es nicht, dass du sie allein die Situation kontrollieren lässt«, murmelte er.

»Ich überlasse Wilhelmina nur den nächsten Zug, nicht die ganze Schlacht«, erklärte ich ihm.

»Oh, dann hoffe ich, meine großartige Strategin, dir ist klar, dass sie dich fertigmachen wird! Und es wird nicht bei Viola, Berit und Romy bleiben. Sie werden es auch allen anderen erzählen!«

Ich kaute nachdenklich auf meiner Lippe.

»Du wirst sehr, sehr einsam sein. Einsam ohne Aussicht auf Freundschaft. Für den Rest deiner gesamten Schulzeit«, griff Scott sofort meine Gedanken auf. »Du bist erst in der siebten Klasse. Das ist keine Kurzstrecke. Vor allem nicht, wenn du sie im Alleingang zurücklegen musst.«

»Sie wird mich nicht verraten«, beharrte ich, ohne selbst davon so richtig überzeugt zu sein.

»Also werden wir die nächsten sechs Jahre allein und total geächtet sein?«, vergewisserte sich Scott. Ich begann nachdenklich zu nicken.

»Alles klar! Bin dabei! Ich wollte es nur wissen«, bemerkte er. Und nur ein paar Minuten später hatte er die Bombenidee für mein Referat, die mit ein bisschen Glück vielleicht sogar meine Rettung sein konnte. Oder zumindest ein Schritt in die richtige Richtung.

• • •

Montagmorgen. *Und Schluss mit Beckenrandgepaddel. Heute wird mitten durch den Ozean gekrault.* Am Rande meines Mutanfalls stand ein kleiner zeternder Gedankenchor aus Angst und Schrecken, der mich beständig vor der großen Geste warnte. Aber ich saß sowieso schon auf dem Schleudersitz. Jetzt brauchte ich mir wenigstens keinen Kopf mehr zu machen, ob und wann Wilhelmina den Knopf drücken würde. Ich machte es einfach selbst.

Sie saß schon auf ihrem Platz, als ich ins Klassenzimmer kam, und ignorierte mich weiterhin. Schweigend absolvierten wir die ersten zwei Stunden. In der Pause musste ich dringend mit Frau Lang-Behrens wegen meines Referats sprechen. Sie war von meiner Idee absolut begeistert.

»Meine Lieben!«, rief Frau Lang-Behrens die Klasse zur Ruhe. »Ich freue mich heute ganz besonders auf das Referat von Zoe, die uns einen Gast mitgebracht hat!« Diese Ankündigung reichte, um jedes Gespräch verstummen zu lassen. Alle schauten mich an, während ich ziemlich leise und viel zu schnell zu sprechen anfing. Mein Laptop und der Beamer standen schon angeschaltet neben mir bereit.

»Hallo! Ich möchte euch heute jemand vorstellen, der mehr als jeder andere über Bohrinseln weiß!« Mit zittrigem Finger drückte ich auf den Knopf. Das Schneegestöber ging in milchige Streifen über und dann stand die Verbindung und mein Vater erschien auf der Leinwand.

»Hallo Papa!«, schrie ich, wahrscheinlich lauter als notwendig.

»Guten Morgen, Zoe! Hallo, Zoes Klasse!«, grüßte mein Vater lächelnd. Er trug einen roten Sturzhelm, dazu eine quietschorange Sicherheits-Regenjacke und sah nach Abenteuer pur aus. Das Bild wackelte kurz, als mein Vater am USB-Port etwas anschloss, dann fing es sich wieder.

»Wie viel Uhr ist es bei euch?«, fragte ich, weil unsere Gespräche immer so begannen.

»Halb fünf. Und für alle, die nicht wissen, wo ich mich gerade befinde …«, er hob den Laptop hoch und ging ein paar Schritte. Dabei konnte man nicht mehr als ein kleines, mit technischen Geräten vollgestopftes Büro, manchmal seine Gummistiefel und den Linoleumboden sehen. Dann plötzlich, als er die Tür geöffnet hatte … viel Meer, Morgendämmerung – und wir bekamen ohrenbetäubenden Krach entgegengeschleudert. Alle in der Klasse zuckten zusammen.

»Willkommen im Golf von Mexiko. Wir liegen etwa 320 Kilometer vor der texanischen Küste und bohren in zweieinhalb Kilometer Tiefe«, schrie mein Vater ins Mikro. Er klapperte mit dem Laptop in der Hand alle möglichen Abteilungen der Bohrinsel ab, erklärte, wie Erdölförderung funktionierte, und zwang Mitarbeiter aus allen möglichen Ländern, »Hallo, Zoes Klasse!« zu rufen.

Viel zu schnell waren die zwanzig Minuten um und wir mussten leider die Leitung wieder freigeben.

»Tschüs, Papa«, rief ich laut und vermisste ihn so wahnsinnig, dass ich am liebsten losgeheult hätte.

»Ciao, Süße, bis bald!«, rief mein Vater zurück, dann war die Leitung tot. Ich musste ein paarmal blinzeln, bevor sich der Schleier, der mich alles nur noch verschwommen sehen ließ, wieder auflöste. Dann konnte ich mit dem zweiten Teil meines Referats anfangen. Frau Lang-Behrens überschlug sich vor Begeisterung, als ich fertig war und mich wieder setzte.

»Und das war jetzt also dein echter Vater?«, hörte ich Wilhelmina plötzlich leise fragen. Ich war so platt, dass ich nur nicken konnte.

• • •

»Dein Vater?«, fragte Viola streng. Die Geografiestunde war inzwischen beendet. Wir standen zusammen auf dem Pausenhof.

»Ja«, antwortete ich von ihrem Ton etwas eingeschüchtert.

»Nur weil du jemand auf einer Bohrinsel kennst und Frau La-Be beeindrucken möchtest, kannst du nicht behaupten, er wäre dein Vater!«, erklärte mir Berit vorwurfsvoll.

»Ist nicht dein Ernst, oder?«, hakte ich ungläubig nach.

»Komm schon, Zoe! Wer war das?«, wollte nun auch Romy wissen.

Wie verrückt war das denn! Ich kam nicht mal mehr mit der Wahrheit durch!

»Das war Philip Münterbach, mein Vater!«

Es folgte eine lange Pause, in der man ihre Gehirne förmlich rattern hörte. Sie starrten mich an. Skeptisch. Nachdenklich. Zweifelnd. Alle außer Wilhelmina, denn die wusste ja, was nun kommen würde. Romy war die Erste, die ihre Sprache wiederfand.

»Und Alex Vingar?«, fragte sie tonlos. Ich schluckte trocken.

»Ist nicht mein Vater«, gab ich kleinlaut zu.

»Was soll der Scheiß?«, fuhr mich Berit sofort an, während Romy ungläubig fragte: »Hast du uns etwa die ganze Zeit angelogen?«

»Sag mal, bist du komplett durchgeknallt!?«, regte sich Berit weiter auf. »Was soll denn das?«

»Ich wollte …«, stammelte ich. Tja, was wollte ich eigentlich. Aufmerksamkeit? Bewunderung? Tatsächlich Freunde?

Offenbar war Berit nicht in der Stimmung, länger auf eine Erklärung zu warten.

»Weißt du was? Ich will es gar nicht wissen. Erzähl doch den anderen weiter deine Lügenmärchen!«, schnauzte sie, drehte sich ohne ein weiteres Wort um und ging.

Ich sah ihr fassungslos nach. Dann versuchte ich zu retten, was noch zu retten war.

»Romy, mir tut es echt …«, fing ich an, mich zu entschuldigen, doch Romy ignorierte mich nur und rief: »Beri, warte auf mich!« Und stürzte ihrer Freundin hinterher.

»Nur dass du's weißt. Ich hab dir nie auch nur ein Wort geglaubt«, zischte Viola, hakte sich demonstrativ bei Wilhelmina unter und stolzierte mit ihr hinter den beiden anderen her. Nicht ohne mir noch einmal über ihre Schulter einen Mörderblick zuzuwerfen.

Da stand ich nun.

Wieder allein.

Die Blicke der anderen sagten allerdings nicht mehr *Ach, das ist die Neue!*, sondern *Schau mal, da steht die Lügnerin.*

Und dann kam er. In aller Klarheit und Einsicht. Der Moment, in dem ich mir nichts mehr wünschte, als niemals den ganzen Schwachsinn begonnen zu haben. Und ganz ehrlich, er war weniger geprägt vom Bedauern, was ich den anderen angetan hatte, als von der Angst, was nun alles auf mich zukommen würde.

Lügen war auf jeden Fall einfacher, als dabei erwischt zu werden. Oder, wie in meinem Fall, nachträglich die Wahrheit zu sagen. Und auch das Gefühl, alles, was jetzt kommen würde, verdient zu haben, entspannte mich kein bisschen.

Nach der Pause schlich ich zurück ins Klassenzimmer. Viola saß in der ersten Reihe neben Wilhelmina. Ich entdeckte meine Schultasche und alles, was von mir noch auf dem Tisch gelegen hatte, auf dem Lehrerpult. Sie hatten mein Zeug weggeräumt! Ganz offensichtlich war ich verstoßen worden.

Mit steifen Schritten ging ich nach vorne und räumte meine Schulsachen in meinen Rucksack, bevor ich nach einem Sitzplatz suchend einen Blick in die Klasse warf. Auf Violas altem Platz, neben Yasmin, saß Romy. Sie starrte betont angestrengt auf ihre Fingernägel. Mit hochrotem Kopf schaute ich weiter zu Berit. Neben ihr war ein Platz frei. Doch kaum bemerkte sie, dass ich ihn entdeckt hatte, legte sie demonstrativ ihr Bein auf den leeren Stuhl und musterte mich kampflustig. Am Rande nahm ich wahr, wie Sarah und Hala in der ersten Bank tuschelnd die Köpfe zusammensteckten.

Herr Wolff kam in das Klassenzimmer.

»Zoe!«, grüßte er mich lächelnd auf seinem Weg zum Pult, »hältst du heute den Unterricht!«

Ich schüttelte nur stumm den Kopf. Sprechen hätte mich jetzt absolut überfordert, denn ich kämpfte innerlich gegen die Tränen an.

»Hier ist noch was frei«, hörte ich plötzlich Hala sagen. Sie schnappte ihr Zeug und schlenderte zwei Reihen nach hinten.

»Zieh mal die Gräten ein«, forderte sie Berit auf, bevor sie sich setzte. Erleichtert rutschte ich auf den Stuhl neben Sarah. Herr Wolff begann mit seinem Unterricht, von dem ich unter meiner riesigen Schandmütze allerdings nichts mitbekam.

Und das war er dann auch, mein neuer alter Schulalltag. Ich war wieder allein. Seit Tagen saß ich nun schon neben Sarah, verbrachte meine Pausen in einem Winkel, wo mich keiner entdeckte, und hoffte, möglichst schnell neunzehn und mit der Schule fertig zu werden.

In meiner Verzweiflung hatte ich tatsächlich begonnen, in mein Tagebuch zu kritzeln. Lange Listen von Fehlern, die ich nie wieder machen wollte. Nur damit ich irgendwie beschäftigt war. In der Großen Pause saß ich am liebsten im hinteren Teil des Schulhofs auf einem Baumstumpf, der von ein paar Büschen verdeckt war. Bis dorthin konnte mich keiner der verächtlichen Blicke, die mir vor allem Berit und Viola zuwarfen, verfolgen. Romy zuckte zwar hin und wieder entschuldigend mit den

Schultern, falls sie mich aus Versehen direkt ansah, aber vielleicht bildete ich mir das auch nur ein. Und Wilhelmina … für die existierte ich offenbar gar nicht mehr.

»Hier! Ich hab sie!«, hörte ich plötzlich eine Stimme, gefolgt von Blätterrascheln. Vollkommen überraschend standen Sarah und Hala in meinem Unterschlupf.

»Wenn du dich hier verstecken willst, bis sie dir verzeihen, solltest du über Möbel nachdenken«, riet mir Hala und setzte sich direkt vor mir ins Gras.

»Sehr hübsch hier. So grün und natürlich«, lobte Sarah und schnipste angeekelt einen Käfer von ihrem Arm, während sie sich neben Hala niederließ.

»Was macht ihr denn hier?«, fragte ich vollkommen überrascht.

»Siehst du, ich hab dir doch gleich gesagt, dass wir zuerst hätten anrufen sollen«, stieß Sarah Hala grinsend in die Seite. »Keiner mag überraschenden Besuch!«

Ungläubig wanderte mein Blick von der einen zur anderen.

»Habt ihr die Nummer vorher geprobt?«, fragte ich, immer noch unsicher, was ich davon halten sollte.

»Nope! Wir sind unglaublich spontan«, klärte mich Hala auf.

»Außerdem solltest du wissen, dass dich nicht alle verurteilen«, fügte Sarah mit ernster Miene hinzu, um gleich anschließend loszukichern: »Ich fand's mega, wie du sie verarscht hast.«

»Ihr habt es also nicht geglaubt?«, vergewisserte ich mich.

»Nö, und wenn schon, hätte doch keinen Unterschied gemacht, oder?«, stellte Sarah schulterzuckend fest.

»Glaub mir, die sind mehr sauer auf sich selbst als auf dich«, versicherte mir Hala.

»Ach, meinst du?«, zweifelte ich.

»Klar, die wissen doch, dass sie sich total zum Affen gemacht haben. War ja nicht auszuhalten …«

»Überleg doch mal, wie traurig das gewesen wäre, wenn du wirklich einen berühmten Vater gehabt hättest. Da ging es doch keine Sekunde um dich«, pflichtete ihr Sarah sofort bei. Okay! So hatte ich es tatsächlich noch nicht gesehen.

»Ich fand's cool, wie du sie vorgeführt hast«, meinte Sarah.

»Na ja, vielleicht lache ich später«, antwortete ich ausweichend.

»Jeder kann doch einen berühmten Vater haben – als ob das etwas an seiner Person ändert«, erklärte Sarah plötzlich.

»Ach wirklich. Jeder? Und an wen dachtest du so?«, erkundigte sich Hala lauernd.

»Tom Hiddleston«, antwortete Sarah sofort mit total verträumter Stimme, die ich nur allzu gut kannte.

»Vorsicht! Zwei Gedanken weiter und du fliegst zu ihm nach London«, warnte ich sie grinsend, doch die beiden schienen mich gar nicht zu hören.

»Ach, vergiss Tom Hiddleston. Idris Elba wäre mein Vater!«, informierte uns Hala überraschenderweise. Hatte eigentlich jeder einen heimlichen Wunsch-Promi-Vater?

»Ähm, der ist aber Schwarzer!«, gab ich zu bedenken. Nur, falls sie sich um die Glaubwürdigkeit ihrer Geschichte sorgte.

»Ja und? Ich kann trotzdem seine Tochter sein. Seine sehr, sehr bleiche Tochter«, gluckste sie.

»Einer meiner Kandidaten war noch Robert De Niro«, fiel mir wieder ein.

»Robert wer?«, hakte Sarah unsicher nach.

»De Niro! Auf den fährt meine Oma ab«, stichelte die ganz, ganz bleiche Tochter von Idris Elba.

»Ach, echt jetzt! Dein Vater darf schwarz sein, aber meiner nicht alt«, regte ich mich gekünstelt auf.

Und plötzlich hatten wir alle drei berühmte Väter. Den ganzen Tag. Nur mit Mühe konnte ich Sarah davon abhalten, Viola mitzuteilen, dass sie seit Neuestem die Tochter von Tom Hiddleston sei. Mir war klar, dass die vier jedes Recht hatten, sauer auf mich zu sein, aber trotzdem war ich erleichtert, dass es nicht alle als Staatsverbrechen sahen. Es tat irgendwie auch gut, darüber lachen zu dürfen.

Und ganz nebenbei, ohne große Anstrengung, erfundene Familienmitglieder und Lügengeschichten gab es auf einmal zwei Personen, denen es nicht egal war, ob ich meine Pausen hinter den Büschen verbrachte.

»Ich finde schon, dass du zu Hockey wechseln könntest«, versuchte mich Sarah, neben der ich weiterhin saß, zu überzeugen. Selten war ich so glücklich, Frau Brückner zu sehen und mir somit eine weitere Absage zu ersparen. Doch auch Sarah vergaß kurzzeitig ihr Projekt, mich ins Hockeyteam der Schule anzuwerben, denn Frau Brückner brachte eine etwa zwei auf einen Meter große Platte mit sich, die sie ans Pult lehnte.

»Guten Morgen 7a«, begrüßte sie uns.

»Guten Morgen, Frau Brückner«, leierten wir mäßig motiviert zurück.

»Ich möchte heute den Unterricht damit beginnen, euch etwas vorzulesen«, begann sie und zog ein paar handbeschriebene Zettel aus der Tasche.

»Über den respektvollen Umgang mit neuen Mitschülern«, begann sie vorzulesen. Leichtes Gemurmel erhob sich. Das war Toms Strafarbeit. Fragende Blicke schossen durch das Klassenzimmer. Frau Brückner ging nicht darauf ein und las einfach weiter.

»Entgegen Ihrer Vorstellung übersteigt weder der Name einer neuen Mitschülerin noch der respektvolle Umgang mit ihr meine geistigen oder sozialen Kompetenzen. Doch die Tatsache, dass Sie genau davon ausgehen, zeigt, wie wenig Sie über den Alltag eines Schülers wissen. Und so denke ich, sollte sich diese Arbeit, damit sie wenigstens für einen von uns beiden von Nutzen ist, neben dem vorgegebenen Thema auch mit der Klassenstruktur und den daraus resultierenden Verhaltensmustern auseinandersetzen.

Jeder Mensch definiert sich über gesellschaftliche Interaktion und deren Außenwirkung. Falls Sie sich das eine oder andere Mal gefragt haben, mit was sich so ein Schülerhirn den ganzen Tag beschäftigt, dann bekommen Sie hier zumindest eine mögliche Antwort. Und lassen Sie es sich gleich zu Beginn gesagt sein, für einen Jungen kann es tatsächlich einem sozialen Selbstmord gleichkommen, zuzugeben, dass er den Namen einer neuen Mitschülerin weiß. Nähe und Distanz zu bestimmten Mitschülern definiert den eigenen Status. Schon die Tatsache, jemand zu kennen oder, noch viel schwieriger, vielleicht sogar zu mögen, kann das ganze Konstrukt torpedieren. Entscheidend ist nicht, wer wir sind, sondern wer wir den anderen glauben machen zu sein. In diesem Punkt müssen Sie mir einfach vertrauen, nirgends gibt es eine strengere Jury und ein unbarmherzigeres Publikum als in einer siebten Klasse.

Modische Fehlgriffe, schräger Musikgeschmack, Meinungen jenseits des Mainstreams, gelebte Individualität oder eine unangebrachte Sympathiebekundung – die Wege aus der Klassengemeinschaft sind vielfältig und schneller beschritten, als Sie es sich vorstellen können. Die Angst davor macht uns zu Opfern … und auch zu Tätern.«

Frau Brückner ließ das Blatt sinken und musterte uns eingehend. In der Klasse war es mucksmäuschenstill.

»Um was geht es in dem Text?«, fragte Frau Brückner in die bedrückende Stille.

»Darum, dass Tom Zoes Namen nicht wusste, sie aber trotzdem ganz schön heiß findet?«, tönte Julian aus der letzten Bank.

Sein Versuch, witzig zu sein, verhallte allerdings unbeantwortet.

»Um Mobbing?«, fragte Klara unsicher.

»Toleranz?«, riet Sarah.

»Dass wir uns als Person neu erfinden, um Leuten in der Klasse zu gefallen!« Das war Berit. Ihr Ton war erschreckend schneidend. Ich zog automatisch den Kopf ein Stück ein.

»Dass wir Mitschüler verurteilen, um nicht selbst angegriffen zu werden?« Wow, Wilhelmina!

»Es gibt die, die den Ton angeben, und die, die kritiklos folgen müssen?«, meldete sich Simon.

Frau Brückner ließ alle Wortmeldungen unkommentiert, nickte den jeweiligen Personen aber beistimmend zu.

»Jeder von euch hat recht. Es geht um euch. Als Klasse. Als soziale Gemeinschaft, die sich gegenseitig beflügeln kann ... oder aber auch lähmen.« Ihr Blick wanderte langsam durch die Reihen. Dann nahm sie die Styroporplatte, die sie mitgebracht hatte, hoch, legte sie auf das Pult und schaltete die Dokumentenkamera ein. Die Projektion an der Wand zeigte das Bild einer Insel im Meer. Im Wasser waren ein paar Haifische zu sehen und zwei Ruderboote.

»Was wird das?«, flüsterte Sarah neben mir.

»Keine Ahnung«, wisperte ich zurück, während Frau Brückner eine Schuhschachtel aus ihrer riesigen Schachtel zauberte.

»Für jeden von euch habe ich eine kleine Namensfahne gebastelt«, erklärte sie, hob den Deckel ab und zeigte ein an einem Zahnstocher geklebtes Stück Papier, auf dem *Franziska* stand.

»Ja, ein Träumchen! Nicht wahr?«, stimmte sie den Ahs und Ohs zu, mit denen ihre Bastelarbeit von der Klasse quittiert wurde.

»Stellt euch vor, das ist eure Klassengemeinschaft.« Sie deutete auf das Bild der Insel und dem Meer. »Insel und Boote bedeuten Sicherheit. Wer im Meer schwimmt, fühlt sich nicht zugehörig oder sogar ...«, sie tippte auf die vier Haie, »... bedroht. Ich werde jeden von euch einzeln aufrufen. Ihr kommt nach vorne und stellt eure Fahne dorthin, wo ihr euch in der Klasse seht. Und keine Angst, ihr dürft eure Position auch noch mal ändern. Wir stecken so lange um, bis jeder dort steht, wo er sich sieht. Fangen wir doch gleich mal mit Franziska an.« Frau Brückner überreichte ihr die Fahne. Sie platzierte sie irgendwo auf der Insel. Julie, Becca, Anna und Thabea brachten ihre Markierungen so an, dass sie zusammen mit der Fahne von Franziska einen kleinen Kreis bildeten. Keine große Überraschung. Die fünf steckten auch sonst immer zusammen. Mehrere Grüppchen der Klasse verfuhren ähnlich. Hala brachte ihre Fahne neben Sarahs an, die am Rand der Insel stand. Berits, Romys und Violas Fahne standen als Kleingruppe auf der Inselmitte. Dann wurde Wilhelmina aufgerufen. Sie ging nach vorne und steckte ihre Fahne ins Wasser, direkt vor einen der Haifische.

»Was?«, fuhr Viola entsetzt auf und starrte Wilhelmina, die sich mit regungslosem Gesicht wieder neben sie setzte, ungläubig an.

»Pssst! Keine Kommentare«, wurde sie sofort von Frau Brückner ermahnt. Ich sah, wie Romy Berit einen fragenden Blick zuwarf und die ratlos mit den Schultern zuckte, während weitere Mitschüler ihre Fahnen in die Platte steckten. Ebenfalls überraschend fand ich Tom, der sich in einem der Ruderboote und nicht bei seinen Freunden in der Inselmitte sah. Total traurig war es, als Simon seinen Pin ins Wasser setzte. Genau wie übrigens noch fünf weitere Mitschüler, von denen ich das gar nicht erwartet hätte. Dann war ich dran. Ich wusste genau, wo ich mich sah. Ich ging nach vorne, nahm meine Fahne und steckte sie in die rechte obere Ecke des Meeres, so weit weg von der Insel als möglich. Als ich mich umdrehte, fiel mein Blick auf Sarah und Hala. Schnell ging ich zurück und verschob die Fahne ein Stück näher an die Insel, dort, wo die beiden am Rand standen.

»Sind nun alle dort, wo sie sich sehen?«, fragte Frau Brückner.

»Ich schon!«, zischte Viola mit einem beleidigten Seitenblick auf Wilhelmina. »Ihr wisst natürlich, wie das ideale Bild aussehen würde«, begann Frau Brückner, während Luka noch nach vorne schlappte, um seinen Pin zu Tom ins Rettungsboot zu bringen.

»Joh, alle Chicks zu uns ins Boot!«, antwortete Luka mit Rapperstimme, winselte aber, als ihn Frau Brückner streng musterte, sofort: »Nein, bitte, keinen Aufsatz schreiben lassen!«, und schlich auf seinen Platz zurück.

»Stören euch die acht Fahnen, die im Meer schwimmen? Mich schon«, begann Frau Brückner. »Überlegt – für euch selbst –, was ihr dazu beitragen könntet, dass sie sich weniger verloren vorkommen. Ich würde mir wünschen, dass ihr es schafft, bis Ende des Schuljahres alle auf die Insel zu holen.«

»Gehen Sie dann mit uns Eis essen?«, wollte Julian sofort wissen.

»Das machen wir sowieso. Doch ich würde natürlich lieber mit einer Klasse gehen, in der sich alle als Teil der Gemeinschaft fühlen«, antwortete Frau Brückner. Dann war die Deutschstunde vorbei.

»Und was läuft da zwischen dir und Tom?«, erkundigte sich Sarah sofort scheinheilig.

»Nichts, ähm, weiß auch nicht, mal sehen«, antwortete ich hektisch, um im nächsten Moment aufzuspringen, um Berit, die gerade an unserem Tisch vorbeikam, aufzuhalten.

»Hast du mal eine Minute«, fragte ich schnell. Sie blieb zwar stehen, maulte aber nur ganz unfreundlich: »Was willst du?!«

»Mich entschuldigen! Es tut mir leid«, antwortete ich schnell.

»Und du meinst, damit ist alles gut?«, erwiderte sie so gar nicht versöhnlich. Romy kam ebenfalls an. Sie musterte mich mit großen Augen und wirkte nicht ganz so unnachgiebig.

»Was soll ich denn machen, außer mich bei euch zu entschuldigen?«, wollte ich wissen und musterte die beiden verzweifelt.

»Gar nichts! Ich bin fertig mit dir! Bleib mir einfach nur aus den Augen«, fauchte Berit.

»Hey, jetzt krieg dich mal wieder ein«, mischte sich plötzlich Sarah ungewohnt heftig ein. »Du bist nicht die Titanic und sie nicht der Kapitän!«

»Halt du dich da gefälligst raus«, knurrte Berit und wollte schon weitergehen, als plötzlich Romy zu mir sagte: »Es war echt nicht in Ordnung!«

»Das weiß ich selbst. Aber vielleicht schaffen wir es trotzdem, irgendwann wieder normal miteinander zu reden«, schlug ich vor.

»Ja, vielleicht irgendwann«, antwortete Romy und ging zusammen mit Berit weiter. Ich glaube, damit konnte ich vorerst mal leben.

• • •

Erst zu Hause merkte ich, wie der Druck langsam von mir abfiel. Ich konnte wieder durchatmen und statt des düsteren Gedankensturms wehte nur eine laue Brise durch meinen Kopf. Wunderbar. So leicht und luftig konnte sich nur pure Erleichterung anfühlen.

»Zoe, du hast Besuch«, hörte ich Mama von unten rufen. Neugierig ging ich auf die Galerie und traute meinen Augen kaum. Unten neben meiner Mutter stand …

»Wilhelmina!«, rief ich überrascht und hüpfte die Treppe nach unten.

»Hallo«, grüßte sie mich ungewohnt schüchtern.

»Wollt ihr in dein Zimmer gehen oder raus auf die Terrasse, da ist noch Sonne«, bot meine Mutter an.

»Wir sind oben«, entschied ich. Ansonsten würden wir uns wahrscheinlich innerhalb kürzester Zeit in Omas nachmittäglichem Teestunden-Albtraum wiederfinden.

»Ich bin so froh, dass du gekommen bist«, flüsterte ich Wilhelmina auf dem Weg nach oben zu. Sie antwortete nicht.

Hatte ich geglaubt, sie würde in meinem Zimmer gesprächiger sein? Fehlanzeige. Sie betrachtete schweigend den Kronleuchter. Musterte meine Bücher, legte den Kopf schief, um die Titel lesen zu können, und sagte auch, als sie ihre wortlose Inspektion abgeschlossen hatte, nichts.

Ich stand kurz davor, schon wieder hirnlos loszuplappern, atmete aber tief durch und konzentrierte mich darauf, stumm zu bleiben. Wilhelmina hatte es weiterhin überhaupt nicht eilig, etwas zu sagen. Wir standen vollkommen bescheuert mitten im Zimmer … und lauschten der Stille. *Eeeeeewig.*

»Reden wir heute auch noch oder wird das eher ein wortloser Besuch?«, erkundigte ich mich irgendwann bei ihr. Immerhin grinste sie.

»Warum erzählst du so einen Schwachsinn?«, wollte sie plötzlich wissen.

»Weil ich dachte, ihr würdet mich sonst nicht beachten. Und weil ich gehofft hatte, dass ihr mich dann mögt.«

»Und nur weil dein Vater ein berühmter Schauspieler ist, sollen wir dich gut finden?«, fasste Wilhelmina ungläubig zusammen.

»Ja, wenn du es so sagst, hört es sich wirklich total bescheuert an«, versuchte ich das Unentschuldbare zu entschuldigen.

»Und wann hört sich das gut an?«, wollte Wilhelmina wissen.

»Ich hatte … irgendwie war ich allein, keine Ahnung … Ich bin langweilig … Warum solltet ihr … Dann hast du mich angesprochen …«, stotterte ich vor mich hin.

»Ja klar, so klingt es natürlich total nachvollziehbar. Vollkommen unklar, warum ich das nicht sofort erkannt habe«, spottete sie. Wir warfen uns böse Blicke zu, während wir, nur mal so am Rande erwähnt, immer noch unbeweglich mitten in meinem Zimmer herumstanden.

»Mann, Wilhelmina, du bist so angsteinflößend perfekt, siehst unfassbar gut aus, kennst die ganzen coolen Leute, wirst gnadenlos umschwärmt … und hast mich angesprochen. Weißt du eigentlich, wie das ist, von deinem Hofstaat wie der letzte kriechende Wurm behandelt zu werden?«, brach es plötzlich aus mir raus.

»Ich perfekt? Du kriechender Wurm? Träum weiter!«, fasste Wilhelmina meinen Anfall zusammen.

»Wenn ich gestresst bin, erzähle ich immer irgendwelchen Blödsinn«, jammerte ich.

»Ja, das ist mir auch schon aufgefallen«, bemerkte sie mit zuckenden Mundwinkeln.

»Und trotzdem hast du mich nicht verraten? Warum?!«, kam ich zu der Frage, die mich wirklich beschäftigte.

»Du hast den anderen auch nichts von mir erzählt«, antwortete sie prompt. »Das hast du ja ziemlich souverän selbst gemacht«, spottete Wilhelmina.

Ich ließ das mal unkommentiert, setzte mich auf mein Bett und klopfte einladend auf den freien Platz neben mir.

Sie setzte sich tatsächlich neben mich. Doch leider hatte sich auf dem Weg dorthin ihre Gesprächsbereitschaft wieder verflüchtigt. Sie saß einfach nur da, starrte auf meine Tapete.

»Yeah, schweigendes Nebeneinandersitzen! Steh ich voll drauf!« Das konnte ich mir einfach nicht verkneifen. Wilhelmina ging dazu über, ihre Fingernägel eingehend zu betrachten.

»Witzig, dass du mein Leben für perfekt hältst«, begann sie.

»Weil es nicht so ist?«, hakte ich vorsichtig nach.

»Nein, absolut nicht! Meine Eltern haben sich vor etwa einem halben Jahr getrennt. Seitdem wohne ich mit meiner Mutter und meinem kleinen Bruder in dieser Wohnung.« Allein, wie sie *diese Wohnung* aussprach, machte klar, dass es dort alles andere als perfekt war.

»Und dein Vater?«, fragte ich.

»Der wohnt mit seiner neuen Frau in unserem alten Haus.«

»Das tut mir echt leid«, sagte ich leise, weil mir nichts Tröstlicheres einfallen wollte.

»Ist schon okay«, zuckte Wilhelmina mit den Schultern. »Jetzt hat zumindest das Geschrei aufgehört.«

»Und warum möchtest du nicht, dass die anderen –«, wollte ich wissen. So schlimm eine Scheidung auch war …

»Nein!«, fiel sie mir ins Wort.

»Oh, einfach nur nein?«

Wilhelmina schwieg. Ich musterte sie verunsichert von der Seite. Würde sie noch deutlicher werden?

»Aber … ihr seid doch … befreundet«, unternahm ich einen weiteren Versuch, sie zum Reden zu bringen.

»Ja? Sind wir das?«, vergewisserte sich Wilhelmina.

»Ja, wenn du das nicht weißt«, murmelte ich.

»Glaub mir, ich hab keine Ahnung.«

»Echt? Dann sind wir jetzt aber so was von aufgeschmissen, denn ich hab schon vor ein paar Minuten den Faden verloren«, stöhnte ich. Wilhelmina lachte plötzlich laut auf.

»Okay, ich weiß nicht genau, wie ich es dir erklären soll, ohne dass es falsch rüberkommt.«

»Versuch es! Ich kapier mehr, als man auf den ersten Blick annimmt«, ermunterte ich sie.

»Viola, Berit, Romy und ich kennen uns seit der fünften Klasse«, begann sie.

»Auch nicht gerade eine Ewigkeit«, bemerkte ich.

»Und vielleicht war es ein Fehler, die Agentur meines Vaters zu erwähnen …«, überlegte Wilhelmina und fügte leise hinzu: »… aber es war das Einzige, was ich von zu Hause erzählen konnte … oder wollte! Und sie waren Feuer und Flamme und konnten gar nicht genug Geschichten hören …«, sagte Wilhelmina und lächelte dabei gedankenversunken, um dann, als würde sie sich von den Erinnerungen losreißen, leicht den Kopf zu schütteln, bevor sie weitererzählte: »Und um das gleich klarzustellen, ich war nie eifersüchtig, als sie auf deinen Vater abgefahren sind …«

»Welchen?«, warf ich kurz ein. Wilhelmina sparte sich die Antwort und fuhr fort: »Wenn schon nicht zu Hause, dann wenigstens in der Schule waren wir eine echt tolle Familie, und irgendwie fühlte ich mich wieder viel besser und glaubte selbst, dass alles in Ordnung war.«

»Aber das ist vielleicht auch genau das Problem. Wenn du auf einem Sockel stehst, bist du einfach weit weg. Und irgendwann interessiert sich niemand mehr für dein echtes Leben. Was vielleicht auch ganz praktisch war …« Plötzlich brach sie ab.

»Weil du sowieso nichts erzählen wolltest?«, vergewisserte ich mich und sah, dass Wilhelmina zwei-, dreimal trocken schluckte, bevor sie mir antworten konnte: »Wenn du nachts geweckt wirst, weil deine Eltern dabei sind, die Einrichtung zu zertrümmern, erzählst du das nicht unbedingt gerne am nächsten Tag in der Schule«, erklärte sie bewundernswert ruhig.

»Aber inzwischen würdest du gerne mit den anderen darüber reden?«, fragte ich sie.

»Ich hätte gerne echte Freunde. Ich weiß nicht, ob es wirklich die sein müssen«, zweifelte sie.

»Du traust ihnen echt nichts zu, oder?«

»Ja … nein, vielleicht … aber das ist auch egal, es wird wahrscheinlich eh bald vorbei sein«, unkte sie.

»Was?«, rief ich verunsichert.

»Nein, so schlimm ist es jetzt auch wieder nicht. Aber ich werde wahrscheinlich das Jahr wiederholen müssen … oder von der Schule abgehen«, eröffnete sie mir.

»Aber, warum denn das?«, wollte ich überrascht wissen. Das wurde ja immer absurder. Wir waren ziemlich am Anfang des ersten Halbjahres. Also viel zu früh für irgendwelche düsteren Prognosen.

»Meine Noten sind unter aller Sau, und ich hab seit dem Beginn des Schuljahres nichts, rein gar nichts gelernt, in keinem Fach …«

»Das ist kein Argument. Mut zur Lücke ist mein Lebensmotto«, warf ich ein.

»Netter Versuch«, murmelte sie grinsend. »Es wird sich nur auch in Zukunft nichts ändern. Meine Mutter muss arbeiten und ich muss auf meinen kleinen Bruder aufpassen, weil wir uns keine Betreuung leisten können. Denn mein Vater weigert sich, meine Nachhilfe zu bezahlen. Er glaubt sowieso, das Gymnasium wäre zu anspruchsvoll für mich«, zählte sie weiter auf.

»Also, für Nachhilfe hätte ich ein paar Ideen«, überlegte ich.

»Ach ja, und welche?«, hakte Wilhelmina nach.

»Meine Oma für Englisch! Hat deine Mutter etwas gegen ein bisschen Sherry?«, fragte ich grinsend.

»Das muss ich nicht verstehen, oder?«

»Wir könnten außerdem Namik fragen, er ist ein echt kommunikatives Mathegenie!«, fiel mir plötzlich ein.

»Namik?« Inzwischen hatte sie meinen Stoffhasen, Sir Rabbit, genommen und knotete gedankenverloren seine Ohren zusammen.

»Ja, das ist ein Freund von mir« erklärte ich. Ihr fragender Blick bohrte sich fast in mein Gehirn. »Jaaaa, ich habe tatsächlich Freunde«, entgegnete ich aufgebracht. Hielt sie mich wirklich für eine komplette Sozialamöbe?

»Alles klar! Entspann dich …«, motzte sie sofort zurück. Wir funkelten uns kurz böse an, dann verfiel sie wieder in brütendes Schweigen. Vorsichtig musterte ich sie von der Seite. Ich hatte keine Ahnung, was in ihr vorging.

»Ich finde, die anderen sollten die Wahrheit erfahren«, überlegte ich deshalb laut.

»Weil das bei dir so toll geklappt hat?«, erkundigte sich Wilhelmina mit bitterem Unterton.

»Nein, weil sie die Chance verdient haben, sich als echte Freundinnen zu beweisen«, antwortete ich in der Gewissheit, dass Viola, Berit und Romy keine Sekunde zögern würden, ihr zu helfen.

»Weiß dieser Namik von deinem Vaterchaos?«, wechselte sie überraschend das Thema.

»Ja, auch wenn du es nicht glaubst, ich weiß, wie richtige Freundschaft funktioniert«, erklärte ich und versuchte dabei, nicht zu beleidigt zu klingen. Sie nickte allerdings nur zustimmend, während sie weiterhin die Ohren des armen Sir Rabbit verknüpfte.

»Das weiß ich«, räumte sie großzügig ein. »Immerhin hast du gemerkt, dass etwas mit mir nicht stimmt!« Die anderen nicht! Sie sagte es zwar nicht, aber der Vorwurf war nicht zu überhören.

»Wenn du Hilfe brauchst, dann frag doch einfach danach. Auch die allerbesten Freunde können keine Gedanken lesen!«

»Nicht?«, hakte sie nach einer gefühlten Ewigkeit nach.

»Wichtig ist, zu wissen, dass man auf einen Freund immer zählen kann, egal was passiert.«

Wilhelmina nickte nachdenklich. Dann begann sie in ihrer Hosentasche zu kramen.

»Was machst du da?«, erkundigte ich mich.

Sie zog ihr Handy raus. »Könnten die anderen jetzt hierher kommen?« fragte sie mich. »Ich glaube, wir haben echt viel zu besprechen.«

**Silke Schellhammer**, 1967 in Baden-Württemberg geboren, lebt und arbeitet in München. Sie unterrichtete nach ihrer Ausbildung und Praxisjahren an diversen Schulen für Physiotherapie und schreibt als freie Autorin für wissenschaftliche Verlage. Doch so spannend Motoneurone auch sein mögen, führen sie meistens ein eher beschauliches Dasein, über das sich nur sehr wenig Fantasievolles berichten lässt. Deshalb findet das quirlige Chaos des Alltags seinen Platz in ihren Erzählungen für Kinder und Jugendliche.